THÉRÈSE LAMBERT

*Wenn die Blätter wieder tanzen*

AF216978

atb aufbau taschenbuch

Hinter THÉRÈSE LAMBERT verbirgt sich die Autorin Ursula Hahnenberg, die in München aufgewachsen ist und mit ihrer Familie in Berlin lebt. Als Schwester von vier Brüdern und spätere Studentin der Forstwissenschaft hat sie früh gelernt, unter Männern ihre Frau zu stehen. Nicht zuletzt deshalb gilt auch beim Schreiben ihre besondere Leidenschaft starken Frauen.

Im Aufbau Taschenbuch liegen bereits ihre Romane »Die Rebellin«, »Alma und Gropius – Die unerhörte Leichtigkeit der Liebe« und »Die Konturen der Liebe« vor.

Ruth arbeitet für ein Berliner Magazin und erlebt den Aufstieg des Nationalsozialismus hautnah mit. Für sie ist schnell klar: Gemeinsam mit ihren Freunden will sie alles in ihrer Macht Stehende tun, um Menschen vor Verfolgung und Tod zu bewahren. Ruth und ihr Lebensgefährte Leo verstecken jüdische Bekannte bei sich zu Hause. Ein gefährliches Unterfangen, riskieren sie doch täglich nicht nur ihr Leben, sondern auch das von Ruths Tochter Karin. Und dennoch: Kommt ihnen ein Flugblatt in die Hände, tippen sie es Hunderte Male ab und verbreiten die Botschaften in der Stadt. Mit geklauten Stempeln fälschen sie Lebensmittelkarten und Ausweise. Im Widerstand sind sie ein gutes Team, doch ihre Beziehung leidet unter dem Druck, der auf ihnen lastet. Schon bald muss sich Ruth fragen: Wie weit darf sie gehen als Widerstandskämpferin, wenn sie gleichzeitig Mutter ist?

THÉRÈSE
LAMBERT

# Wenn die Blätter wieder tanzen

ROMAN

atb aufbau taschenbuch

ISBN 978-3-7466-3995-6

Aufbau Taschenbuch ist eine Marke
der Aufbau Verlage GmbH & Co. KG

1. Auflage 2025
© Aufbau Verlage GmbH & Co. KG, Berlin 2025
www.aufbau-verlage.de
10969 Berlin, Prinzenstraße 85
Der Verlag behält sich das Text- und Data-Mining
nach § 44b UrhG vor, was hiermit Dritten ohne Zustimmung
des Verlages untersagt ist.
Bei Fragen zur Sicherheit unserer Produkte wenden Sie sich bitte an
produktsicherheit@aufbau-verlage.de.
Umschlaggestaltung www.buerosued.de, München
unter Verwendung von Motiven von © imageBROKER Mauritius /
Alimdi / Arterra und Sylvio Dittrich
Satz Greiner & Reichel, Köln
Druck und Binden CPI books GmbH, Leck, Germany

Printed in Germany

Zu Hause ist dort, wo man geliebt wird.

*(Ruth Andreas Friedrich)*

Hose und unmißverständliche Anspannung auf den Gesichtern

## · 1. Kapitel ·

### 27. September 1938

Nur nicht zu laut denken. Ruth bemühte sich um einen gleichmütigen Gesichtsausdruck, während sie sich, eingehakt bei ihrer besten Freundin Susanne Simonis, durch die Menschenmenge auf der Wilhelmstraße schob. Vielleicht zweihundert Leute standen vor der Reichskanzlei, vermutlich um wenigstens einen kurzen Blick auf den ach so geliebten Führer zu erhaschen.

Ruth musste einen Schauder unterdrücken. Eine seltsam verkrampfte Stimmung lag in der Luft, dabei war die spätsommerliche Hitze längst einer lauen Abendstimmung gewichen. Es hätte ein wunderbarer Tagesabschluss sein können, wenn … ja, wenn nicht diese undurchdringliche Anspannung auf den Gesichtern der Menschen gelegen hätte.

Wenn man sich noch hätte sicher fühlen können zwischen den Berlinern.

»Komm«, murmelte Susanne. Sie hatte ein gezwungenes Lächeln aufgesetzt. »Wir haben uns für einen Feierabendschnaps verabredet, wir sind nicht zum Gaffen hier. Ich brauch jetzt was Starkes.«

Das brauchte Ruth auch. Trotzdem … was war wohl der Grund für diesen Auflauf?

Sie steuerten auf den Kaiserhof zu, der schräg gegenüber der Reichskanzlei lag. Das Hotel hatte eine anständige Bar, auch wenn

7

es ein Naziloch war. Aber wenn man heutzutage in Berlin einen Ort ohne Nazis finden wollte, durfte man nicht in eine Bar gehen. Oder überhaupt irgendwohin. Ruth hätte fast laut geseufzt. Restaurants wie das Romanische Café, in dem sie vor 1933 mit Leo lange ausgelassene Nächte verbracht hatte, gab es nicht mehr. Oder besser: Es gab die ausgelassenen Nächte, in denen getanzt, gefeiert, getrunken, geküsst und diskutiert wurde, nicht mehr. Jedenfalls nicht für Menschen, die keine Nazis waren.

Sie ließen sich in eine Ecke der Bar fallen und bestellten einen Martini, der schnell kam; der Barkeeper hatte kaum etwas zu tun.

»Hier ist ja gar nichts los«, bemerkte Susanne prompt.

Ruth sah zum Fenster, hinter dem sich immer noch mehr Menschen versammelten. »Ich nehme an, Herr Hitler wird gleich irgendwas verkünden.« In diesem Moment rumpelte draußen ein Militärfahrzeug vorbei. Ruth reckte den Hals, bis sie Susannes Hand auf ihrer fühlte.

»Lass uns einfach einen trinken und ein bisschen plaudern, ja?«

Ruth ließ die Schultern sinken und seufzte. »Du hast ja recht. Aber informiert zu sein …«

»… ist besser, als überrascht zu werden«, beendete Susanne den Satz. »Ich weiß, das sagst du oft. Und es stimmt. Aber was sollen sie heute schon groß tun? Doch wohl das Gleiche wie gestern und morgen. Erzähl mir lieber, welche Neuigkeiten es in der Redaktion gibt.«

Ruth lächelte. Die Freundin kannte sie einfach zu gut. Sie hatte Susanne vor ein paar Jahren kennengelernt, als sie angefangen hatte, als freie Redakteurin für den Ullstein Verlag zu arbeiten. Kurz darauf waren die Ullstein-Brüder gezwungen worden, ihr

Unternehmen zu verkaufen, das nun Deutscher Verlag hieß. Als Kolleginnen hatten Susanne und sie sich sofort gut verstanden und waren Freundinnen geworden. Susanne hatte das Herz auf dem rechten Fleck, und das war in diesen Zeiten wichtiger als je zuvor. Sie hatte auch dafür gesorgt, dass Ruth zusätzlich zu ihrer Tätigkeit als freie Redakteurin für »Frauenthemen« eine Viertelstelle als Übersetzerin im Verlag bekam – eine wichtige Einnahmequelle für eine alleinerziehende Mutter.

»Ich werde nie verstehen, warum du keine Journalistin mehr sein willst.« Ganz ernst meinte Ruth den Satz nicht, aber sie vermisste den regelmäßigen Austausch über die Arbeit mit Susanne.

»Ich glaube, du verstehst mich sogar sehr gut. Ich bin immer eine politische Journalistin gewesen und werde es bleiben. Wie sollte ich da unter diesen Bedingungen arbeiten?« Susanne sprach schnell und leise, damit niemand sie belauschen konnte.

»Und du bist tatsächlich eine lausige Schreiberin, was Frauenthemen betrifft.« Ruth zwinkerte ihr zu. Sie selbst hatte die Hoffnung noch nicht aufgegeben, mit ihrer Arbeit etwas zu erreichen. *Menschen* zu erreichen. Und sei es über Kochrezepte.

Susanne lachte verhalten. »Das stimmt. Frag Frau Ilse! Ich bin so froh, dass ich das los bin. Auch wenn es manchmal ziemlich langweilig ist, einfach nur einen Haushalt zu führen. Ich hoffe, du weißt eure Freiheit zu schätzen.«

»Freiheit? Eine schöne Freiheit ist das. Erst gestern habe ich gehört, dass eine ganze Fotostrecke in ›Die Dame‹ ersetzt werden musste, weil die Augen des Modells etwas zu schräg standen. Nicht mal ihre blonde Haarpracht konnte das wettmachen.«

Susanne verdrehte die Augen, und Ruth sah sich noch einmal unauffällig um. Einsame Orte waren oft gefährlicher, als man erwartete. Sie hatte es zwar noch nicht selbst erlebt, aber durchaus schon gehört, was mit Menschen passierte, die sich in der Öffentlichkeit abfällig über die Regierung äußerten. Sie verschwanden für Monate im Gefängnis.

»Wie geht es denn unserem Fritz?«

Fritz Kroner war der Hauptschriftleiter einer der Illustrierten, für die Ruth arbeitete. Mit ihm hatten Susanne und Ruth nach der Arbeit manchmal im Romanischen Café gesessen. Früher. In besseren Zeiten.

»Er hält sich tapfer, tut, was er kann. Aber was soll er tun, seine Frau ist schon wieder schwanger.«

Susanne prustete los, versuchte vergeblich, ihr Lachen als Hustenanfall zu tarnen, und winkte dem Barkeeper für zwei weitere Martinis. »Das wievielte ist das? Das fünfte?«

Ruth nickte schmunzelnd. Sie beneidete Fritz nicht; ihr fiel es schwer genug, *ein* Kind durchzubringen, selbst wenn dessen Vater ihr Unterhalt zahlte.

Als Susanne sich beruhigt und vom Martini genippt hatte, sagte sie: »Ich bin mir sicher, dass man zwischen Fritz' Zeilen lesen kann, was er wirklich denkt. Er wird sich nicht mit diesen Leuten gemeinmachen.«

Ruth musterte Susanne ernst. »Ich weiß es nicht. Ich glaube, dass er es versucht, so wie ich es auch versuche, weil ich die Hoffnung nicht aufgeben will. Wenn ich mich umschaue, wenn ich lese, was geschrieben wird, dann finde ich es schwierig, zwischen den Zeilen noch irgendwas zu entdecken. Ich weiß ja, es liegt daran, dass wir alle schreiben müssen, was man uns vorgibt. Im Moment bin ich wirklich dankbar, dass ich mich um Beziehungsfragen, um Mode und Kochrezepte kümmern darf. Dabei wird man am wenigstens kontrolliert.« Ruth hatte leise und eindringlich gesprochen, jetzt presste sie die Lippen zusammen. Wenn ihnen nur niemand zugehört hatte! Doch abgesehen vom Barkeeper und einem sehr ineinander vertieften Pärchen in einer anderen Nische war die Bar leer.

Susanne schlug die Augen nieder. »Ich verstehe, was du meinst. Aber man darf die Hoffnung nicht aufgeben.«

Ruth ruckte mit dem Kopf, was Susanne als Zustimmung auslegen mochte. Nein, sie würde natürlich nicht aufgeben, auch wenn es ihr oft schwer genug fiel, ihre Artikel so zu schreiben, dass sie genehmigt wurden, ohne dabei ihre Ideale und Überzeugungen zu sehr zu verraten. Sie hätte buchstäblich nicht gewusst, wie sie da noch eine oppositionelle politische Botschaft hineinschmuggeln sollte.

Einen kleinen Moment lang herrschte Stille. Dann fragte Susanne nach Heinrich Mühsam; er war 1933 vom Verlag entlassen worden, weil er Halbjude war.

»Er hält sich wacker – was auch sonst? Er hat sich mit Karin angefreundet, die besonders seine Bibliothek zu schätzen weiß. Da sitzt er nun meistens und schreibt Briefe. Dir ja sicherlich auch.«

»Ja, er schreibt mir, wie wohl allen Leuten, die er gut kennt, wunderbare eloquente Briefe – nur nicht, wie es ihm wirklich geht.«

Ruth setzte ein schiefes Lächeln auf. »Ach, Susanne, du kannst es dir doch denken. Wenn ich ihn besuche, bringe ich ihm eine Flasche Cognac mit, selber kann er sich die vermutlich nicht leisten. Manchmal geht er mit Karin in den Zoo oder ins Kino.«

Es war wirklich rührend, wie sich Mühsam um Ruths Tochter

kümmerte. Obwohl sie manchmal den Verdacht hatte, dass er sich eigentlich mehr für die Mutter als für die Tochter interessierte. Doch so nett und belesen er war – und so leid ihr seine Situation auch tat –, als Mann fand sie ihn so gar nicht attraktiv. Keine Konkurrenz für Leo.

Sie plauderten noch eine Weile. Erich Kordt, Susannes Vetter, für den sie ein wenig schwärmte, hatte gerade eine neue Stelle als Büroleiter von Ribbentrop angetreten, dem Außenminister.

»Und hast du ihm jetzt endlich mal gesagt, was du für ihn empfindest?«, fragte Ruth.

Susanne winkte ab. »Das wird nie passieren. Er ist ein großartiger Mensch, aber fürchterlich vergeistigt. Ich wüsste gar nicht, wie ich anfangen sollte.«

»Er ist dein Verwandter, ihr habt doch bestimmt ein gewisses Vertrauensverhältnis. So lange, wie ihr euch schon kennt.«

Susanne strich sich die braunen Locken aus dem Gesicht. »Wir kennen uns ewig, genau. Das ist ja gerade das Problem. Wie soll ich denn nach dreißig Jahren Freundschaft plötzlich mit Liebe um die Ecke kommen?«

Ruth überlegte. »Schwierig, geb ich zu. Aber vielleicht ergibt sich mal eine Situation, bei der du feststellen kannst, ob er dich auch mag. Vielleicht könntest du so eine Situation sogar herbeiführen …«

Susanne lachte. »Du bist doch immer noch die beste Liebesberaterin weit und breit. Apropos: Wie läuft es denn mit Leo?«

Ruth stockte. Was sollte sie sagen? Sie legte den Kopf schief. »Ach, du weißt doch, wir sind wie ein altes Ehepaar, fast schon sieben Jahre zusammen, das ist mehr, als ich mit Karins Vater hatte. Leo ist so was wie mein bester Freund. Wenn er nicht so viel unterwegs wäre, wären wir wohl schon längst so was wie ein *sehr* altes Ehepaar.«

In guten wie in schlechten Zeiten.

Wie um sie an die schlechten Zeiten zu erinnern, rumpelten nun vor dem Gebäude schwere Lastwagen über die Straße und machten eine vertrauliche Unterhaltung unmöglich. Als der Strom der Fahrzeuge auch nach fünf Minuten noch nicht versiegt war, beschlossen Ruth und Susanne, den Abend zu beenden.

Sie bezahlten und traten vor die Tür des Kaiserhofs. Inzwischen war es fast dunkel. Vor der Reichskanzlei waren Wagen, Panzer, Pferde und Soldaten postiert wie für eine Parade. Auch ziviles Publikum fehlte nicht, wahrscheinlich die gleichen Menschen, die sich hier schon vor zwei Stunden die Beine in den Bauch gestanden hatten. Die Luft war noch immer von gespannter Erwartung erfüllt, bestimmt erschien Hitler gleich auf einem der Balkone. Dann würden alle, die hier so eifrig warteten, den rechten Arm zum Hitlergruß heben, und wer es nicht tat, würde sehr schnell von der SS abgeführt werden.

Ruth warf Susanne einen Blick zu, die nickte stumm, und dann drängten sie sich erneut durch die Menge.

Nur weg hier.

# · 2. Kapitel ·

27. Oktober 1938

Ruth hatte den ganzen Tag zu Hause an einem neuen Artikel gearbeitet und war gerade damit beschäftigt, das Mittagessen zu kochen, als Karin aus der Schule kam. Es gab Suppe – heute nur eine klare Brühe –, dann etwas Fleisch mit Kartoffeln und zum Nachtisch Pudding, den Ruth schon gestern vorbereitet und im Eisschrank aufbewahrt hatte. Wenn sie eines von ihrer geliebten Großmutter Helene gelernt hatte, dann dass gutes Essen eine Gemeinschaft zusammenhält. Und die wichtigste Gemeinschaft in Ruths Leben war nun einmal die Verbindung mit ihrer Tochter. Das gemeinsame Essen mit ihr war zum Ritual geworden. Vielleicht mochte sie ja deswegen ihre Artikel über Kochrezepte so gern, obwohl sie sonst lieber über Kultur und Psychologie schrieb.

Die Wohnung war brandneu und mit allem modernen Komfort ausgestattet – es gab sogar so etwas wie eine Frankfurter Küche, praktische Einbauten mit vielen Schränken –, nur der Eisschrank funktionierte noch wie früher. Zweimal in der Woche wurde ein Eisblock geliefert, der Speisen und Getränke kühl hielt.

Die Wohnung hatte zweieinhalb Zimmer, eines für Karin sowie ein Wohnzimmer mit Balkon; und in dem halben Zimmer standen Ruths Bett und ihre Sachen, wie zum Beispiel die geliebte Reisetruhe ihrer Großmutter.

»Setz dich, mein Schatz. Wie war's in der Schule?« Ruth musste sich ein Lächeln verkneifen, als sie sich reden hörte wie eine Mutter aus »Das Blatt der Hausfrau«, eine der Illustrierten, für die sie schrieb.

Karin verdrehte die Augen, wie es sich für eine Vierzehnjährige gehörte. Und obwohl Ruth sie eigentlich dafür hätte ermahnen müssen, war sie erleichtert über diese kindliche Reaktion. Dieses Kind war meist viel zu brav.

Nach dem Essen räumten sie zusammen die Küche auf, und Karin ließ sich am Küchentisch nieder, um ihre Hausaufgaben zu erledigen. Ruth setzte sich dazu, sie wollte sich ein paar Notizen für einen neuen Artikel machen. Verfassen würde sie ihn später am Nachmittag oder morgen an ihrem Schreibtisch, der im Arbeitszimmer stand. Das hatte sie sich in Leos Wohnung eine Etage höher in dessen halbem Zimmer eingerichtet.

Für diesen Artikel entwickelte sie ein Kochrezept; die Aufgabe, aus Steckrüben zumindest theoretisch ein wohlschmeckendes Mahl zu zaubern, war nicht ganz einfach. Doch Ruth hatte das Gefühl, es ihren Leserinnen schuldig zu sein, ihnen mit Rat zur Seite zu stehen, gerade in diesen Zeiten, in denen nicht jeder immer genug zu essen hatte. Ihr selbst und Karin ging es nicht schlecht. Otto, Karins Vater, zahlte Ruth monatlich eine kleine Summe, die für Karins Unterhalt bestimmt war. Und Ruth verdiente mittlerweile genug, um sich und Karin angenehm zu versorgen. Natürlich hätte alles noch bequemer sein können, jedoch bekam Leo schon seit 1933 in Deutschland keine Engagements als Dirigent mehr. Er hatte gerade seine Stelle bei den Berliner Philharmonikern angetreten, als sich einige Mitglieder des Ensembles weigerten, weiter mit ihm zu arbeiten. Angeblich habe er im April des gleichen Jahres beim Spielen des Deutschlandlieds in Königsberg unwillig den Taktstock weggelegt, außerdem sei er Ausländer und bevorzuge jüdische Kollegen.

Ruth hatte selten etwas so Dummes gehört, aber da war nichts zu machen gewesen. Leo war – obschon in Moskau geboren – Sohn deutscher Eltern, er hatte lange in Finnland gelebt, seit vielen Jahren war er in Berlin, und auch seine Mutter und seine Schwester lebten hier. Ausländer war er also nicht wirklich. Dass für ihn die Qualität der Musiker mehr zählte als Nationalitäten oder gar so etwas wie rassische Überlegungen – das stimmte natürlich. Zum Glück war nicht mehr passiert, als dass Leo einen »Politisch unzuverlässig«-Stempel neben seinem Namen kassiert hatte, was eben bedeutete, dass er hier keine Engagements mehr bekam. Glücklicherweise konnte er welche im Ausland annehmen. Außerdem gab er Unterricht und übersetzte hin und wieder ein Buch aus dem Russischen, wenn Ruth ihm ein Projekt aus dem Verlag vermitteln konnte. Seit fast vier Wochen war Leo nun bereits unterwegs, und heute würde er nach Hause kommen. Ach, sie vermisste ihn! Ruth schielte zur Küchenuhr, dann konzentrierte sie sich seufzend wieder auf ihre Unterlagen.

Als sie am Abend auf Leos Rückkehr anstießen – er hatte echten Whisky einschmuggeln können und sage und schreibe zwölf ganze Schachteln Camel –, waren sie wie so oft alles andere als allein. Ruth liebte es, in der Gesellschaft vieler Freunde zu sein, aber sie bedauerte es, keine Zeit mit Leo allein zu haben. Susanne war mit Erich gekommen, Günther Brandt, der ehemalige Richter am Landgericht, der seit 1933 nicht mehr arbeiten durfte, war da, natürlich auch Mühsam, außerdem Hans Peters, die Levys, die Hirschbergs, Dr. Jakob, der Zahnarzt, und Dr. Weißmann, ein Rechtsanwalt. Ruths Wohnzimmer platzte aus allen Nähten, aber das fiel gar nicht auf, weil der Zigarettenrauch wie dichter Nebel im Zimmer stand, ein Nebel, dem der süße Duft des Auslands, der Freiheit, beigemischt war. Und wer keine Zigarette in der Hand hielt, der hatte ein Glas Whisky – oder eben beides. Doch Leos wichtigstes Mitbringsel war weder das eine noch das andere. Es waren die Nachrichten, Neuigkeiten, an die in Deutschland nicht zu kommen war, nicht einmal, wenn man in dem Verlag arbeitete, der die wichtigsten Tages- und Wochenzeitungen herausgab.

»Thomas Mann hat ein neues Buch geschrieben, und er ist endgültig ausgewandert in die USA. Und Bruno Walter dirigiert in Frankreich, er feiert einen Erfolg nach dem anderen.«

Ruth konnte die leise Wehmut in Leos Stimme hören, als er von Walter erzählte. Früher einmal, da hatten sie zusammengearbeitet. Das Herz tat ihr weh für ihn, aber sie wusste, dass er es hasste, bemitleidet zu werden.

»Haben die Leute da überhaupt eine Ahnung, was hier vor sich geht? Dass wir wie Gefangene unserer eigenen Regierung sind?«, fragt Susanne.

Leo runzelte die Stirn. »Nein, ich fürchte nicht. Thomas Mann hat angeblich gesagt, wo er ist, ist Deutschland, und das helfe ihm beim Gedanken an alles Schreckliche, das in Deutschland vor sich geht. Aber da hat er natürlich leicht reden, er ist ja Tausende Kilometer weit weg. Georg Bernhard ...«

»Das ist der Mann, der das Pariser Tageblatt herausgibt, die

Exilzeitung, und der früher die Voß'sche Zeitung geleitet hat«, warf Susanne überflüssigerweise ein. Zwar waren Ruth und sie die einzigen Journalisten im Raum, Georg Bernhard war aber recht bekannt gewesen in Berlin, bevor er 1933 emigriert war.

Ruth zündete sich eine Camel an.

Nach einer kurzen Pause sprach Leo weiter: »Ja, also, bisher war das Tageblatt wohl eine Informationsquelle für die Emigranten, selbst wenn nur hin und wieder Leute wie ich befragt werden konnten – ihr wisst ja, wie vorsichtig man sein muss. Nun scheint sich Bernhard aber mit seinem Herausgeber überworfen zu haben. Mit dem Ergebnis, dass es jetzt zwei Zeitungen gibt, die ähnlich heißen, und niemand genau weiß, ob man noch glauben kann, was drinsteht.«

Der Qualm war nicht so dicht, dass Ruth die betroffenen Gesichter der Freunde nicht hätte erkennen können. »Und unsere Freunde? Du hast dich doch auch mit den Rosenbaums getroffen und einigen anderen.«

Leo sah Ruth direkt an und schüttelte traurig den Kopf. »Es ist, als würden die Leute alles vergessen. Spätestens nach vier Wochen im Ausland können sie nicht mehr nachvollziehen, wie schwierig es ist, hier zu leben. Dass man hier nicht mehr sagen oder schreiben darf, was man will. Dass man aufpassen muss. Selbst wie sie den hier Verbliebenen helfen könnten, interessiert sie nicht, scheint es.«

Ruth seufzte. Als Hitler im Januar 1933 Kanzler geworden war, hatten viele gedacht, dass auf diese fünfte Regierung innerhalb von zwei Jahren bald die sechste folgen werde. Doch unterdessen hatten die Nazis das Dritte Reich ausgerufen, und von einem vierten auch nur laut zu denken, konnte einem das Leben kosten. Es war ein Jammer, dass die ausgewanderten Freunde das so schnell zu vergessen schienen.

»Es sieht so aus, als müssten wir uns selbst helfen«, sagte Ruth besorgt und stieß eine Wolke Zigarettenrauch aus.

## · 3. Kapitel ·

### 10. November 1938

Dass etwas Schreckliches passieren würde, das hatte Ruth schon geahnt, als am Nachmittag des 7. November im Verlag die Anweisung eingegangen war, eine Meldung mit dem Titel »Frecher jüdischer Überfall in der deutschen Botschaft in Paris« gleich am nächsten Tag in allen Zeitungen auf der ersten Seite zu publizieren. Früher wäre es nur eine kleine Notiz wert gewesen, wenn in Paris ein Mann einen recht unwichtigen Botschaftsangehörigen verletzte. Doch Ruth war sofort klar, dass Ernst vom Rath die Schusswunde, die ihm der junge Jude Herschel Grynszpan mit einem Revolver zugefügt hatte, nicht überleben würde. Das hätte einfach nicht ins Konzept der Nationalsozialisten gepasst. In den Tagen danach hatte jede noch so kleine Veränderung des Gesundheitszustands vom Raths eine Meldung produziert, und Leo hatte weitsichtig festgestellt, dass dessen Tod so einigen sehr gelegen kommen dürfte.

Als Ruth morgens um sieben aus dem Bett geklingelt wurde und Rechtsanwalt Dr. Weißmann zitternd vor der Tür stand, reagierte sie sofort. »Dr. Weißmann? Kommen Sie rein!«

Noch bevor sie ausgeredet hatte, drängte sich Weißmann an Ruth vorbei in die Wohnung und schlug die Tür hinter sich zu. »Verstecken Sie mich, Ruth, bitte! Sie sind hinter mir her.«

»Was? Wer ist hinter Ihnen her?« Wer sollte denn diesem un-bescholtenen, immer korrekten Rechtsanwalt etwas tun?

Weißmann war weiter ins Wohnzimmer gestolpert und sah sich nun hektisch um, als suchte er ein Versteck. Jetzt, da Ruth Gelegenheit hatte, einen genaueren Blick auf ihn zu werfen, wurde ihr plötzlich selbst ganz anders. Sein Mantel war zerrissen, er war überall mit Dreck besudelt und blutete aus einer Wunde über dem Auge.

Er starrte sie an, und Ruth wurde sich bewusst, dass sie nur den Morgenmantel über ihrer Nachtwäsche trug. Sie zog den Mantel mit dem Gürtel zu.

Doch derlei schien ihn gar nicht zu kümmern. »Draußen ist die Hölle losgebrochen, der Teufel persönlich geht um in Berlin! Die Synagogen brennen, die SA marschiert brüllend durch die Straßen, schlägt Scheiben ein und ist auf Menschenjagd. Judenjagd! Wie kann es sein, dass Sie nichts davon wissen?«

Für einen langen Moment war es still, ganz still. So still, wie es nur an einem Herbstmorgen sein kann, wenn der drückende Nebel sowohl das Licht als auch jedes Geräusch verschluckt. Ruth spürte das Blut in ihren Ohren rauschen. Im nächsten Moment hörte sie es. Splitterndes Glas, grölende Männerstimmen von der Bismarckstraße her. Weißmann fuhr zusammen.

»Also ist er tatsächlich gestorben«, murmelte Ruth. Ihr Nackenhaare stellten sich auf.

»Vom Rath? Natürlich ist er gestorben«, erwiderte Weißmann. Er zitterte jetzt noch heftiger.

Ruth rieb sich die Arme, die ein kalter Schauer überlief. Mit einem Mal schien sie kaum noch Luft zu bekommen. »Wir ... wir haben befürchtet, dass die Nazis die Situation ausnutzen würden.

Aber dass es so schlimm werden würde ... Setzen Sie sich doch.«
Fahrig wies sie auf einen Sessel. »Ich mache Kaffee.« Ruth flüchtete in die Küche. Das Entsetzen, das bei Weißmanns Bericht in ihr aufgestiegen war, drohte sie fast zu überwältigen. War er hier denn überhaupt sicher? Sie öffnete das Küchenfenster, nahm ein paar Atemzüge von der kühlen Morgenluft. Dann schloss sie das Fenster schnell wieder, überwältigt von der irrationalen Angst, jemand könnte sehen, dass sich Dr. Weißmann bei ihr verbarg.

Als Ruth den Kaffee vorbereitet hatte, steckte Karin blinzelnd den Kopf in die Küche. »Warum bist du denn schon auf? Und warum sitzt Dr. Weißmann im Wohnzimmer und schlottert am ganzen Leib?«

Ruth musterte ihre Tochter besorgt. Mit ihren blonden Locken, den strahlend blauen Augen und dem offenen Gesicht hätte Karin gut auf ein Werbeplakat für den Bund Deutscher Mädel gepasst. Jeder Nazi wäre begeistert gewesen. Dabei war Karin innerlich weit davon entfernt. Sie war viel zu unschuldig für Zeiten wie diese.

Ruth drückte Karin zwei Tassen Kaffee in die Hand und goss in eine davon ein bisschen Milch. »Sei so gut und bring Dr. Weißmann schon mal eine Tasse. Du kannst dich zu uns setzen, bis du in die Schule musst.«

Drüben nahm Ruth, nachdem sie ihm eine Decke angeboten hatte, angespannt neben dem Rechtsanwalt auf dem Sofa Platz und nippte an ihrem Kaffee, während Weißmann wiederholte, wie er spätabends aus dem Theater hatte nach Hause gehen wollen und kaum seinen Augen trauen konnte, als er sah, dass Menschen in der Uniform der SA brandschatzend über den Ku'damm zogen. Und wie er sich plötzlich selbst als Gejagter wiederfand. Wie er nur durch pures Glück entkam und dann vermutlich ein anderer armer Kerl die Schläge einstecken musste, die für ihn vorgesehen waren. Ruth, der das Herz im Halse schlug, spürte, wie mehr und mehr Übelkeit in ihr aufstieg – vor Zorn, vor Abscheu, vor allem zusammen. Sie warf ihrer Tochter einen nervösen Blick zu. Wie nahm sie diesen Bericht auf? Verstand sie, was passiert war? Karin hörte sehr aufmerksam zu, wirkte dabei aber vollkommen ruhig.

Als Karin aufbrechen musste, begleitete Ruth sie an die Wohnungstür, um ihr noch ein paar warnende Worte mit auf den Weg zu geben. Nie zuvor hatte sie sich Sorgen wegen Karins Schulweg gemacht. Aber nun ...

Doch Karin sah sie an und sagte: »Ich weiß schon, Mama. Kein Wort zu niemandem und ganz normal verhalten.« Sie verzog den Mund zu einem schiefen Lächeln.

»Du bist eben meine kluge Tochter. Ich hab dich lieb.« Ruth küsste Karin zum Abschied und drückte sie kurz an sich – was sie morgens sonst nie tat.

Bevor sie zu Weißmann ins Wohnzimmer zurückkehrte, hielt sie noch einen Moment inne, um sich zu sammeln. Rasch überlegte sie, wo sie ihn am besten unterbringen konnte. Die Wohnung war klein. Dennoch, Weißmann könnte sicher eine Nacht, vielleicht auch ein paar Nächte, auf dem Sofa schlafen, ohne dass es jemandem auffiel. Es gab nur ein einziges Zimmer, das so richtig hellhörig war, und das war Karins Kinderzimmer mit dem Balkon. Das sollte Weißmann am besten gar nicht betreten; die Wände mochten in diesen Zeiten Ohren haben.

Sie versuchte, Dr. Weißmann mit einer Tasse Kamillentee und

ein wenig Frühstück weiter zu beruhigen, und gönnte auch sich selbst eine Tasse. Sie musste in die Redaktion, wollte ihn aber in diesem Zustand eigentlich nicht allein lassen. Auch Weißmann erklärte sich erst bereit, zu schlafen, als sie Leo aus der oberen Wohnung geholt und zu seiner Bewachung im Wohnzimmer platziert hatte. Außerdem musste Ruth ihm versprechen, seiner Frau Bescheid zu geben, dass er in Sicherheit sei.

In der Zeitung war die Stimmung heute besonders gedrückt. Ruth kannte die meisten Kollegen seit Ewigkeiten, auch die freien Mitarbeiter, wie sie selbst eine war. Sie kannte auch jene, die erst nach 1933 in den Verlag gekommen waren, weil nun in jeder Redaktion und in jedem Verlag parteitreue Redakteure zu arbeiten hatten. Einige, wie Dr. Mühsam, hatten gehen müssen, weil sie als ganz oder halb jüdisch eingestuft worden waren, egal, ob sie gläubig, evangelisch getauft oder unverblümt atheistisch waren. Als Redakteur hatte man einen Ariernachweis vorlegen müssen, um weiterarbeiten zu dürfen. Auch Ruth hatte das getan. Ihr ging es da nicht anders als vielen Kollegen, die eine Familie zu versorgen hatte. Trotzdem waren die wenigsten von ihnen überzeugte Nazis, jedenfalls soweit Ruth wusste. Vielleicht auch ein Grund dafür, dass heute anscheinend alle den Blickkontakt untereinander vermieden.

Ruth beschloss, bei Fritz Kroner vorbeizuschauen. Kroner hatte sie zur Journalistin ausgebildet, und als Hauptschriftleiter hatte er ein Zimmer für sich allein. Als Ruth die Tür aufdrückte, saß er wie ein Häufchen Elend hinter seinem Schreibtisch. Er sah Ruth an, und sie erkannte in seinen Augen die gleiche Fassungslosigkeit, die sie seit heute Morgen empfand.

»Ruth, komm rein, setz dich.« Kroner nahm seine kalte Pfeife vom Tisch, steckte sie sich in den Mund und kaute sorgenvoll auf dem Mundstück herum.

»Schlimm, oder?«, fragte Ruth mit leiser Stimme.

»Das ist gar kein Ausdruck, Ruth. Man muss sich ja schämen. Brennende Synagogen! Tote und Verletzte, viele entführt und verschleppt. Schaufenster eingeschlagen, diese verfluchte Bande. Und alles wird als *spontane Volkswut* ausgegeben. So ein Zimt!« Er schob Ruth ein paar Blätter Papier zu, die sie aufnahm und las.

DNB-Korrespondenz prangte ganz oben auf der ersten Seite, das Ganze kam also vom deutschen Nachrichtenbüro, dem zentralen Dienst – ZD –, der diktierte, was heute in der Zeitung zu stehen hatte. Das hieß, dass alle Zeitungen die Artikel drucken mussten, allerdings jeweils in eigenen Worten. Als Hauptschriftleiter trug Kroner die Verantwortung, musste also einerseits dafür sorgen, dass der Artikel gedruckt wurde, andererseits auch für den Inhalt geradestehen. Und er musste die Meinung, die darin vertreten wurde, Kollegen und Lesern gegenüber als seine eigene ausgeben.

»Antijüdische Aktionen in Berlin und dem Reich«, las Ruth. »Nachdem bekannt geworden war, dass der deutsche Diplomat Pg. vom Rath durch einen feigen jüdischen Mörder getötet wurde, haben im ganzen Reich spontane judenfeindliche Kundgebungen stattgefunden. Die tiefe Empörung des deutschen Volks über diese schändliche Tat machte sich in starken antijüdischen Aktionen Luft. An vielen Stellen Berlins wurden Schaufensterscheiben von jüdischen Geschäften eingeschlagen und die Schaukästen demoliert. Als die jüdischen Ladenbesitzer die Frechheit besaßen, ihre arischen Angestellten zu zwingen, die Glasscherben mit den bloßen Händen aufzusammeln, wurde leidenschaftlicher Protest von Passanten deutlich. In vielen Synagogen, den Stätten, in denen staat- und volksfeindliche Lehren des Talmud und des Schulchan Aruch verbreitet werden, wurde Feuer gelegt, das die Inneneinrichtung zerstörte. In der Synagoge am Wilhelmsplatz sollen Waffen gefunden worden sein. Die jüdischen Tempel in Eberswalde, Cottbus und Brandenburg sind abgebrannt.«

Ruths Mund war trocken, als sie das Blatt umdrehte, um auch noch den Rest zu lesen. Die Synagoge in Wilmersdorf brannte, in Nürnberg hatte es Demonstrationen gegeben, genauso wie in vielen anderen Städten: Essen, Düsseldorf, Krefeld, Leipzig ... die Liste war endlos. Empörung, Feuer, Scherben. Die Worte wiederholten sich wieder und wieder in der gleichen Reihenfolge. In Ruths Magen rumorte es. Der Krieg gegen Jüdinnen und Juden hatte endgültig begonnen.

Auf dem Weg zurück zu ihrem Platz begegnete Ruth ihrem Chef vom Dienst, der eigentlich für seine nazistischen Ansichten bekannt war. Dennoch glaubte Ruth, ihn vor sich hin murmeln zu hören: »Antisemitismus – gut; Boykott der Juden – gut; aber doch nicht so ...«

Ruth fragte sich unwillkürlich, was er sich wohl vorgestellt hatte, wie viel Wut und Gewalt gegenüber Juden noch angemessen waren und wo genau er die Grenze gezogen hätte. Aber natürlich behielt sie diesen Gedanken für sich.

Später, als sie ihre Arbeit an der Rezepteseite unterbrach und sich einen Kaffee holte, traf sie auf Meyer, der offenbar unerhört gute Laune hatte.

»Endlich zeigt es dem Pack mal jemand. Das war lang überfällig.« Er hielt Ruth eine Packung Pralinen hin, als hätte er etwas zu feiern.

Ruth schüttelte den Kopf. Dann sagte sie, wie einem spontanen Einfall folgend: »Ist es nicht merkwürdig, dass im ganzen Reich die Leute gleichzeitig auf die Idee gekommen sind, es denen mal so richtig zu zeigen?« Kaum waren die Worte heraus, biss sie sich auf die Lippe; hoffentlich war sie nicht zu weit gegangen.

Meyer starrte sie perplex an, dann verzog er das Gesicht. »Ach, was Sie wieder haben. Der Führer wird schon wissen …«

»Das ist es ja gerade, der Führer weiß genau, was er tut.« Damit ließ Ruth den Mann stehen.

Als sie in ihr Zimmer zurückkehrte, fuhr dort eine kleine Ansammlung von Menschen auseinander, in deren Mitte Susanne stand. Offenbar hatte sie die Neuigkeiten zum Anlass für einen Besuch genommen. Als die Kolleginnen erkannten, dass es nur Ruth war, schienen sie kollektiv aufzuatmen.

»Kannst du nicht anklopfen?«, fragte Susanne, halb im Scherz.

Ruth verdrehte die Augen, und Susanne fuhr fort: »Komm her, ich kann nicht so laut sprechen. Ich habe gerade erzählt, dass sie den Sohn unserer Wirtin um zwei Uhr nachts aus dem Bett geholt haben. Befehl vom SA-Sturm: Sofort antreten. Also war das mit den Anschlägen und so weiter natürlich die SA.«

»Wer denn sonst?«, fragte Ruth. Resignation legte sich über sie wie ein Bleimantel.

»Ich hab mit eigenen Augen gesehen, wie sie in voller Montur die Kleiststraße entlangmarschiert sind«, sagte eine Kollegin, in deren Miene sich eine Mischung aus Abscheu und Fassungslosigkeit spiegelte. »Das war definitiv gesteuert und lang vorbereitet.«

»Und vor dem Aufstehen fällt es schwer, Kirchen anzuzünden«, ergänzte Susanne grimmig. »Ich bin gekommen, um dich zum Essen abzuholen, Ruth. Gehen wir ein bisschen an die frische Luft.«

Ein paar Minuten später waren Ruth und Susanne unterwegs, sie fuhren in Richtung Innenstadt. Dort stiegen sie aus der Tram und liefen zu Fuß durch die Straßen, an zerstörten Schaufenstern vorbei, immer weiter, bis sie am Hausvogteiplatz seltsame Geräusche bemerkten. Ein dumpfes Klirren, wieder und wieder. Sie warfen einander einen kurzen Blick zu, ehe sie darauf zueilten. Ruth beschlich eine dunkle Ahnung – von der sie sich wünschte, dass sie nicht wahr würde.

In der Mohrenstraße vor den Schaufenstern eines Bekleidungsgeschäfts hatte sich eine Menschenmenge versammelt. Ruth und Susanne drängelten sich nach vorne durch. Fünf Burschen in verknautschten Kleidern und Schirmmützen standen vor dem Laden, jeder eine schwere Eisenstange in der Hand, die Gesichter vor Anstrengung oder Anspannung verzogen. Offenbar sollten die Burschen einen Teil des sogenannten *Volkszorns* darstellen, auch wenn sie schlicht wie ein verkleideter Parteitrupp wirkten. Sie schlugen mit großem Bedacht die Scheiben der Fenster klein und kleiner, selbst die Reste in den Rahmen ließen sie nicht stehen. Die Scherben auf dem Boden zertraten sie noch mit ihren schweren Stiefeln. Schließlich besah sich einer der Burschen das Werk, nickte ohne jede Gefühlsregung und rief: »Fertig!«

Der Rest der Gruppe hielt inne, formierte sich zu einem Trupp, und dann marschierten sie im Stechschritt ein paar Meter weiter zum nächsten jüdischen Geschäft, wo der Anführer brüllte: »Stillgestanden!« Kurz darauf setzten sie ihr Zerstörungswerk fort.

Ruth hatte ja gewusst, was sie sehen würden, trotzdem konnte sie schier nicht glauben, was hier geschah. Wieso in aller Welt durften diese Burschen vollkommen unbehelligt von der Polizei, aber auch von diesen ganz normalen Menschen, den Schaulustigen ringsumher, so ein Verbrechen begehen? Die Frage schnürte ihr die Kehle zu.

»Das ist also dieser außer Rand und Band geratene Volkszorn«, raunte Susanne.

Ruth war der Appetit vergangen. Sie zog Susanne am Ärmel weg aus der Menschenmenge, weg von diesem Ort. Heißer Zorn, vermischt mit brennender Scham, wütete in ihrem Inneren.

»Wir müssten uns selber anspucken oder wenigstens im Boden versinken, weil wir nichts unternehmen«, fauchte Ruth, sobald sie außer Hörweite waren.

»Das wäre das Mindeste«, antwortete Susanne. »Aber was nützt es, wenn wir dagegen protestieren, im nächsten Moment verhaftet werden und dann in aller Stille einen Kopf kürzer gemacht werden?«

Auf dem Heimweg dachte Ruth über Susannes Worte nach. Sie hatte natürlich recht. Sie konnten nichts oder nur wenig tun. Märtyrer starben für ihre Überzeugung – und waren nur deshalb imstande, etwas zu bewirken, weil man über sie und ihren Tod sprach. Hätten Susanne und sie sich gegen diesen Trupp gestellt, sie wären vermutlich einfach verprügelt oder sogar verhaftet worden, und niemand, abgesehen von ihnen selbst, hätte darüber ein Wort verloren. Dafür zu sorgen, dass sich die Leute für irgendetwas interessierten oder gar einsetzten, war auch ohne Zensur schon schwer genug. Mit den drückenden Auflagen hingegen war es geradezu unmöglich, sich kritisch über Hitlers Regime zu äußern, außer hinter vorgehaltener Hand zu sehr guten Freunden.

Trotzdem, irgendetwas musste man doch tun! Das alles konnte doch nicht einfach passieren, ohne dass irgendjemand etwas dagegen unternahm!

Zu Hause bei Ruth saßen mehr von ihren Freunden, als sie erwartet hatte. Dr. Weißmann war natürlich immer noch da, doch außerdem auch Dr. Levy und Jochen Cohn. Alle drei hatten es sich in Ruths Wohnzimmer bequem gemacht und spielten Karten, auch wenn ihre angespannten Gesichter dem scheinbar friedlichen Bild widersprachen. Karin hockte in der Küche und machte ihre Hausaufgaben.

»Guten Abend, die Herren.« Ruth bemühte sich, möglichst gelassen zu klingen. Sie verkniff sich jede Frage, es lag auf der Hand, was die Männer hergeführt hatte. Und obwohl sie sich eben noch so ohnmächtig gefühlt hatte, als sie das Zerstörungswerk der Nazis hatte mitansehen müssen, fühlte sie jetzt tatsächlich ein klein wenig Trotz und Stolz in sich aufkeimen. Sie konnte *doch* etwas tun. Sie konnte ihren Freunden helfen.

»Entschuldigen Sie bitte, dass wir Sie so überfallen ...«

Ruth winkte freundlich ab. »Wo ist denn Leo?«

»Der ist losgefahren, um nach Dr. Hirschberg zu schauen. Er geht nicht ans Telefon, und wir befürchten, dass man ihn ... dass man ihn abgeholt hat.«

»Abgeholt?«, fragte Ruth verwirrt. Sie war sich nicht sicher, ob sie die Antwort wirklich hören wollte. Das *konnte* nichts Gutes sein. Und was war mit Leo, war er ebenfalls in Gefahr?

Dr. Levy wirkte gequält, als er antwortete: »Abgeholt und abtransportiert. Direkt in den Judenhimmel, Eilpost in preußischen Lastwagen. Wer sich nicht rechtzeitig verstecken konnte, braucht sich um sein Testament keine Sorgen mehr zu machen.«

Ruth starrte ihn entgeistert an. So schlimm konnte es doch nicht stehen, das wäre einfach zu grauenhaft!

Kurz darauf stand sie wie betäubt in der Küche und wälzte den Gedanke immer wieder hin und her, während sie das Abendessen vorbereitete. Sie schabte gerade Möhren, als das Telefon klingelte. Franz Wolfheim. Auch er war auf der Suche nach einem sicheren Unterschlupf, und Ruth lud ihn sofort zu sich ein. Sie legte zusätzliche Möhren bereit und öffnete fünf Minuten später die Tür.

Dann überlegten sie alle zusammen, wer wo schlafen sollte. Zwei auf ihrer Couch, zwei auf der von Leo, einer im Sessel, was zugegebenermaßen nicht bequem, aber vermutlich lebensrettend war, wenn Levy wirklich recht hatte. Dr. Levy erklärte, dass er auch auf dem Boden schlafen konnte. Ruth schätzte, dass das mit vielen Kissen und zwei Teppichen gehen müsste, und stimmte zu. Tatsächlich schienen diese praktischen Überlegungen ihr etwas gegen den ersten Schock zu helfen.

Als sie Geräusche an der Wohnungstür hörte, stockte für einen Moment ihr Herz, doch es war Leo. Ruth eilte auf ihn zu, drückte ihn an sich und hätte ihn am liebsten gar nicht mehr losgelassen. Da erst wurde ihr bewusst, wie viel Angst sie in den letzten Stunden um ihn gehabt hatte. »Wo ist Hirschberg?«, fragte sie und spähte hinter ihn ins Treppenhaus.

Leo schüttelte traurig den Kopf, schloss die Tür und nahm den Hut ab. »Ich war zu spät. Sie waren vor mir da. Sperling haben sie auch und Peter Tarnowsky, Ernst Angel und den kleinen Schwarz. Alle weg. Ich habe beobachtet, wie drei Männer der SS Hirschberg aus seiner Wohnung holten und auf einen Lastwagen scheuchten. Da standen schon siebzehn andere, die ich allerdings nicht kannte. Und bei den anderen haben mir ihre Frauen und Kinder erzählt, dass sie abgeholt worden sind.« Er stieß ein erschöpftes Keuchen aus. »Ich brauch einen Schnaps.«

Es war mucksmäuschenstill im Raum, als sie eintraten. Leo war offenbar nicht der Einzige, der angesichts seiner Erlebnisse einen Schnaps brauchte. Ruth brachte, was sie in ihrer Küche fand, Karin servierte kurz darauf die Suppe. Während des Essens und bei einer weiteren Runde Schnaps holte Leo eine Zeitung aus der Tasche. Dann las er vor: »Der Reichsführer SS und Chef der Deutschen Polizei hat folgende Anordnung erlassen: Personen, die nach den Nürnberger Gesetzen als Juden gelten, ist jeglicher Waffenbesitz verboten. Zuwiderhandelnde werden in Konzentrationslager überführt und für die Dauer von 20 Jahren in Schutzhaft genommen.«

Ruth folgte seinem Blick zu Dr. Levy. War der etwa bewaffnet?

Doch Dr. Weißmann sagte in dem Moment: »Kommt doch gar nicht drauf an. Wenn man uns hier erwischt, ist es sowieso vorbei.«

Ruth schluckte. Was geschah in diesen Lagern? Und was würde man mit ihr, Leo und Karin tun, falls man sie dabei erwischte, wie sie ihren Freunden halfen?

## · 4. Kapitel ·

13. November 1938

Ruth hatte beschlossen, heute zu Hause zu arbeiten. Ihr Bedürfnis, die Untergetauchten zu beschützen, war einfach zu groß – obwohl ihr klar war, dass sie gegen eine Horde SS-Leute an der Wohnungstür nichts würde ausrichten können. Der Gedanke saß wie ein unangenehmer Kloß in ihrem Magen und verursachte eine andauernde leichte Übelkeit. Die Männer rauchten und spielten Karten im Wohnzimmer; dabei sprachen sie über alles Mögliche ... nur nicht über Politik.

Als Karin von der Schule zurück war, ging Ruth aus.

Sie hängte sich einen Einkaufskorb an den Arm und steckte ihr Portemonnaie ein. Vor dem Haus lenkte sie ihre Schritte nach rechts durch den Hünensteig am Friedhof entlang in Richtung Munsterdamm, um einen kleinen Markt zu erreichen, den sie in den letzten Tagen nicht besucht hatte. Es war wichtig, abzuwechseln, damit nicht auffiel, wie viel Fleisch und Gemüse sie täglich einkaufte. Danach beeilte sie sich, um Frau Levy wie verabredet in einer stillen Seitenstraße nicht weit von ihrer Wohnung zu treffen.

Auch bei diesem Treffen erschrak sie, als sie Frau Levy sah. Das Entsetzen darüber, ihren Mann in so großer Gefahr zu wissen, hatte sich buchstäblich in ihr Gesicht gegraben. Ruth hätte sie am liebsten in den Arm genommen. »Wie geht es Ihnen?«, fragte sie.

Frau Levy starrte sie mit Verzweiflung in den Augen an. »Wie soll es mir gehen? Ich werde erst wieder schlafen, wenn mein Mann in Sicherheit ist und wir wieder zusammen sind.« Ihre Augen wurden feucht, und sie legte Ruth eine Hand auf den Arm. »Wie geht es ihm? Isst er genug?«

Ruth war erleichtert, dass sie die Frau wenigstens darüber beruhigen konnte. »Machen Sie sich deswegen keine Sorgen. Für sein leibliches Wohl ist gesorgt, nur vermisst er Sie und lässt Sie grüßen.«

Frau Levy verzog den Mund im Versuch zu lächeln. Dann drückte sie Ruth ein in Papier eingeschlagenes Paket in die Hand. »Geben Sie ihm das, bitte. Es ist frische Wäsche, mehr kann ich ihm nicht – « Sie ließ den Kopf hängen.

Ruth zerriss es fast das Herz. »Es ...«, sie zögerte, »es wird bestimmt alles gut. Vielleicht kann er in ein paar Tagen schon zu Ihnen zurück.«

Frau Levy musterte sie zweifelnd, dann nickte sie kurz. »Gott gebe, dass Sie recht behalten. Ich danke Ihnen.« Damit wandte sie sich um und huschte davon.

Kaum war sie wieder zu Hause, klingelte das Telefon. Ruth lief zum Apparat im Flur und nahm ab. Die Telefonverbindung war einer der Vorzüge, die das Leben in diesem Neubau aus den 20er Jahren mit sich brachte. Die meisten ihrer Freunde hatten Telefon, wenn nicht zu Hause, dann doch auf der Arbeit.

Es war Susanne. »Annemarie hat Besuch gekriegt, Karlheinz ist nicht zu Hause, wir haben hier ein Paket für ihn und hoffen, dass er bald zurückkommt.« Susanne sprach hastig, dann schwieg sie und gab Ruth Zeit, die Andeutungen zu verstehen. Susanne hatte also auch geflüchtete Freunde bei sich. Bloß wer von denen war Karlheinz? Egal. Das würde Ruth in den nächsten Tagen schon noch erfahren. Am Telefon war man besser vorsichtig, seit ein paar Jahren war das »Fräulein vom Amt« zwar von der Selbstvermittlung abgelöst worden, aber sicher konnte man trotzdem abgehört werden.

Auch die anderen Freunde, mit denen Ruth telefonierte, berichteten in ähnlich verklausulierten Beschreibungen wie Susanne, dass sie Menschen aufgenommen hatten. Es war wie in einem Alptraum. So viele Menschen ...

Ruth mochte schon gar nicht mehr an den Apparat gehen.

Am Nachmittag besuchte Ruth Lisel Hirschberg zu Hause. Als Ruth in der Wohnung in Charlottenburg ankam, stand die Tür auf, sie war aufgebrochen worden.

»Hallo? Lisel? Sind Sie da?« Mit klopfendem Herzen drückte Ruth die Wohnungstür ein wenig weiter auf. Schon im Flur begrüßte sie blinde Zerstörung. »Lisel?«

Sie fand Frau Hirschberg im Wohnzimmer; dort kauerte sie mit eingesunkenen Schultern auf einer umgestürzten Truhe, um sich herum nur noch Trümmer dessen, was einmal ihre Einrichtung gewesen war. Ruth schluckte. Dann ging sie schnell auf Frau Hirschberg zu, setzte sich neben sie auf die Truhe und nahm sie in den Arm. Sie konnte hören, wie die Frau an ihrer Schulter leise schluchzte.

»Gestern Nachmittag haben sie Kurt abgeholt. Zwei Kriminalbeamte waren es, zumindest haben sie das behauptet, Ausweise haben sie nicht gezeigt. Kurt durfte nicht mal seinen Hut aufsetzen. Und kaum waren sie aus der Tür, da kam eine Horde Burschen rein. Sie haben vom Buffet gefegt, was draufstand, das Geschirr zerschlagen, die Bücherregale umgeworfen ... Sie hatten sogar eine Axt dabei, mit der sie meine hölzerne Madonna klein gehackt haben, die Teile haben sie zusammen mit Kurts Holzschnitten in den Ofen geworfen.« Tonlos war Lisels Stimme und gleichzeitig atemlos. Nun rückte sie ein wenig von Ruth ab. »Eine halbe Stunde haben sie gebraucht, dann war alles verwüstet. Ich soll mich bei meinen Rassegenossen bedanken, haben sie zum Abschied gesagt. Aber vermutlich haben sie nicht gewusst, dass ich Arierin bin.«

Lisels schiefes Grinsen fuhr Ruth bis ins Mark. Sie fühlte nichts als abgrundtiefe Hilflosigkeit vor dieser Willkür. Im nächsten Moment brachen sich Lisels Tränen wieder Bahn. »Kurt, wo haben sie ihn nur hingeschafft? Ich liebe ihn doch, er hat nichts getan!«

»Niemand hat irgendwas getan; die nicht, die heute und gestern abgeholt worden sind. Aber wir, die wir noch da sind, wir haben auch nichts getan. Nichts, um sie aufzuhalten. Nicht heute und gestern, und auch nicht in den letzten fünf Jahren. Sie und ich, Lisel und Leo und Kurt und wir alle, wir haben wohl gedacht, dass alles schon nicht so schlimm werden wird. Wir haben gedacht, dass die Nazis Menschen sind wie wir.« Ruth, deren Stimme in ihren eigenen Ohren ganz rau klang, ließ die Schultern sinken.

»Was hätten wir denn tun sollen?« Lisel hatte aufgehört zu weinen, eine Antwort auf ihre Frage schien ihr nicht einzufallen, und Ruth wusste ebenfalls nichts anderes zu sagen als: »Wir hätten für das Gute Werbung machen müssen. Es schmackhaft und attraktiv für alle machen, für den kleinen arbeitslosen Handwerker und den Hausmeister genauso wie für ehrgeizige junge Männer und Frauen.«

»Das hätten wir tun sollen, ja. Der Himmel weiß, ob es geholfen hätte. Aber was sollen wir *jetzt* tun? Was soll *ich* nur tun?« Wieder traten Lisel die Tränen in die Augen.

Mit wiedererwachter Entschlossenheit stand Ruth auf. »Zuerst gehen wir zu Dr. Brandt.«

»Zum Anwalt?« Lisel schien nicht überzeugt.

»Ja, er kann vielleicht herausfinden, wohin sie Kurt gebracht haben. Und später helfe ich Ihnen, hier aufzuräumen.«

Brandts Wartezimmer war brechend voll mit Frauen, deren Augen rot vom Weinen waren. Offenbar war Ruth bei Weitem nicht die Erste oder Einzige, die diese Idee gehabt hatte. Schließlich ging die Tür zu Brandts Büro auf, und er trat heraus. »Meine Damen. Folgendes konnte ich erfahren: Die Männer, die zuerst abgeholt wurden, hat man zum Güterbahnhof und von dort nach Oranienburg gebracht. Eine zweite Gruppe nach Buchenwald bei Weimar. Mir wurde berichtet, dass die Männer zwei Stunden im Scheinwerferlicht auf dem Bahnhofsplatz stehen mussten, bevor sie …«, er räusperte sich »… verladen wurden.«

»Wissen Sie, ob Kurt Hirschberg dabei war?«, wagte Lisel dazwischenzufragen.

Brandt sah sie an. Sein Gesicht zeigte keine Regung. »Ja, Ihr Mann war dabei, Frau Hirschberg, er ist gesehen worden, es ging ihm gut.« Dann schaute er wieder auf die Gruppe von Frauen, die ihn mit ängstlich aufgerissenen Augen anstarrten. »Von der dritten Gruppe weiß man bisher noch nicht den Zielort. Mehr konnte ich nicht erfahren, aber ich gebe Ihnen allen ein Schreiben mit, mit dem Sie sich an die Polizei wenden können.«

Manchmal, wenn sie die Nachrichten im Radio hörte, hätte Ruth sich am liebsten übergeben. Bisher war davon die Rede gewesen, dass der Volkszorn sich gegen die Juden richtete. Heute, als sie abends alle um den Volksempfänger saßen, wurde plötzlich dazu aufgerufen, das Randalieren einzustellen. Vermutlich waren die Schäden einfach zu groß geworden. Dann wurde über die Beerdigung von Ernst vom Rath berichtet. Sein Leichnam war in seine Heimatstadt Düsseldorf überführt worden.

»Mir tun vor allem die armen Eltern leid«, sagte Leo. »Sie haben ihren Sohn verloren und müssen nun auch noch so ein unsägliches Propagandabegräbnis aushalten.«

Ruth nickte. Ihr wurde ganz anders, wenn sie daran dachte. Dann sah sie reihum die Männer an. Sie alle hatten ja Eltern, die sich sorgten. Und was war mit den Eltern der Menschen, die verschleppt worden waren?

Dr. Levy wiegte den Kopf. »Meinen Sie wirklich? Vielleicht sind diese Leute ganz glücklich, einen Sündenbock zu haben. Einen Schuldigen am Tod ihres Sohnes.«

Nach einem Moment der Stille räusperte sich Ruth. »Ich verstehe, warum Sie das sagen, Dr. Levy. Als Mutter glaube ich, es nachvollziehen zu können, vielleicht auch nur ansatzweise. Wenn ich meine ... wenn meine Tochter getötet werden würde, die Verzweiflung ließe mich keinen klaren Gedanken fassen.« Ruth atmete kurz durch. »Aber es sind doch überhaupt nur diese Nazis schuld an der Misere. An allem sind sie schuld. Nichts interessiert sie als ihre eigene Macht.«

»Die Vernichtung politischer Gegner nicht zu vergessen.« Leo sagte es ganz lapidar.

Ruth seufzte. »Ja, das stimmt natürlich.« Er hatte recht, sie alle hatten recht. Gegen einen entschlossenen Widerstand der Bevölkerung hätten die Nazis die Angriffe, die Zerstörungen und Verhaftungen nicht durchsetzen können. So schlimm dieser Gedanke für Ruth auch auszuhalten war, so sehr traf er doch zu.

War es also den meisten Deutschen egal, was mit den Juden passierte? Fanden sie das alles ganz richtig? Oder wussten sie genauso wenig wie Ruth, was sie jetzt noch dagegen unternehmen sollten?

So oder so – in jedem Fall zeigte Hitlers Propaganda Wirkung.

## · 5. Kapitel ·

22. November 1938

In den nächsten Tagen beruhigte sich die Lage, obwohl es Ruth schwergefallen war, daran zu glauben. Hitler selbst hatte im Radio zu Zurückhaltung aufgerufen, und in der Redaktion hatte man vermutet, dass er möglicherweise unangenehme Nachfragen aus dem Ausland bekommen hatte, ob er sein Land denn nicht im Griff habe. Ruth fand diese Annahme von Susanne bestätigt, die mit Erich die besten Beziehungen in die Partei hatte. Die Dauergäste im Hünensteig verabschiedeten sich einer nach dem anderen, sie trauten sich wieder nach Hause zurück.

Und obwohl es zeitweise sehr eng gewesen war in Ruths Wohnung, kam ihr das leere Wohnzimmer jetzt riesig groß und fast einsam vor. Für Grübeln oder Trübsalblasen blieb ihr allerdings keine Zeit. Neben der Arbeit zu Hause fuhr sie nun wieder öfter in die Redaktion, um die ein oder andere Neuigkeit aufzuschnappen, die so nicht in der Zeitung stehen würde, und besuchte außerdem regelmäßig Lisel Hirschberg, die immer noch verzweifelt auf der Suche nach ihrem Mann war. Sie hatte in Moabit nachgefragt, war nach Tegel und Plötzensee gefahren, doch in allen Gefängnissen und Verwahranstalten hatte man mit den Achseln gezuckt. Niemand hatte Kurt Hirschberg seit dem 11. November gesehen – ihn nicht, und viele andere auch nicht.

Eine Ausnahme gab es allerdings. Daniel Schwarz, Bratschist

im Kammerorchester und ein guter Bekannter von Leo, war nach ein paar Tagen freigelassen worden.

An diesem Abend saß Schwarz bei Ruth auf dem Sofa und hielt ein Glas Wein in der Hand, die hin und wieder ins Zittern geriet. »Erst haben sie uns in Lkws nach Moabit gebracht und eingesperrt. Ich weiß nicht, wie lange, es erschien mir wie eine Ewigkeit. Es gab nichts zu essen, aber immerhin ein bisschen Wasser für uns alle. Dann – ich dachte schon, dass sie uns für immer eingesperrt lassen, uns einfach vergessen, als wären wir nie da gewesen – wurden wir auf den Hof geführt. Wir mussten uns in drei Reihen aufstellen, immer fünfzig Mann in einer Reihe. Auch da ließen sie uns warten, wir standen endlos stramm, die Hacken zusammen, die Hände an der Hosennaht ... eine traurige Kompanie müssen wir abgegeben haben. Schließlich tauchte ein Uniformierter auf, ein Scharführer, Gruppenführer oder so was, ich kenne die heutigen Abzeichen vom Militär nicht. Er schritt die Reihen entlang, brüllte: Weltkriegsoffiziere vortreten! Zwölf andere und ich traten vor. Einzeln befragte er uns nach Regiment, Verwundungen und Auszeichnungen, schickte einige zurück in die Reihe. Am Ende stand ich noch vorn, zusammen mit sechs anderen, die das Eiserne Kreuz erster Klasse bekommen hatten. Ihr sieben, abtreten, aber schleunigst, hat er gebrüllt, und ohne uns anzusehen, schlichen wir vom Hof und nahmen draußen die Beine in die Hand. Sieben Mann von hundertfünfzig haben sie gehen lassen. Ach, man hätte bleiben müssen.« Schwarz ließ den Kopf hängen.

Als Ruth sah, dass ihm Tränen in den Augen standen, legte sie ihm eine Hand auf den Arm.

»Sie hätten niemandem damit geholfen, wenn Sie dageblieben wären«, sagte Leo sanft.

Er hatte recht. Daniel Schwarz war vor Kurzem Vater geworden, Ruth und Leo waren bereits eingeladen gewesen, um das ein paar Wochen alte Mädchen zu bewundern. Catherine war ihr Name, Schwarz hatte auf einen Namen gedrungen, der in der ganzen Welt verstanden wurde. Sicher auch, weil er sich schon lange mit dem Gedanken herumgeschlagen hatte, seine Heimat Deutschland zu verlassen, obschon er sich bisher nicht dazu hatte durchringen können. Ruth wusste nicht, was ihn jemals dazu gebracht hätte, doch der Umstand, verhaftet und vermutlich nur knapp dem Tod entronnen zu sein, war nun hoffentlich dazu geeignet, die Waagschale in die richtige Richtung zu senken.

»Haben Sie es sich jetzt noch einmal überlegt, das mit dem Auswandern?« Ruth konnte die Chance nicht einfach ungenutzt lassen. Schwarz sah sie nur nachdenklich an.

Ein paar Tage später – es ging das Gerücht um, dass mit einer weiteren Welle von Verhaftungen zu rechnen war – klingelte es morgens um acht Uhr an Ruths Wohnungstür. Im ersten Moment erstarrte sie zu Eis. Dann schalt sie sich selbst; es machte keinen Sinn, Angst zu haben, wenn sie nicht wusste, ob es überhaupt einen Grund dafür gab. Sie nahm einen stärkenden Schluck von ihrem Kaffee und straffte die Schultern. Als sie die Tür öffnete, stand da ein junger Bursche, höchstens vierzehn, jedenfalls nicht viel älter als Karin, und hielt ihr einen Umschlag hin.

»Stadttelegramm«, sagte er nur und streckte die Hand aus.

Ruth holte schnell ein paar Groschen, um ihn zu entlohnen, und tauschte sie gegen das Telegramm. Gespannt lief sie zurück in die Küche und öffnete den Umschlag, der an sie adressiert war.

»Kommen Sie schnell, es ist dringend. D. Schwarz.« Mehr stand da nicht.

Ruth sank das Herz. Was mochte passiert sein? Sie stürzte den Rest Kaffee hinunter, zog sich in Windeseile an und fuhr mit dem Fahrrad los. Die Buggestraße lag ungefähr so weit westlich der Schloßstraße, wie der Hünensteig östlich davon lag, so dass sie gute zwanzig Minuten später an der Wohnungstür der Schwarzens war. Frau Schwarz öffnete die Tür, und Ruth hätte sie am liebsten sofort in den Arm genommen, so abgekämpft und blass sah die junge Frau aus.

»Gott sei Dank, Sie sind da.« Mehr sagte sie nicht, sondern drehte sich um und verschwand in der Wohnung.

Ruth folgte ihr nervös. Im Flur musste Ruth über Packpapier steigen; der Geruch von Holz und Staub lag in der Luft. Im Salon Bücherhaufen, Wäschebündel, halb gefüllte Koffer. Und dazwischen in einem Wäschekorb die kleine Catherine, gut gelaunt vor sich hin brabbelnd. Frau Schwarz zog eine Schublade auf und begann, den Inhalt in einen Koffer zu stopfen. Da ging die Tür ins Nebenzimmer auf, und Daniel Schwarz kam herein.

»Ach, Frau Friedrich, dem Himmel sei Dank, dass Sie da sind.« Er wirkte atemlos, was daran liegen mochte, dass er sich gerade die Krawatte um den Hals zog. »Endlich, heute Abend geht es los.« Er bemerkte Ruths ratlosen Blick und fügte hinzu: »Ich habe unsere Ausreisegenehmigung bekommen, Visa, Tickets, alles da. Heute Abend ist Abfahrt, zehn Uhr vom Bahnhof Zoo.« Sein Gesichtsausdruck schwankte zwischen Freude und Horror, was Ruth einen Stich ins Herz gab.

»Aber das ist doch ...«, sie zögerte, »das ist wunderbar. Ganz wunderbar. Sie werden in Sicherheit sein, mit Ihrer Frau und

Ihrer Tochter. Soll ich Ihnen vielleicht beim Packen helfen?« Sie sah sich um. Frau Schwarz konnte definitiv Hilfe gebrauchen, sie warf ziemlich wahllos Dinge in die Koffer.

»Nein, nein, danke. Es geht um was anderes. Ich weiß, es ist viel verlangt, aber Sie würden uns einen riesigen Dienst erweisen. Meiner Frau gehört ein Grundstück, außerhalb von Berlin, zweitausend Quadratmeter, einfach nur Bäume und Wiese, nichts zu tun, kein Zaun, keine Belastung. Ich möchte es Ihnen überschreiben, zu treuen Händen, bis ...« Er brach ab und schluckte. »Bis wir wieder zurückkommen können.«

Ein *Grundstück* überschreiben? Aber das ging doch nicht. Ruth spürte Unbehagen in sich aufsteigen, bis ihr einfiel, dass sie solche Geschichten schon von anderen Freunden gehört hatte, die unabsichtlich auf diese Art und Weise zu Grundstücken oder anderem scheinbaren Reichtum gekommen waren. Die Miete für das Haus der Cohns beispielsweise trieb ein vertrauenswürdiges Fräulein Schulz ein, und an mancher Aufsichtsratssitzung nahm jetzt Hans Peters teil. Alles auf Ehrenwort. Für sie nahm sich das sehr beklemmend aus, denn wozu gab es schließlich Gesetze und Urkunden? Die Antwort lag auf der Hand: Offenbar waren die nicht mehr viel wert.

Der flehentliche Blick von Daniel Schwarz brach zu guter Letzt ihren Widerstand. »Na gut, dann ... machen wir es so.«

Schwarz stieß erleichtert den Atem aus und bestellte telefonisch ein Taxi. Rasch gab er seiner Frau einen Kuss, warf seiner Tochter einen zärtlichen Blick zu und zog Ruth aus dem Haus.

Im Taxi trieb Schwarz den Fahrer zur Eile an, in der Kanzlei des Notars am Kurfürstendamm lagen alle Unterlagen schon bereit. Und noch vor der Mittagszeit war Ruth offiziell Besitzerin eines

Grundstücks in Saarow, das sie höchstwahrscheinlich nie zu Gesicht bekommen würde. Hoffentlich, dachte sie im Stillen.

Was für ein Vormittag. Was Leo wohl dazu sagen würde? Und Karin?

Als Schwarz und Ruth aus dem Haus traten, lag der Ku'damm vor ihnen. Geschäftiges Treiben, Menschen auf dem Weg ins nächste Restaurant oder Café.

Mitten im Trubel blieb Schwarz plötzlich stehen. Auf seinem Gesicht zeigte sich ein sehnsüchtiges Lächeln. »Meinen Sie nicht, Ruth, dass Berlin die schönste Stadt der Welt ist?«

Ruth, der immer noch der Kopf schwirrte, hielt inne und schaute sich um. Sie sah das Café Kranzler, all die Leute, die die seltene Novembersonne genossen und einfach spazieren gingen, unter der Woche, an einem Tag wie diesem, einem Tag wie jedem anderen – und doch anders als alle bisher. In dieser Straße war sie zu Hause gewesen, in ihren Restaurants, Bars, Theatern. Und nicht nur sie, auch Daniel Schwarz, seine Frau, all ihren anderen Freunde, von denen ein guter Teil nun das Land verlassen hatte.

»Ja, es ist die schönste Stadt der Welt. Oder sie war es wenigstens einmal.« Ruth fühlte sich schuldig, weil sie hierbleiben konnte, während Schwarz gehen musste, gegen seinen Willen, entgegen allem, was richtig war. Seine kleine Catherine, in die er so vernarrt war, würde er im Sommer nicht stolz im Kinderwagen über den Ku'damm schieben können.

»Glauben Sie, dass ich das alles jemals wiedersehen werde?«

»Natürlich sehen Sie Berlin wieder, natürlich kommen Sie zurück! Sie können mich doch nicht einfach mit Ihrem Grundstück allein lassen!« Ruth hatte das peinliche Gefühl, dass ihre Antwort schwach und unpassend war. Doch Schwarz schien sie ohnehin gar nicht zu hören. Er winkte einem Taxi, das sie zurück in die Buggestraße brachte.

Dort sah es nicht viel besser aus als wenige Stunden zuvor. Doch noch bevor Ruth auch nur ein Stück in einen Koffer packen konnte, legte Schwarz ihr eine Hand auf den Arm und sagte: »Ich schaffe das hier schon, gleich kommt ein Freund und hilft mir. Aber dürfte ich Sie bitten, mit meiner Frau noch die Besorgungen zu machen? Sie hat eine Liste. Wir müssen noch einige Rechnungen begleichen und eine ganze Reihe Einkäufe erledigen.«

Als sie nach einigen Stunden zurückkamen, trafen sie auf Susanne und Leo, die Schwarz halfen, die letzten Dinge zu verstauen, ganz am Schluss auch noch die Einkäufe. Es war längst Abend geworden und dunkel draußen. Wieder wurde ein Taxi gerufen, Koffer für Koffer nach unten getragen, auch Catherine im Wäschekorb; Ruth, Susanne, Leo, alle schleppten mit den Schwarzens, und dann ging die Fahrt zum Bahnhof, wo der Zug schon wartete. Sie schoben die kleine Familie mit allem Gepäck in den Waggon, und kurz bevor der Zug abfahren sollte, war es geschafft.

Daniel Schwarz stand am Fenster und hob die Hand zum Abschied. »Auf bald!«

»Auf bald!« Ruth bemühte sich um ein zuversichtliches Lächeln, winkte und betete zu Gott, es möge wahr werden.

## · 6. Kapitel ·

### 19. Dezember 1938

Wie die Schwarzens waren auch die Rosenthals nach den Pogromen im November ausgewandert. Immer wieder hieß es, Juden sollten Deutschland verlassen, und immer mehr von ihnen taten es. Die Rosenthals ließen eine Tante zurück, die sich weigerte, der Stadt den Rücken zu kehren, in der sie geboren und aufgewachsen war, in der schon ihre Vorfahren gelebt hatten. Margit Rosenthal war fünfundsiebzig Jahre alt und wohnte in einer kleinen Wohnung, gar nicht weit entfernt vom Hünensteig.

Als Ruth sie besuchte, winkte Frau Rosenthal ab. »Ach, Kindchen, was sollen sie denn mit einer alten Frau wie mir anfangen? Judenhass hat es schon immer gegeben. Mal mehr, mal weniger. Wenn wir lange genug warten, wird es auch wieder weniger.«

Ruth hörte den leichten Trotz in der Stimme, der vielleicht die Verzweiflung überspielen sollte.

»Außerdem sollten alte Tanten niemandem zur Last fallen, vor allem nicht, wenn man dabei ist, ein ganz neues Leben zu beginnen.« Sie putzte sich energisch die Nase.

Ruth legte ihr eine Hand auf den Arm. »Werden Sie denn nicht einsam sein, jetzt, wo die Familie so weit weg ist?«

»Kindchen, ich lebe schon so lange, ich hab gelernt, mich zu beschäftigen. Lassen Sie mich Ihre Füße abmessen, ich stricke für mein Leben gern Socken.«

Ruth musste lachen.

»Ja, lachen Sie nur. Bald werden es meine Lieben bereuen, dass sie weggegangen sind. Das ist alles nur eine Phase.« Sie kicherte.

Ruth jedoch glaubte nicht an Phasen.

Und der heutige Abend, den sie ausnahmsweise zu Hause verbrachte – sie hörte mit Leo Radio, las und trank ein Glas Wein –, war nicht dazu geeignet, sie vom Gegenteil zu überzeugen.

Es gab einen Bericht im Radio über den zu Anfang des Monats in mehreren Bezirken Berlins verhängten »Judenbann«. Jüdinnen und Juden durften ganze Straßen, Plätze und Gebäude nicht mehr betreten, und für viele hatte das zur Konsequenz gehabt, dass sie in den letzten beiden Wochen mehr oder weniger überstürzt umgezogen waren, denn die polizeilichen Erlaubnisscheine wurden nur zögerlich herausgegeben.

»Nicht mehr lange, und es wird Ghettos geben«, kommentierte Leo mit gerunzelter Stirn.

»Vermutlich werden wir bald Strafe für den Umgang mit Juden zahlen müssen«, ergänzte Ruth. Und obwohl dieser Satz in ihren Ohren absurd bis zur Lächerlichkeit klang, war ihr überhaupt nicht zum Lachen zumute. Auch Leo schaute finster drein. Man konnte einfach nicht mehr sicher sein, dass es wirklich nicht so kommen würde. Es fühlte sich immer mehr an, als wären sie Statisten in einem surrealen Theaterstück. Verdammt zum Zusehen, ohne in die Handlung eingreifen zu können.

Dabei ging gleichzeitig Ruths eigenes Leben mehr oder weniger seinen gewohnten Gang – wenigstens wie seit 1933, seit die Nazis bestimmten, was in den Zeitschriften geschrieben werden durfte und was nicht. So würden sie morgen tatsächlich ein ganz reales Theaterstück ansehen. Karin hatte nämlich im Krippenspiel, das an ihrer Schule aufgeführt wurde, die Rolle der Maria bekommen. Sie war sehr aufgeregt. Ruth hatte nicht mit ihr darüber gesprochen, doch sie vermutete, dass Karins blonde Locken bei der Vergabe der Rolle einen Anteil gehabt hatten. Was völlig an der eigentlichen Sache vorbeilief, denn Karin spielte Theater, seit sie auf das Gymnasium gewechselt hatte, lernte die Rollen mit größtem Eifer und probte auch zu Hause, bis sie sicher war, dass alles perfekt sein würde. Das kam nicht von ungefähr: Sie wollte, seit sie vor Jahren mit Dr. Mühsam zum ersten Mal im Kino gewesen war, Schauspielerin werden. Ruth würde also am nächsten Vormittag den Besuch in der Redaktion ausfallen lassen und sich das Krippenspiel im Gymnasium ansehen.

Nach dem Krippenspiel am nächsten Mittag nahm sich Ruth Zeit, um Lisel Hirschberg zu besuchen. Einige jüdische Männer waren mittlerweile nach Berlin zurückgekehrt und wie Daniel Schwarz teilweise gleich ausgewandert, nur von Hirschberg fehlte noch immer jede Spur.

Das Krippenspiel und Karins gefühlvolle Darstellung der Gottesmutter hatten ihr das Herz gewärmt, und jetzt, da sie vor Lisel Hirschbergs Wohnungstür stand und klingeln wollte, fiel Ruth ein, dass es sicher schön gewesen wäre, wenn sie Lisel gebeten hätte, sie zu begleiten. Ein wenig Ablenkung. Ruth seufzte. Zu spät. Vielleicht würde ihr etwas anderes einfallen und wenigstens kurz ein Lächeln auf das Gesicht der Frau zu zaubern. Sie klingelte.

Lisel öffnete und … sie lächelte. »Ruth, wie schön! Kommen Sie nur rein. Kann ich Ihnen etwas anbieten?«

Ruth wunderte sich, trat aber schnell ein. »Ich freue mich, Sie in so guter Stimmung anzutreffen, Lisel. Gibt es Neuigkeiten?«

Lisel lachte leise. »Ja, die gibt es. Kommen Sie mit mir in die Küche, ich habe gerade eine Tasse Kaffee gemacht. Möchten Sie auch eine?«

Ruth folgte ihr, sie setzten sich an den Küchentisch und tranken einen Schluck. Dann schob Lisel Ruth ein Blatt Papier hin. Eine Nachricht von Kurt Hirschberg!

*Liebe Lisel, es geht mir gut, ich bin gesund. Mach Dir keine Sorgen. Du darfst mir ein Paket schicken, mit Esswaren. Und Du darfst mir schreiben, zwanzig Zeilen. Setz Dich bitte mit Rechtsanwalt Brandt in Verbindung. Liebe, liebe Lisel. Dein Kurt.*

Ruth drehte das Blatt herum und fand einen Stempel. Konzentrationslager Sachsenhausen. *Sachsenhausen?* Das war ja keine dreißig Kilometer von Berlin entfernt! Er saß also im Konzentrationslager fest, o Gott. Nach allem, was Ruth von den Männern, die zurückgekehrt waren, gehört hatte, waren die Konzentrationslager wie Gefängnisse, in manchen musste gearbeitet werden. Und schwang nicht eine ganze Menge Kummer und Erschöpfung in den Zeilen mit? Sie schluckte.

Lisel jedoch strahlte. »Er lebt! Ist das nicht großartig? Er lebt, und ich kann ihm schreiben und ihm ein Paket schicken. Ist das nicht wunderbar?«

Ruth schluckte ihre Befürchtungen hinunter und zwang sich zu einem Lächeln. Natürlich, sie verstand; Lisel hatte sicher damit gerechnet, dass ihr Mann tot war. »Ja. Das ist wunderbar.«

## · 7. Kapitel ·

24. Dezember 1938

Weihnachten war da, und niemals war es Ruth weniger wie ein Fest der Liebe vorgekommen als in diesem Jahr. War Jesus, dessen Geburt sie gerade gefeiert hatten, unter anderem mit einem feierlichen Gottesdienst in einer geschmückten Kirche, denn nicht selbst Jude gewesen? Seit Jahrhunderten hieß es, die Juden müssten dafür büßen, dass sie Jesus ans Kreuz geschlagen hätten. Aber nur einmal angenommen, sie hätten es nicht getan – wie hätte es dann zu diesem Opfertod kommen sollen, der die Grundlage, ja überhaupt die Voraussetzung für das ganze Christentum bildete?

Am Heiligen Abend war Ruth mit diesen Gedanken allein, Karin besuchte ihren Vater, und Leo verbrachte die Feiertage wie jedes Mal in den mittlerweile sechs Jahren, die sie zusammen waren, bei seiner Mutter und seiner Schwester. Beide lebten ebenfalls in Berlin, Ruth kannte sie, aber irgendwie mochte man sich nicht besonders. Vielleicht war es die Tatsache, dass sie nun schon seit Jahren in einer undefinierten, inoffiziellen Beziehung mit Leo lebte, manchmal mehr miteinander, manchmal mehr übereinander. Oder vielleicht lag es daran, dass Ruth schon einmal verheiratet gewesen war und ein Kind hatte. Vielleicht war sie auch einfach nicht russisch genug. Dabei war das Russische, das er noch an sich hatte, Leos Beruf ja fast zum Verhängnis geworden.

Am Nachmittag des ersten Januar kam Leo wie gewöhnlich wieder nach Hause, was Ruth, obwohl sie geschworen hätte, eine freie, emanzipierte und nicht besonders eifersüchtige Frau zu sein, in einem Maß mit Beruhigung, Zufriedenheit und Liebe erfüllte, das sie selbst erstaunte. Und auch Leo war in den Tagen nach seiner Rückkehr ungewohnt aufgeschlossen für ihre Nähe, fast schon anhänglich. Ruth blieb morgens länger als üblich oben bei Leo, schmiegte sich an ihn, und er hielt sie fest. Es schien so notwendig, so wichtig, seine Nähe zu spüren, mit jeder Faser ihres Körpers zu fühlen, dass er wirklich da war. Dass er nicht weggehen würde. Dass ihre Liebe als Fixstern existierte und diese bösen Zeiten überdauern würde.

Viele von den Leuten, mit denen sie früher verkehrt hatte, waren schon 1933 ausgewandert, wenn sie bekannt genug gewesen waren, um in einem anderen Land Aufnahme zu finden. Tatsächlich waren die meisten Schriftsteller und Künstler – Erich Weinert, Gabriele Tergit, Vicki Baum, Bertold Brecht und so viele andere – gegangen, und ohne sie kam Berlin Ruth viel weniger großstädtisch und mondän vor. Natürlich war ein lebendiges intellektuelles Leben in der Stadt sowieso nichts, was die Nazis wollten oder auch bloß tolerierten. Ruth wusste das nur zu gut, schließlich war es ihre Aufgabe in der Arbeit, der deutschen Frau die »richtigen Werte« nahezubringen.

Zum Glück hatte sie bisher als Redakteurin noch die Freiheit genossen, auch über solche Themen zu schreiben, die nicht mit der Holzhammermethode darauf abzielten, die weibliche Hälfte der Bevölkerung zur aufrechten deutschen Frau zu erziehen. Immer wieder gelang es der Redaktion, an der Zensur vorbei Artikel zu platzieren, die sich um ganz banale Dinge drehten – erste

Liebe, Mode und Freizeit –, ohne dabei schablonenhaft das propagierte Frauenbild zu zeigen.

Am Morgen des vierten Januar wand sich Ruth schließlich aus Leos Umarmung, küsste ihn und stand auf. Im Morgenmantel schlüpfte sie aus seiner Wohnung, huschte im Treppenhaus eine Etage tiefer, schlich in ihre eigene Räume und lauschte. Alles still, Karin war schon auf dem Weg in die Schule. Sie war ein ungewöhnlich selbstständiges Mädchen, mit einer Leidenschaft für Bücher und das Theater. Mit Glück würde sie das irgendwann richtig ausleben können. Ruth bedauerte es sehr, dass sie Karin nicht in all die interessanten Aufführungen und Ausstellungen mitnehmen konnte, die es vor zehn Jahren noch in Berlin gegeben hatte. Wie sehr hätte ihr kluges Kind das genossen. Hoffentlich konnte sie sich ihr warmes Wesen und ihre Natürlichkeit bewahren in diesen dunklen Zeiten. Bei dem Gedanken zog sich Ruths Magen schmerzhaft zusammen. Wenn sie nur ihre Tochter schützen konnte! Ruth warf einen Blick in Karins Zimmer, wo das Bett ordentlich gemacht und der kleine Tisch, an dem Karin oft saß und las oder zeichnete, blitzblank aufgeräumt war. Nicht dass Ruth sich beschweren wollte, aber manchmal war sie doch verwundert, dass Karin rein gar nichts von ihrer rebellischen Art geerbt zu haben schien, die Ruths Eltern so oft zur Verzweiflung getrieben hatte.

Ruth war keine Frühaufsteherin, aber sie liebte es, morgens allein in der Küche zu sitzen, Kaffee zu trinken und zu lesen. Nach etwa einer Dreiviertelstunde kam Leo herein. Er war, wie immer, wenn er Ruths Wohnung betrat, gewaschen, rasiert und perfekt gekleidet. Ruth schenkte ihm Kaffee ein, und er nahm Platz.

Kurz darauf klingelte das Telefon im Flur, Ruth lief hinaus und nahm ab. »Hallo?«

»Er ist zu Hause, er ist hier! Hier! Er ist *da*!« Lisel Hirschbergs Stimme am anderen Ende der Leitung überschlug sich fast.

»Wir kommen!« Ruth legte auf und rief Leo aufgeregt zu: »Hirschberg ist zurück!« Dann zog sie sich in Windeseile an und eilte zusammen mit Leo zur Wohnung ihrer Freunde.

Im Treppenhaus begegneten sie einem Arzt, der gerade die Wohnung verließ. Er nickte ihnen zu. Lisel Hirschberg stand mit rot geweinten Augen in der Tür.

Ruth drückte die kleine drahtige Frau an sich. Sie spürte, wie Lisel sich einen kurzen Augenblick entspannte, spürte die Wärme und Erschöpfung ihres Körpers.

Dann straffte sich Lisel und rückte von Ruth ab. »Danke, dass ihr gekommen seid. Er muss schreckliche Sachen erlebt haben. Hände, Füße und Ohren sind erfroren, diese Schweine haben sie bei der schlimmsten Kälte stundenlang im Hof stehen lassen, die leichteste Stufe der Bestrafungen.« In hilfloser Wut wischte sich Lisel ein paar Tränen aus dem Gesicht.

Ruth hätte gerne etwas darauf geantwortet, doch was hätte sie sagen sollen? Auch Leo schwieg.

Lisel führte sie ins Schlafzimmer.

Kurt Hirschbergs kahl geschorener Schädel war mit Verbänden umwunden, seine braunen Augen waren fast schwarz, doch ohne jeglichen Glanz.

Ruth schluckte schwer. »Wir sind so froh, dass Sie wieder da sind.«

Leo rang sichtlich um Worte, doch schließlich fragte er: »Was ist passiert?«

Hirschbergs Stimme klang brüchig, rau wie Kopfsteinpflaster. »Es war furchtbar. Sie haben uns sechzehn Stunden in Reih und Glied in der Kälte stehen lassen, den Hut in der Hand, die Wertsachen im Hut, nichts zu essen, nichts zu trinken. Ohne Ausnahme, nicht aus der Reihe treten. Drei von uns sind in dieser ersten Nacht gestorben. Danach lagen wir wie die Ölsardinen auf Stroh in der Baracke, hundertfünfzig Menschen Knie an Knie. Man ... man schläft nicht, und man wird nicht mehr wach. Ja. Dann wieder ohne Mantel mit geschorenem Kopf in der Kälte stehen. Wieder und wieder. Faust in die Fresse, Gewehrlauf zwischen die Beine. Verdammter Jude. Wer nicht spurt, wird aufgeknüpft.« Ein krächzender Laut entfuhr ihm, und Ruth begriff mit einem tiefen Schauder, dass es ... ein Lachen war. Sie starrte ihn an, denn nichts an ihm lachte, nicht seine stumpfen Augen und nicht sein Mund, da war nur dieser grässliche Laut. »Wir mussten dazu singen. Wir mussten zwei Stunden vor dem Tor strammstehen, weil wir versucht hatten, uns mit Zeitungspapier unter dem Hemd zu wärmen, Hände an der Hosennaht. Bei minus achtzehn Grad.« Er brach ab. Seine Augen wirkten, als wäre er gar nicht anwesend.

Ruth hatte Tränen in die Augen, Mitleid und Fassungslosigkeit rangen in ihr um die Vorherrschaft. Spontan streckte sie die Hand aus, dann zog sie sie wieder zurück. Wie hätte sie diesen Mann trösten sollen, was konnte man zu so einem Bericht sagen?

Ohne ihre hilflose Geste zu bemerken, fuhr er fort. »Es ist schlimm, wenn man nicht weinen kann. Wenn ... wenn man kein Mensch mehr ist.« Er sagte es einfach so, tonlos, fast beiläufig, doch bei seinen Worten wurde Ruth ganz kalt. Wie konnte ihm so etwas angetan werden, nur ein paar Kilometer entfernt von seiner

Wohnung, von dem Berlin, in dem sie sich so lange so wohl gefühlt hatte? Wie hatte es so weit kommen können?

»Wann werden Sie ausreisen?«, fragte Leo leise.

»Sobald ich das Visum habe. Ich hoffe, in spätestens vier Wochen.«

Ruth warf Lisel einen Blick zu, aber die war ganz auf ihren
Mann konzentriert, und aus ihrem Blick sprach nichts als unend-
liche Liebe und Erleichterung darüber, dass er noch lebte.

Auch wenn das, was die Nazis ihr von ihrem Mann gelassen
hatten, nur ein Bruchteil von dem Menschen war, den sie einst
geheiratet hatte.

# · 8. Kapitel ·

16. Januar 1939

Kurt Hirschberg erholte sich nur langsam, aber er war zurück-gekehrt, das machte Ruth Hoffnung. In der Tat kamen nun immer mehr Freunde zurück. Peter Tarnowsky, Kurt Sperling, Angel, Weiß. In den Lagern hatte man ihnen klar gemacht, dass sie in Deutschland nicht mehr willkommen waren. Sie trafen aus Sachsenhausen ein, wo Kurt Hirschberg gewesen war, und aus Buchenwald in der Nähe von Weimar. In Sachsenhausen hatten die Männer Arbeit gehabt, bei der sie sich wenigstens aufwärmen konnten. Aber die Strafen waren hart gewesen, und viele hatten durch Erfrierungen Zehen verloren.

In Buchenwald dagegen war arbeiten verboten gewesen. Für Hunderte Menschen hatte es nur einen einzigen Abort gegeben, dafür reihenweise Durchfall und Krämpfe und schlechtes Essen. Gleich in der ersten Woche waren mehrere hundert Menschen ermordet worden, berichtete Peter Tarnowsky, als Ruth und Leo ihn besuchten. Erschlagen, erschossen oder von ihren Bewachern zu Tode gehetzt.

Peter war mit Ruth zur Schule gegangen, sie kannten sich schon so lange, dass er fast wie ein Bruder für sie war. Jedes Wort seines Berichts stach in ihr Herz, und sie konnte die Tränen nicht zurückhalten. Sie liefen noch, als Peter sie schließlich verabschiedete und dabei seine Ausreise ankündigte.

Auch auf dem Nachhauseweg durch das nächtliche Berlin konnte Ruth nicht aufhören zu weinen. Sie war so wütend und gleichzeitig schier überwältigt von Hilflosigkeit und Ohnmacht. Warum nur taten Menschen ihren Mitmenschen solche Dinge an?

Leo hielt sie an der Hand, er schien nicht zu wissen, wie er sie sonst trösten sollte. Gab es überhaupt Trost?

Als sie fast zu Hause waren, zeigte Leo auf ein Plakat an einer Litfassäule. »Trinkt Tee!«, stand darauf. »Hag? Machen die nicht eigentlich Kaffee?« Seine Stimme war rau. Hatte er ebenfalls geweint?

Ruth räusperte sich und wischte sich zum wiederholten Mal über die Wangen. »Ja, das stimmt. Aber hast du mal in den letzten Wochen versucht, Bohnenkaffee zu kaufen? Der ist knapp in Berlin. Es gibt nur noch Malzkaffee.«

Sie gingen schweigend weiter, und Leos warme Hand in ihrer Hand zu spüren, tat Ruth gut. Absurderweise hatte sie fast ein schlechtes Gewissen, weil sie so mit ihren Freunden litt. Ihr ging es schließlich gut! Sie hatte Leo und Karin, sie hatte Arbeit, ein Dach über dem Kopf und genügend zu essen.

Andererseits war es unmöglich, *nicht* mitzuleiden. Wie schon so oft wünschte sie sich verzweifelt, mehr tun, mehr bewirken zu können, um der Ohnmacht gegenüber dem Regime wenigstens ein bisschen etwas entgegenzusetzen.

## · 9. Kapitel ·

24. Februar 1939

Was ein Lift-Holzcontainer war, erfuhr Ruth, als sie mit Leo und Karin zu den Cohns nach Zehlendorf fuhren, um zu packen.

Unten vor dem Haus auf der Straße stand ein wahres Ungetüm aus Holzbrettern. Zwei Meter hoch und zweimal eineinhalb Meter breit. Leo ging einmal drum herum, Ruth folgte ihm, sah ihn die Stirn runzeln. Karin lief staunend hin und her und schien von dem Ungetüm schwer beeindruckt.

Da trat Dr. Cohn aus dem Haus. »Meine Freunde, wie schön, euch zu sehen. Bewundert ihr unseren Lift?«

»Das tun wir in der Tat, wozu ist der denn gut?«, fragte Ruth.

»Da hinein, liebe Ruth, kommt alles, was wir mitnehmen.« Ganz offensichtlich bemühte er sich um einen heiteren Tonfall.

»Da rein?« Ruth musterte den Container noch einmal, und plötzlich kam er ihr klein vor. Geradezu winzig. »Ihr seid zu viert, das ist doch viel zu klein für alles …« Sie verstummte, ahnte bereits, was Cohn antworten würde.

»Mehr ist nicht erlaubt. Alles muss da reinpassen.«

Karin sprach aus, was alle dachten: »Aber ihr wollt doch sicher alles mitnehmen?«

»Das würden wir gern, mein Kind.« Cohn lächelte jetzt. »So müssen wir eben sehr gut überlegen, was wirklich wichtig ist.«

»Und wir helfen dabei«, sagte Ruth fest.

In der Wohnung traf sie auf Frau Cohn, die in der Küche mit einem verzweifelten Gesichtsausdruck vor Stapeln von Geschirr stand. Karin wollte in den Kinderzimmern zur Hand gehen, und Leo ging mit Dr. Cohn, um Bücher zu sortieren.

»O Gott, Ruth, wie soll ich denn nur entscheiden, was mitsoll?« Frau Cohn stöhnte.

Ruth strich ihr beruhigend über den Arm. »Das finden wir schon raus, keine Sorge.« Dabei war sie sich ihrer Sache alles andere als sicher. Wenn *sie* in so kurzer Zeit hätte packen müssen, wäre sie hoffnungslos überfordert gewesen. Aber mit solchen Gedanken war Frau Cohn nicht geholfen. Ruth vertrieb sie aus ihrem Kopf und machte sich rasch an die Arbeit.

Eine halbe Stunde später hatten sie entschieden, das Speiseservice einzupacken, das die Cohns zur Hochzeit bekommen hatten. Außerdem das Silberbesteck der Schwiegereltern und einige notwendige und praktische Teile. Wer wusste schon, wann sie in Amerika dazu kommen würden, das alles neu zu besorgen.

Frau Cohn wagte ein vorsichtiges Lächeln. Sie wirkte viel besorgter als ihr Mann. Vielleicht war sie auch einfach keine so gute Schauspielerin wie er.

»Ich danke Ihnen für Ihre Hilfe, Ruth. Jetzt sehe ich schon viel klarer. Es ist nur … eigentlich will ich gar nicht weg. Ich weiß, ich sollte dankbar sein, dass wir das Visum so schnell bekommen haben. Viele Freunde haben da große Schwierigkeiten.«

Ruth nickte. »Ich habe gehört, es hängt sehr vom Beruf ab, ob man ein Visum kriegt.«

»So hab ich das auch verstanden. Eine Freundin versucht, ein Zertifikat als Konditorin zu erhalten, weil ihr Mann als Rechtsanwalt weder hier in Deutschland noch in irgendeinem anderen Land Arbeit zu bekommen scheint. Sie wollen nach Bolivien.«

»Bolivien? Das ist Südamerika, oder?«

»Ja, genau. Jeder versucht ein Land zu finden, in dem die eigenen Fähigkeiten benötigt werden, sonst hat man keine Chance. In Palästina brauchen sie wohl Bauern; ich kenne keine, aber andere Freunde versuchen, sich als angehende Landwirte zu bewerben. Ich habe auch gehört, dass Neuseeland einige Personen aufnehmen will, aber niemand weiß, wie viele und unter welchen Voraussetzungen. In Uruguay werden Ärzte gesucht. Ich bin froh, dass wir in die USA dürfen ... Ich meine, bis vor Kurzem habe ich zum Beispiel gar nicht genau gewusst, wo Uruguay liegt.« Ein zittriges Lächeln huschte über ihr Gesicht und war eine Sekunde später wieder verschwunden. »Vielleicht sollte ich meinem Mann sagen, dass er unbedingt den Atlas einpacken soll. Man weiß ja sonst gar nicht, wo die Freunde leben.« Wieder seufzte Frau Cohn. Dann starrte sie auf die Berge Geschirr, die sie nicht würde mitnehmen können.

»Vielleicht«, überlegte Ruth laut, »könnten wir die Sachen verkaufen? Und Sie könnten sich von dem Erlös was kaufen, das Sie noch brauchen – oder einfach das Geld einstecken, davon benötigt man ja doch immer eine Menge.«

Frau Cohn nickte nur und schlug einen weiteren Porzellanteller in Packpapier ein. Sorgfältig, die wenigen Dinge, die sie mitnehmen durften, sollten ja nicht kaputtgehen auf der Reise. Sie kämpfte sichtlich mit den Tränen.

Ruth ließ sie einen Moment allein und gesellte sich zu den Männern im Salon. Dort türmten sich Bücherstapel, die hohen waren diejenigen, die nicht mitgenommen werden konnten.

»Ich dachte gerade«, sagte Ruth, »dass wir vielleicht dabei helfen könnten, den überflüssigen Hausstand zu verkaufen. Aber wenn ich mir diese Bücher ansehe ...« Sie nahm eines der oberen in die Hand. Heinrich Heine. »Vielleicht sollten wir damit zu einer öffentlichen Bibliothek gehen, das würde uns Zeit und Nerven sparen, denke ich.«

Dr. Cohn nickte langsam. Ruth wusste genau, dass es ihm furchtbar schwerfiel, sich von seiner Bibliothek zu trennen.

»Cohn erzählte gerade«, sagte Leo, »dass er sich sehr glücklich schätzt, über Freunde die Bürgschaft für das Visum in den USA bekommen zu haben.«

»Allerdings«, stieß Cohn aus. »Levy versucht seit Wochen, einen Termin im Konsulat zu kriegen, aber man lässt ihn immer wieder abblitzen. Jetzt versucht er es in Neuseeland. Und ich nehme an, danach in allen anderen Ländern, man kann ja nicht hierbleiben ...« Er brach ab, sah erst Ruth und dann Leo an. »Es tut mir leid, meine lieben Freunde. Ich weiß eure Hilfe so sehr zu schätzen. Gerade weil einem an buchstäblich jeder anderen Ecke in Berlin, ja, in Deutschland, zig Steine in den Weg gelegt werden. Die Nazis wollen die Juden nicht mehr in Deutschland haben, das haben wir nur zu deutlich gemerkt. Gleichzeitig versuchen die Behörden, uns die Ausreise so schwer wie möglich zu machen. Das ist doch vollkommen verrückt! Und wohin sollen wir auch alle? Wir sind schließlich hier zu Hause.« Wieder brach er ab, schloss die Augen und kniff sich in die Nasenwurzel, während er die Lippen zusammenpresste.

Ruth musterte Cohn stumm. Sie kannte den Arzt seit vielen Jahren, sie hatten unzählige Abende zusammen verbracht, hatten gegessen, getrunken, gefeiert und getanzt. Er war ihr Hausarzt, hatte zuverlässig Karins Kinderkrankheiten behandelt, und sie betrachtete ihn als Freund. Es brach ihr das Herz, dass er mit seiner Familie fortgehen musste. Er gehörte doch hierher! Die Bitterkeit in Cohns Stimme, wenn er von »den Juden und den Deutschen« sprach, konnte sie nur allzu gut nachvollziehen – denn was war er, wenn nicht ein Deutscher? Genau wie sein Vater und dessen Vater.

Was sollte bloß aus diesem Deutschland werden, das seine Juden loswerden wollte?

Die nächsten Tage waren Ruth und Leo damit beschäftigt, den Cohns und anderen Freunden dabei zu helfen, den Hausstand, den sie nicht mitnehmen konnten, zu verkaufen; sie schleppten Bücher in Antiquariate und Büchereien, Heine, Mann und Goethe, Kilo um Kilo. Sie hörten sich die Sorgen und Nöte an, versuchten, mit Konsulaten zu verhandeln und Freunde im Ausland dazu zu überreden, Bürgschaften auszustellen.

»Es wird ganz schön einsam um uns rum werden, wenn wir allen geholfen haben, Deutschland zu verlassen«, meinte Leo eines Abends.

Im Geist ging Ruth die Freunde durch und nickte. Sie war in den letzten Tagen so beschäftigt gewesen, dass sie es sich noch gar nicht erlaubt hatte, den schmerzlichen Verlust zu spüren. Mit jedem ihrer Freunde ging auch ein Stück von ihr, von ihrem alten Leben weg aus Berlin. Wenn sie darüber nachdachte, wurde ihr ganz schlecht.

# · 10. Kapitel ·

6. März 1939

Ein Freund, der blieb, weil er keine Probleme mit einem Ariernachweis hatte, war Hans Peters, Professor an der juristischen Fakultät. Er arbeitete weiter in seinem Beruf; da dessen Ausübung jedoch immer mehr unter der Fuchtel der Nazis stand, wurde er immer unglücklicher. Im Moment beschränkte sich seine wissenschaftliche Arbeit darauf, aufzuzeichnen, wie die Nazis mit Recht und Gesetz umgingen, während er offiziell linientreue Juristen ausbilden musste. Die waren wichtig, weil sich die Nazis zumindest den Anschein von Rechtmäßigkeit geben wollten.

An diesem Abend im März waren Leo und Ruth bei ihm in Charlottenburg zu Besuch, auch Susanne und Erich waren anwesend. Früher hatten sich Freunde nicht nur im Salon, sondern im ganzen Haus gedrängt. Heutzutage war eine Abendeinladung ein eher intimes Treffen.

Ruth fragte nach Peters' Arbeit und seiner Einschätzung der Lage. »Ist denn das, was die Nazis tun, nicht vollkommen willkürlich?«

Peters ließ erst den Blick über die Tischgäste schweifen, als müsste er deren Vertrauenswürdigkeit prüfen, bevor er antwortete. »Wie Sie wissen, Ruth, ist es gefährlich, darüber zu sprechen oder gar zu schreiben. Vielleicht erinnern Sie sich an meinen ehemaligen Kollegen Ernst Fraenkel? Er musste Forschung und Lehre

1933 aufgeben, durfte jedoch weiter als Rechtsanwalt arbeiten, weil er im Krieg gedient hatte. Er hatte die Idee, den Umgang der Nazis mit Recht und Gesetz festzuhalten. Er musste im letzten September mit seiner Frau das Land verlassen. Ich versuche, seine Arbeit weiterzuführen, so gut es geht.«

»Warum ist das eigentlich wichtig, die Gerichte haben sich doch an die Gesetze zu halten, oder nicht?«, fragte Susanne.

»Eigentlich schon, denn unser Staat ist immer noch ein sogenannter Normenstaat. Wir haben uns eine Verfassung und viele Gesetze gegeben.« Peters lebte auf, er schien ganz in seinem Element.

»Ja, und soweit ich mich erinnere, steht darin nichts, was die Angriffe auf jüdische Geschäfte und die Verhaftungen rechtfertigen würde«, warf Leo ein.

»Das stimmt. Der Normenstaat beziehungsweise diese Rechte und Gesetze gelten zwar weiter, sie regeln unser tägliches Leben, die Einkäufe, die Arbeit, die Miete und so weiter. Sobald allerdings die Interessen der Nazis, genauer gesagt die des Führers und der Partei, betroffen sind, werden diese Normen durch *Maßnahmen* ausgehebelt. Damit das, was der Partei, Hitler, Goering, Goebbels und den anderen einfällt, auch rechtens ist, gelten dann diese Maßnahmen, sprich individuellen Regeln, die je nach Bedarf und Gusto eingesetzt werden.«

»Und die dann dafür sorgen, dass man sein Recht nicht einklagen kann«, ergänzte Erich Kordt, der ja ebenfalls Jurist war. Er hatte vor zwei Jahren in die NSDAP eintreten müssen, um seine Arbeitsstelle im Auswärtigen Amt nicht zu verlieren.

»Genau so ist es«, bestätigte Peters. »Fraenkel hat die entsprechenden Urteile gesammelt und ausgewertet. Ich hätte Ihnen wohl nicht davon berichten können, was er getan hat, wenn er und das Manuskript seiner Arbeit nicht gut in den USA angekommen wären. Seine Arbeit, dieses Sammeln von Belegen darüber, wie die Nazis Recht und Gesetz aushebeln, würde der Maßnahmenstaat mit ziemlicher Sicherheit als staatsgefährdend einordnen, und zwar auf der Rechtsgrundlage des Ermächtigungsgesetzes vom 28. Februar 1933. Das übrigens als einzige Basis dafür dient, alle Normen nach Belieben außer Kraft zu setzen.«

Einen Moment lang schwiegen alle. Wirklich unfassbar, dachte Ruth, ein einziges Gesetz, das alles außer Kraft setzte, was sie unter Recht und Gerechtigkeit verstand. Wie konnte das überhaupt sein?

Dann fuhr Peters fort: »Aber machen Sie sich keine großen Sorgen deswegen, denn bald werden wir noch ganz andere Sorgen haben, und zwar recht große, oder, Kordt?«

»Sie meinen den Krieg?« Kordt zog an der Zigarre, die er sich angezündet hatte.

*Krieg?* Ruth, die soeben einen Schluck von ihrem Getränk nahm, hätte sich fast verschluckt. Natürlich war auch ihr der Gedanke schon gekommen, dass Hitler sich mit dem aktuellen Staatsgebiet nicht zufriedengeben würde, das ja kleiner war als vor dem Großen Krieg. Ständig wurde da von *Lebensraum* gesprochen …

»Es ist in der Tat auffällig, wie lebhaft man sich neuerdings für das Wohlergehen der Tschechendeutschen interessiert.« Peters' Stimme troff nur so vor Ironie.

»Ja, es verwundert einen«, sagte Susanne bitter, »wenn man bedenkt, wie großzügig Hitler auf die Rückkehr dieser Volksgruppe verzichtet hat, als er das Sudetenland besetzt hat. Ich war schon fast davon ausgegangen, dass er wirklich kein Interesse an ihnen hat.«

»Aber ein Krieg ... das wird man ihm doch nicht wirklich durchgehen lassen, oder? Würde das nicht entschiedensten Widerstand bei den übrigen europäischen Ländern wecken?« Ruth sah reihum die Freunde an, doch keiner schien ihr zustimmen zu wollen. Ruth blieb nur der schon bekannte Kloß im Magen und eine Vorahnung, die in ihren Nächten für üble Träume sorgte.

# · 11. Kapitel ·

### 16. März 1939

Nicht einmal zwei Wochen später verkündete Reichsaußenminister Joachim von Ribbentrop in Prag die Gründung des Reichsprotektorats Böhmen und Mähren.

Ruth vermutete, dass Erich schon länger gewusst hatte, was passieren würde.

Darüber sprachen Ruth und Leo nicht, wenn sie in diesen Tagen fast jeden Abend andere Freunde besuchten, um sie zu verabschieden. Sie sprachen über Theater und Kultur, über Romane und Literatur. Ruth lächelte, während sie eigentlich lieber geweint hätte. Morgens brachten sie die Freunde dann an den Flughafen Tempelhof, winkten und verabschiedeten sich. Und doch ließ jede Familie, die es geschafft hatte, gehen zu können, jemanden zurück. Eine alte Tante, den Großvater – es gab so viele, die nicht weg wollten oder konnten. Die Ruth und Leo anvertraut wurden, mit fast leicht dahingesagten Worten. »Seht ab und zu nach Martha, bitte.« Und: »Sorgt für Onkel Ludwig, wenigstens bis klar ist, dass er allein zurechtkommt.«

Und so wurden die abendlichen Besuche nicht weniger, auch als die meisten Freunde Deutschland verlassen hatten.

An diesem Abend ließ sich Ruth müde in einen Sessel fallen. Seit Wochen organisierte sie, besorgte, versorgte, brachte Einkäufe zu

Menschen, die sie kaum kannte oder nie zuvor gesehen hatte. Natürlich musste sie außerdem ganz normal arbeiten und sich um Karin kümmern, so dass sie sich manchmal fragte, ob sie selbst noch da war. Sie schrieb, ja. Aber nichts, was ihr Herz erfüllt hätte. Sie hatte eine wundervolle Tochter und Leo, den sie liebte, obwohl sie auch für diese beiden viel zu wenig Zeit hatte.

Natürlich hatten ihre Freunde fliehen müssen, und es war gut, dass sie in Sicherheit waren. Gleichzeitig waren die Abende mit Gelächter und Gesang, mit Austausch und gemeinsamem Essen und Trinken drastisch weniger geworden. Dabei waren es solche Abende, die Ruth Lebensenergie schenkten. Sie vermisste die Unbeschwertheit, die Herzlichkeit, den freundschaftlichen Flirt und die intellektuellen Gespräche so sehr, dass es fast wehtat. Wer war sie noch, wenn ihr das genommen war? Und durfte sie überhaupt deswegen traurig sein, wenn andere um ihr Leben bangen und fliehen mussten?

»Mama, du kannst nicht so weitermachen.« Karin brachte Ruth eine Tasse Tee, die Ruth dankend annahm.

»Was meinst du? Ist Leo schon nach Hause gekommen?«

Karin schüttelte den Kopf. »Nein, er ist auch noch unterwegs. Wollte er nicht diesen entfernten Verwandten der Cohns besuchen, der so weit außerhalb wohnt?«

Ruth nickte. Sie spürte ein Kratzen im Hals, aber eine Erkältung konnte sie jetzt einfach so gar nicht gebrauchen. »Setz dich doch zu mir und erzähl von deinem Tag, Liebes.«

Bevor Karin antworten konnte, hörten sie ein Geräusch an der Wohnungstür, Leo war zu Hause. Er gab Ruth einen flüchtigen Kuss, tätschelte Karin die Schulter und ließ sich ebenfalls in einen Sessel fallen.

Karin brachte auch ihm eine Tasse Tee. »Ich wiederhole mich, aber ihr könnt so nicht weitermachen. Mama geht ein, wenn sie nicht rauskommt und auch mal was Schönes erlebt. Und du genauso.«

Leo musterte sie stirnrunzelnd, vielleicht überlegte er, dass sie für eine gerade erst Vierzehnjährige ganz schön vorlaut war. Aber die Zeiten hatten sie früh erwachsen werden lassen. Auch Karin fuhr zu Verwandten von Freunden und brachte Konfekt und Trost. Und sie machte sich mehr Sorgen um ihre Mutter, als gut für sie war. Sie hätte ein unbeschwertes Leben führen sollen. Ruth seufzte.

Da schaute Leo zu Ruth. »Karin hat recht. Schon allein deswegen, weil ich im Juni nach Stockholm fahre. Ich habe das Engagement bekommen.«

»Das ist ja großartig!« Ruth freute sich ehrlich für ihn. Wenigstens einer von ihnen konnte mal raus aus Deutschland.

»Es dauert ein paar Wochen, ich dachte, du könntest mich vielleicht besuchen kommen, während Karin Sommerferien hat.«

»Das klingt absolut himmlisch, mein Lieber. Wenn Karin damit einverstanden ist?«

Karin grinste. »Natürlich. Ich kann bei Papa bleiben oder eventuell auch alleine?« Sie legte den Kopf schief.

Ruth warf ihr einen Blick zu. »Junge Frau. Bist du denn dafür schon vernünftig genug? Wir könnten Fräulein Anna bitten ...« Natürlich war sie *vernünftig* genug. Aber ein paar Wochen ganz allein, da konnte man schon einsam werden.

»Ach, Mama. Das ist wirklich nicht nötig. Es wohnen noch genug Leute in Berlin, die sich um andere kümmern können, auch ohne euch beide. Ich kann ein paar Tage mit meiner Schulfreundin verbringen, und sicher geht Dr. Mühsam hin und wieder mit mir ins Kino. Ich werde eine ganz wunderbare Zeit haben.«

»Ich hoffe es. Aber jetzt ab ins Bett. Morgen ist Schule.« Ruth seufzte erneut.

Ihre Tochter hatte schon recht; so konnte es nicht weitergehen, sie mussten andere Unterstützer für die alten Herrschaften finden. Andererseits graute ihr bei dem Gedanken, was die ausgewanderten Freunde denken mochten, wenn sie hörten, dass Ruth und Leo die Verwandten nicht mehr persönlich besuchten. Würden sie dann nicht denken, sie seien wie die anderen geworden? Gleichgültige Mitläufer?

Leo trank seine Tasse Tee aus und meinte: »Gibt es vielleicht noch was Stärkeres zu trinken? Irgendwie brauche ich das heute.« Er sah Karin entschuldigend an.

»Du hast recht«, sagte Ruth, »ich könnte auch was vertragen.« Sie stand auf und ging in die Küche. Irgendwo musste noch eine Flasche einigermaßen anständiger Rum stehen, den konnten sie in den Tee geben. Oder pur trinken.

Als sie zurück ins Wohnzimmer kam, hatte Leo das Radio herausgeholt und angedreht. Sie hörten die Nachrichten. Die echten. Keine Propaganda.

»Ich frage mich, warum immer noch niemand Hitler Einhalt geboten hat. Warum lassen sie ihn einfach machen?« Ruth schüttelte den Kopf und schenkte sich noch einen Fingerbreit Rum ein.

»Ich vermute, sie kriegen auch noch Danzig und Polen, ohne dass ein Schuss fällt. Wenn sie ein bisschen Glück haben, sogar die Ukraine. Ich denke …«

Im selben Moment wurde im Radio der Einmarsch ins Memelgebiet verkündet.

## · 12. Kapitel ·

20. Juni 1939

Die geplante Reise nach Stockholm würde alles andere als eine reine Vergnügungsfahrt werden. Ruth hatte an eine Freundin geschrieben, die nach Stockholm gegangen war, und an zwei Paare. Sie hatte einen lange Liste mit Dingen zurückbekommen, die sie den Geflüchteten mitbringen sollten. Die Nazis erließen immer mehr Gesetze, die es den Auswanderern schwer machten. Geld durfte schon lange nicht mehr ausgeführt werden, wenigstens nicht mehr als ein paar Mark. Verstöße gegen die Devisenvorschriften konnten einem hohe Bußgelder einbringen oder sogar Freiheitsstrafen, Jüdinnen und Juden wurden einfach sofort ins Konzentrationslager gebracht. Daher trug Ruth plötzlich Pelze und war mit Schmuck behängt, den man nie zuvor an ihr gesehen hatte.

An der Grenzkontrolle in Richtung Schweden versuchte sich Ruth zu geben, als trage sie täglich Zobel und reise immer mit so gewaltigem Gepäck. Sie hatten sich extra einen Schrankkoffer geliehen, um Kleider, Anzüge, Nachthemden, Schuhe und allerlei anderes zu transportieren. In der Puderdose war Geld versteckt und an vielen anderen Stellen auch. Dazu Essen, Schwarzbrot, westfälischer Schinken und Rollmöpse. Neben der Geldnot plagte die Ausgewanderten auch das Heimweh. Ruth fand das herzzerreißend.

Noch nie in ihrem ganzen Leben war sie allerdings so erleichtert gewesen, als sie die Grenzkontrollen hinter sich gelassen hatten.

Die Tage in Stockholm vergingen schneller, als man gucken konnte. Fast täglich kamen alte Freunde zu Besuch, die sich abholten, was Ruth und Leo mitgebracht hatten. Und abends ging Ruth entweder mit Leo ins Konzerthaus oder mit Freunden ins Theater, essen oder nur in eine Bar. Es war fast wie früher, dachte sie wehmütig. Vor ein paar Jahren war Berlin die Stadt gewesen, in der man alle traf, in der man feiern und leben wollte. Und nun?

Ein paar Tage später, wieder zu Hause in Berlin, tat Ruth etwas, was sie selbst überraschte. Sie suchte das amerikanische Generalkonsulat auf und beantragte für sich und Karin die Einwanderung in die USA. Leo tat das Gleiche für sich, seine Mutter und seine Schwester. Es war ein schwerer Gang für Ruth, aber sie rechnete sich recht gute Chancen aus, weil sie damals, kurz nach Karins Geburt, als sie mit Karins Vater in die USA hätte gehen sollen, schon einmal ein Visum bekommen hatte. Bloß – war es wirklich richtig, zu verschwinden? Sie schob den Gedanken weg, weit weg. Das würde sie weder heute noch morgen entscheiden müssen, denn die Bürokratie hatte auch in Amerika zugenommen. Alles dauerte eine Ewigkeit.

Als Karin aus der Schule nach Hause kam, umarmte Ruth sie und hielt sie eine Weile fest. Wäre es wirklich eine gute Idee, sie aus ihrer gewohnten Umgebung zu reißen und sie in ein fremdes Land mit einer fremden Sprache zu verpflanzen? Und das, ohne dass sie wirklich gezwungen waren? Andererseits: War dieses heutige Deutschland noch das Land, in dem sie eine Zukunft hatten? Wenn sie nicht frei heraus sagen konnten, was sie dachten, was ihnen wichtig war und was überhaupt wichtig war im Leben? Hatten es nicht die Nazis unmöglich gemacht, hier ein freies Leben zu führen und war es nicht eigentlich ihre Pflicht als Mutter, Karin diesen Ausweg zu bieten?

Schließlich entwand Karin sich ihrer Umarmung. »Was ist denn los, Mama? Du erdrückst mich ja fast.«

»Tut mir leid.« Ruth wandte sich ab und ging in die Küche. Irgendwo musste doch noch etwas Kaffee zu finden sein?

## · 13. Kapitel ·

### 8. Juli 1939

Die Koffer waren wieder gepackt, morgen würde es nach Paris gehen. Ruth spürte wieder eine gewisse Aufregung, aber doch weniger als vor ein paar Wochen. Wieder hatte sie unzählige Dinge eingepackt, für die sie nur als Botin fungierte. Zum Glück fühlte sie sich schon wie eine geübte Schmugglerin.

Während der ersten paar Tage in Stockholm im Juni hatte Doktor Mühsam Karin ins Kino und in den Zoo ausgeführt, während Ruths ehemaliges Kindermädchen, Fräulein Anna, den praktischen Teil der Versorgung übernommen hatte. Dieses Mal würde Karin mit ihrem Vater, dessen zweiter Frau und den kleinen Halbgeschwistern nach Usedom reisen und selbst ein wenig Ferien machen können.

Vor ihrer erneuten Fahrt nach Stockholm wollte Ruth sich noch bei Mühsam für seine Unterstützung bedanken; sie besorgte eine gute Flasche Cognac und machte nach der Arbeit den Umweg zu Mühsams Wohnung.

Sie traf ihn zu Hause an, wo er in seinem kleinen Wohnzimmer hockte, über den Schreibtisch gebeugt, auf dem Briefe lagen. Alte und neue, lange und kürzere. Ganze Stapel Papier. Die Wohnung wirkte seltsam dunkel und staubig; obwohl draußen doch schönster Sommer war, saß Mühsam offenbar bei zugezogenen Vorhängen und Kerzenschein am Schreibtisch.

»Aber was machen Sie denn da, lieber Doktor Mühsam?« Ruth überreichte ihm die Flasche.

»Ach, ich schreibe. Ich schreibe nur ein bisschen. Schreiben war ja doch immer mein Leben.« Er seufzte und wirkte dabei viel älter, als er war.

»Wem schreiben Sie denn?«, fragte Ruth und schaute sich um, vielleicht fand sie irgendwo zwei Gläser.

»Niemand Bestimmtem. Wissen Sie, es ist ja doch so, dass ich wenig Kontakt zu den Leuten habe, seit ich nicht mehr arbeite. Und seit nun so viele ausgewandert sind ...«

»Denen schreiben Sie?«

Mühsam zögerte. »Nein. Die haben kein Interesse daran, die alten Geschichten immer wieder zu hören. Und das ist auch ganz richtig so, die Leute müssen nach vorne schauen, sich in ihrer neuen Umgebung einfinden, sich anpassen und so schnell wie möglich aufhören, Heimweh zu empfinden. Da kämen meine nostalgischen Gedanken doch gar nicht recht.«

»Aber Sie schreiben.«

»Ja, ich schreibe. Meistens, liebe Ruth, schreibe ich nur ab. Ich schreibe die Briefe ab, die ich als Kind in den Ferien an meine Eltern geschrieben habe. Und auch die Briefe, die ich vor vielen Jahren einer jungen Dame geschrieben habe. So alt bin ich ja noch gar nicht, aber dabei fühle ich mich wieder sehr jung, fast wie damals. Und es ist so schön, das alles noch einmal durchleben und fühlen zu dürfen.«

Ruth spürte einen harten Kloß in ihrem Hals, der sie fast daran gehindert hätte, zu antworten. »Das ist ... wirklich wunderschön. Ich glaube nicht, dass viele Menschen das könnten.«

Mühsam lächelte nur und spielte mit dem Federhalter.

Wo hatte er denn nur seine Gläser? »Ich gehe schnell in Ihre Küche, vielleicht sollten wir darauf anstoßen.«

Kurz darauf hatte Ruth Mühsam in einen seiner Sessel bugsiert, ihm ein Glas Cognac in die Hand gedrückt und erzählte ihm ein bisschen Klatsch aus dem Verlag. Er lächelte, schien sich zu freuen über das, was er hörte und dass er doch noch einige der Angestellten kannte, obwohl er sich nun schon seit über fünf Jahren Privatier nannte, um nicht erklären zu müssen, warum er nicht mehr arbeitete.

Schließlich hielt Ruth es nicht mehr aus. »Wollen Sie denn gar nicht weg, Herr Mühsam? Es ist so gefährlich geworden für die Juden in unserem Land.«

Mühsam legte ihr eine Hand auf den Arm und senkte ein wenig schräg den Kopf dabei, so dass sie statt in sein Gesicht auf seine Halbglatze schaute. Es dauerte einen Moment, dann antwortete er, ohne sie anzusehen.

»Wo sollte ich denn hin? Soll ich Arbeitsloser auch noch ein Heimatloser werden? Entwurzelt sein? Irgendwo in der Fremde leben? Meine Familie lebt seit so langer Zeit in Berlin, meine Mutter ist hier geboren, meine Großmutter ebenfalls. Und ich natürlich auch.« Er schwieg kurz, drehte den Kopf so, dass Ruth seine Augen erkennen konnte, in denen es verdächtig glitzerte. »Es gibt einen Grad des Hierhergehörens, der jeden Gedanken an Flucht ausschließt. Ich kann und ich werde nicht gehen.«

Als Ruth sich spät in der Nacht an Leo schmiegte und ihm von diesem Abend erzählte, küsste er sie auf die Stirn. »Wir können nicht mehr tun, als ihm noch viele Tage zu wünschen, an denen sie ihn ungeschoren lassen.«

Ruth jagten diese Worte eine Gänsehaut über den Rücken. Konnte sie denn wirklich gar nichts unternehmen, um Mühsam zu retten? Mit seinem feinsinnigen Geist und dem lahmen Bein war er doch einem Gefängnisaufenthalt noch viel weniger gewachsen als andere. Am liebsten hätte sie ihn aus seiner Wohnung geholt und versteckt, noch bevor sie morgen nach Stockholm flogen. Aber selbst, wenn sie Mühsam ihr Ticket überlassen hätte, er hätte es ja doch nicht genommen.

In dieser Nacht träumte Ruth zum ersten Mal den Traum, in dem sie von einer Horde Uniformierter verfolgt wurde.

## 14. Kapitel

Ende Juli 1939 · Zinnowitz (Usedom)

Karin beobachtete Charlotte, ihre zweijährige Halbschwester, die ihr gegenüber am Strand saß. Die Kleine wühlte im Sand, ihre Hände und das Gesichtchen waren schon damit bedeckt.

Karin lächelte. Es machte ihr Spaß, mit Charlotte zu spielen, auch wenn diese verflixt früh aufwachte und dann einen derartigen Radau veranstaltete, dass niemand in der unmittelbaren Umgebung mehr schlafen konnte. Und das in den Ferien.

Aber Charlotte war ja fast noch ein Baby, so wie ihr Bruder Paul, der mit seiner Mutter Elisabeth im Strandkorb saß und sie seinerseits fixierte. Oder vielleicht sah er auch bloß hinaus auf die Ostsee, die mit gemächlichem Wellengang heranbrandete. Es war ein gemütliches, friedliches Rauschen der Wellen, das Karin schläfrig machte.

Dann kam plötzlich ihr Vater über den Strand gelaufen. Karin konnte erkennen, dass er sich bemühte, nicht zu rennen, es aber zweifellos sehr eilig hatte. Zuerst setzte er sich zu Elisabeth in den Strandkorb und sprach mit ihr, er schaute sich dabei immer wieder unruhig am Strand um. Erwartete er jemanden?

Charlotte berührte sie am Arm. »Ka'in?« Sie konnte das R noch nicht aussprechen.

»Ja, Lottchen, wir spielen weiter. Entschuldige.« Zögernd füllte Karin den Eimer wieder mit Sand, ließ ihren Vater jedoch nicht

79

aus den Augen. Hatte er Nachrichten aus Stockholm? Hoffentlich war mit Mama alles in Ordnung …

Sie buk noch zwei weitere Sandkuchen für Charlotte, aber es machte nicht mehr so viel Spaß wie zuvor. Dunkle Gedanken überschatteten den sonnigen Nachmittag.

Dann stand Karins Vater auf und trat zu ihnen herüber. Endlich. Sie bemühte sich zu lächeln. »Hallo, Papa, bist du mit deiner Arbeit fertig?«

»Was? Ach ja. Ja, ich bin fertig. Allerdings hat sich was ergeben, was Geschäftliches, das meine Rückkehr nach Berlin erfordert. Ich werde heute noch abreisen. Und du kommst mit.« Seine Stimme klang besorgt.

Karin überlegte einen Augenblick, ob sie protestieren sollte. Sie hatte die Ferien mit ihren Halbgeschwistern so genossen. Und es war einfach herrlich, jeden Tag am Strand zu verbringen. Wenn es wirklich nur Geschäfte waren, die Papa zurück nach Berlin zogen, dann konnte *sie* doch eigentlich hier bleiben. Bei Elisabeth und den Kleinen. Aber vielleicht war wirklich etwas mit Mama passiert? Karins Herz zog sich kurz und schmerzhaft zusammen. »Ist alles in Ordnung, Papa? Hat Mama angerufen?«

Ihr Vater hatte Charlotte auf den Arm genommen. Er wirkte zerstreut. »Was? Ja, hat sie. Komm, Liebes, wir müssen los.«

»Und mit Mama ist alles gut?« Karin konnte mit dieser Frage einfach nicht warten.

Er starrte sie an, als sähe er sie jetzt erst richtig. »Ja, mach dir keine Sorgen. Es geht ihr gut.« Er wandte sich ab und brachte Charlotte zu ihrer Mutter. Trotzdem hörte Karin, wie er hinzufügte: »Das hoffe ich wenigstens.«

Sie brauchten mehr als einen halben Tag bis nach Berlin, wo es in Strömen regnete. Karin hatte mit einem Mal das Gefühl, dass sie etwas Wichtiges verloren hatte, die Unbeschwertheit der letzten Tage hatte in Berlin keinen Platz. Trotzdem war sie auch irgendwie froh, wieder hier zu sein.

Sie fuhren mit einem Taxi direkt vom Bahnhof zu Papas Haus in Zehlendorf, wo er seit der Geburt der kleinen Geschwister lebte. Es war nicht weit vom Wannsee entfernt und eigentlich auch nicht sehr weit von zu Hause. Jedenfalls hätte Karin von hier aus jederzeit alleine mit dem Bus nach Hause fahren können. Aber Papa bat sie, noch ein wenig bei ihm zu bleiben.

Karin willigte ein, schon weil sie ja gar nicht wusste, ob es Mama recht wäre, wenn sie allein im Hünensteig war. Und weil es vielleicht auch ganz nett sein würde, Zeit mit ihrem Vater zu verbringen, ohne seine neue Familie.

Als sie jedoch ihren Koffer im Gästezimmer ausgepackt hatte und wieder nach unten ins Wohnzimmer kam, loderte im Kamin zu Karins Überraschung ein Feuer. Es regnete vielleicht, aber es war alles andere als kalt. Sie selbst trug nur ihr Lieblingsshirt und einen Rock, und das reichte völlig.

Dann bemerkte sie, dass Papa, der vor dem Kamin saß, Papiere darin verbrannte. Als sie ins Zimmer trat und dabei ein Geräusch machte, zuckte er zusammen, als hätte sie ihn bei etwas Verbotenem erwischt.

»Geht's dir gut, Papa? Was machst du da?« Karin ging zu ihm und legte ihm eine Hand auf die Schulter.

Er sah sie an und schwieg einen Moment, als überlegte er, was er antworten sollte. Dann klopfte er auf den Platz neben sich am Boden. »Setz dich, Kleines.«

Karin tat es.

»Die Nachrichten sind nicht gerade besonders gut. Ich war in den letzten Jahren viel unterwegs, das weißt du ja. Oft im Ausland. Ich habe dabei nichts getan, was unrecht wäre, aber in diesen Zeiten darf man kein Risiko eingehen. Die Aufzeichnungen in meinen Tagebüchern könnten falsch aufgefasst werden, wenn die falschen Leuten sie lesen.« Er zögerte. »Ich will einfach auf Nummer sicher gehen, deswegen das kleine Feuer mitten im Sommer. Verstehst du?«

Karin nickte ernst. »Natürlich. Und du musst dir keine Sorgen machen. Ich werde mit niemandem darüber sprechen.«

## · 15. Kapitel ·

17. August 1939

Dieser zweite Aufenthalt in Stockholm erschien Ruth wie ein ir-
realer Hoffnungsschimmer. Es war *möglich*, anders zu leben als
in Deutschland. Es gab diese freie Welt noch, der sie so oft nach-
trauerte, die sich in Berlin inzwischen Jahrzehnte entfernt an-
fühlte. Hier konnte man frei lachen und Zeitungen lesen, in denen mit ziemlicher Sicherheit die Wahrheit stand. Man konnte
sagen, was man wollte, ohne aufpassen zu müssen, wer einen hören konnte. Ach, frei sein, wie sehr wollte sie das! Endlich wieder.
Manchmal, wenn sie nachmittags in einem Café saß, beobachtete
sie junge Mädchen, die von der Schule nach Hause spazierten.
Sie sahen so unbeschwert aus. Niemand verlangte von ihnen, jüdische Freunde zu hassen, sie mussten nicht aufpassen, mit wem
sie sprachen und über was. Karin hätte eine von ihnen sein können. Sein *sollen*.

Jeden Tag wenn Leo von der frühen Probe ins Hotelzimmer
zurückkehrte, verschlangen sie die Zeitungen, die Ruth besorgt
hatte, gierig nach unverfälschten Informationen. Endlich schien
sich in der Welt ein bisschen Widerstand gegen Hitlers Geba-
ren zu regen, vielleicht war doch noch nicht alles verloren. Vielleicht wurde ihm von außen Einhalt geboten, wenn schon nicht
in Deutschland selbst. In den deutschen Zeitungen war indes immer wieder von den armen gequälten Volksdeutschen in Polen

zu lesen; ganz ähnlich hatte vor ein paar Wochen die Propaganda über die Tschechendeutschen gelautet.

Am 23. August kam Leo früher als gewöhnlich heim und warf die Zeitungen mit angespannter Miene aufs Bett.

»Was ist passiert?«, fragte Ruth alarmiert. Sie hatte den Tag mit einer Bekannten verbracht, die ihr haarklein auseinandergesetzt hatte, warum es ratsam wäre, hier in Schweden zu bleiben und nicht nach Berlin zurückzukehren. Sie hingegen konnte nur immer an ihre Tochter denken. Auf jeden Fall müssten sie Karin erst abholen ...

»Ich hab nur die Schlagzeile überflogen. Wir müssen erst mal mehr lesen und uns selbst ein Bild machen. Aber fest steht, Hitler und Stalin haben einen Nichtangriffspakt unterzeichnet.«

»Heißt das ...«

»Es heißt, dass es Krieg geben wird. Hitler ist zu allem entschlossen.«

Ruth stieß den Atem aus und ließ sich in ihren Stuhl zurückfallen. Plötzlich war ihr Mund wie ausgetrocknet. O Gott, was sollte jetzt werden?

Schließlich machten sie sich über die Zeitungen her, lasen die deutschen, dann die englischen und die französischen, zuletzt übersetzte Leo die Schlagzeilen der russischen Zeitung, die er mitgebracht hatte, und ebenso die der schwedischen. Es dauerte ungefähr zwei Stunden, bis sie alle verfügbaren Informationen förmlich aufgesaugt hatten, dann legten sie die Zeitungen weg und sahen sich an.

»Wir müssen nach Hause«, sagte Ruth tonlos. In ihr tobte ein

Wirrwarr aus Gefühlen, die sie in dem Moment kaum hätte benennen können.

»Sofort«, stimmte Leo zu. Während ihrer Lektüre war er immer blasser geworden und kauerte jetzt neben ihr wie ein Gespenst.

Am Abend, nach Leos Konzert, gingen sie noch mit Freunden essen. Auch der Chefdirigent der Königlichen Oper Stockholm gehörte zu diesem Kreis, und sie eröffneten ihm, dass sie mehr oder weniger sofort abreisen mussten.

Mehrere der Anwesenden begannen gleichzeitig zu sprechen.

»Tun Sie das nicht!«

»Bleiben Sie lieber hier.«

»Wollen Sie das wirklich tun? Das ist doch verrückt.«

Ihre Gastgeber hatten anscheinend ebenfalls die Zeitungen gelesen.

Wut und Frustration über die absurde Situation – denn wie gerne hätte ein Teil von ihr Deutschland tatsächlich den Rücken gekehrt – machten es ihr für einen Moment unmöglich, zu antworten. Doch dann gelang es ihr, ruhig zu sagen: »Ich habe meine Tochter in Berlin, ich werde sicher nicht ohne sie im Ausland bleiben. Jetzt gerade geht das nicht.«

»Und dazu kommt«, ergänzte Leo, »dass wir den Nazis doch nicht einfach widerstandslos das Feld überlassen können.«

»Richtig. Es müssen wenigstens ein paar vernünftige Menschen im Land bleiben.«

In den Gesichtern ringsumher spiegelten sich Zweifel und Unverständnis. Ruth konnte das nachvollziehen, sie selbst empfand die Verlockung, die Enge und die Schrecken Nazideutschlands hinter sich zu lassen, als stark. Aber was hätte sie denn andererseits tun sollen, hier in Schweden? Was hätte sie arbeiten sollen?

Letztlich stand ihr Entschluss genauso fest wie der von Leo. Sie mussten zurück.

Es dauerte, alles wieder zu packen, auch wenn es viel weniger Dinge waren als vor ein paar Tagen, als sie angereist waren. Und es vergingen weitere vierundzwanzig Stunden, bis sie ein Ticket für die Bahnreise ergatterten; daher war es der Morgen des 25. August, als sie Stockholm hinter sich ließen, mit einiger Wehmut und – trotz allem – der bangen Frage im Herzen, ob sie wirklich das Richtige taten. Die Reise führte durch den herrlichen schwedischen Spätsommer nach Kopenhagen, wo sie die Fähre nahmen und nach einer Übernachtung schließlich in Berlin eintrafen. Überall in Deutschland fuhren sie nun in den Bahnhöfen an wartenden Reservisten in Uniform vorbei, an begeisterten Gesichtern mit blitzenden Augen ebenso wie an erschrockenen voller Unglauben. Mit jedem Kilometer wurde klarer, dass hier bald Krieg herrschen würde. Dabei war der letzte doch noch gar nicht so lange her, als deutsche Soldaten in Schützengräben gelegen hatten und gestorben waren.

Es war schon Abend, als sie endlich, staubig und müde, den Hünensteig erreichten. Im Briefkasten fand Ruth einen Zettel mit der Notiz, dass sie dringend Susanne zurückrufen sollte. Außerdem gab es eine Nachricht von Karin, die mit ihrem Vater schon wieder in Berlin war. Wie merkwürdig. Ruth würde ihr gleich am nächsten Morgen Bescheid geben, dass sie nach Hause kommen konnte.

Ruth streifte sich matt die Schuhe ab, und Leo ging nach oben in seine Wohnung, um auszupacken. Dann wählte sie Susannes Nummer.

»Hallo Ruth, wie schön, dass ihr wieder da seid. Wir sollten uns unbedingt die Tage treffen, um mal wieder einen Martini zusammen zu trinken.«

Ruth runzelte die Stirn. »Ich sollte dich sofort und dringend anrufen, damit du mir *das* sagen kannst?«

Susanne lachte, aber es klang nicht fröhlich. »Nein, eigentlich nicht. Aber was ich dir sagen wollte, hat sich erledigt, soll heißen, es ist zu spät. Ich hoffe einfach, meine Liebe, dass du deinen Acker gut bestellt hast, dann wird schon alles werden.«

Ruth hatte das Gefühl, dass sie etwas sehr Wichtiges nicht verstand, doch Susanne ließ sich nicht dazu bewegen, am Telefon deutlicher zu werden, und so gab sie es schließlich auf. Sie verabredeten sich lose für die nächsten Tage.

Am nächsten Morgen rief Ruth als Erstes bei Otto in Zehlendorf an, um mit Karin zu vereinbaren, wann sie nach Hause kommen konnte. Als Ruth gleich darauf einkaufen gehen wollte, um die Bestände wiederaufzufüllen, verstand sie mit einem Mal, was Susanne ihr hatte sagen wollen. Um einkaufen zu gehen, brauchte man *Lebensmittelmarken*. Und zwar seit heute. Es war klar, was das hieß: Wenn Nahrungsmittel rationiert wurden, stand der Krieg unmittelbar bevor. Ruth bemerkte, dass ihre Hände mitten im Laden zu zittern begannen, sie stürzte hinaus und rang auf der Straße nach Atem. Mit dem Korb über dem Arm und mitten auf der Schloßstraße fällte sie eine Entscheidung.

Sie stieg in den Bus nach Zehlendorf. Essen war natürlich wichtig. Aber im Moment war es noch wichtiger, endlich Karin in ihre Arme zu schließen.

## · 16. Kapitel ·

1. September 1939

An diesem Freitag waren Leo und Ruth bei Günter Brandt in seine Wohnung in Schöneberg eingeladen. Obwohl er als sogenannter Mischling ersten Grades, also mit zwei jüdischen Großeltern, nicht mehr als Richter arbeiten durfte, hatte er seine große Wohnung behalten und betätigte sich als Anwalt. Er hatte, wie Ruth über Susanne, ganz gute Kontakte zu Erich Kordt und war deswegen sehr gut informiert über die politische Lage. Die Nachricht, dass Hans Peters einberufen worden war, hielten sie allesamt für ein schlechtes Zeichen.

»Möglicherweise«, sagte Brandt, »ist aber die Tatsache, dass Botschafter Henderson mit deutschen Vorschlägen nach London gereist ist und jetzt nach seiner Rückkehr mit Hitler verhandelt, ein gutes Zeichen? Ich möchte die Hoffnung nicht zu schnell aufgeben.«

Leo blickte zweifelnd drein. »Das ehrt Sie, mein Lieber. Ich fürchte allerdings, dass wir nicht viel hoffen dürfen. Und Susanne hat gestern Abend kurz angerufen, nicht wahr, Ruth?«

Die nickte. »Sie hat nur ganz kurz gesagt, dass die Würfel gefallen sind. Mehr nicht. So, wie ich sie und unsere kryptischen Unterhaltungen am Telefon kenne, heißt das nichts Gutes.« Sorgenvoll berichtete sie auch von ihrem letzten Treffen mit Susanne, bei der diese davon erzählt hatte, dass Hitler von Henderson nicht nur die Rückgabe Danzigs gefordert hatte, sondern auch einen deutschen Korridor. Und heute waren deutsche Truppen in Polen einmarschiert.

Ja, der Krieg war da. Wie würde es weitergehen? Was würde in Polen passieren, und würde Hitler sich damit zufriedengeben? Der Gedanke verstärkte den dumpfen Klumpen Angst in ihrem Bauch, der seit Monaten dort saß und nicht mehr weggehen wollte. Ruth hatte den Krieg als junges Mädchen miterlebt. Bestürzt hatte sie gesehen, wie Männer verletzt, verstümmelt und gebrochen nach Hause zurückgekommen waren. Sie hatte den Hunger kennengelernt. Sie wollte das alles nicht noch einmal erleben.

Aber sie wusste, dass es nun zu spät war.

Plötzlich, es war schon lange dunkel, und die Freunde steckten noch tief in einer Diskussion, hörten sie ein seltsames Geräusch. Ein lang gezogenes Heulen, das an- und abschwoll und gar nicht mehr enden wollte.

Ruth wandte sich Leo zu, der verwirrt wirkte, dann Brandt, der ebenfalls die Stirn runzelte. Sie merkte, wie sich ihr Körper verkrampfte. Das konnte nichts Gutes sein.

»Oh, mein Gott«, rief Leo plötzlich. »Fliegeralarm. Das ist Fliegeralarm! Wir haben von der Übung im Radio gehört, Ruth, erinnerst du dich nicht?« Er sprang auf und sah sich hektisch um.

»Wir müssen in den Keller!« Brandt führte sie aus der Wohnung und über das Treppenhaus ganz nach unten, wo sich die übrigen Mieter des Hauses schon versammelt hatten, Gasmasken vor dem Gesicht und Luftschutztaschen vor die Brust gepresst. Sie reihten sich ein, standen ein wenig abseits, starrten bang zu den Kellerfenstern.

Dann traf es Ruth plötzlich wie ein Schlag in die Magengrube. *Karin!* Karin war allein zu Hause. Ruth spürte, wie ihr das Adrenalin in die Adern schoss. Sie musste sofort nach Hause. Auf der Stelle. Sie packte Leos Arm. »Ich muss hoch, ich muss wissen, ob mit Karin alles in Ordnung ist!« Sie hörte die Panik in ihrer Stimme.

»Ruhe dahinten!« Der Luftschutzwart funkelte sie böse an.

Leo zog Ruth in seinen Arm und flüsterte: »Karin ist alt genug, um das allein zu schaffen. Sie ist ganz bestimmt mit eurer Nachbarin im Keller und liest vermutlich in irgendeinem Buch, weil ihr jetzt schon langweilig ist.« Beruhigend strich er ihr über die Wange.

Ruth atmete gegen ihr hämmerndes Herz an und versuchte sich in Erinnerung zu rufen, wie Karin dabei gewesen war, als der Blockwart am Hünenstieg ihnen allen das Packen der Luftschutztasche erklärt hatte. Genau da hatte Karin verkündet, dass sie nicht ohne ihren liebsten Schiller-Band in den Keller gehen würde. Ruth stellte sich vor, wie Karin im Keller saß, ein Buch in der Hand und kurz vor dem Einschlafen. Sie versuchte, dieses Bild in sich festzuhalten, während sie angestrengt auf das Brummen eines Flugzeugs lauschte, aber sie hörte nichts. Wenn man lange genug nach etwas Ausschau hielt, dann brannten einem irgendwann die Augen. Konnte das mit den Ohren auch passieren? Hörte man dann einen Ton, den es gar nicht gab? Auf jeden Fall hörte man das Blut in den Adern rauschen und den eigenen Pulsschlag wie das Ticken eines Zeitzünders.

Heute Vormittag noch war in der Zeitung zu lesen gewesen, dass feindliche Flugzeuge Berlin niemals erreichen könnten. Tatsächlich war vom letzten Krieg in Berlin nicht unmittelbar etwas zu spüren gewesen. Die Kämpfe hatten vor allem in den französischen Schützengräben stattgefunden.

Nervös forschte Ruth in Leos Gesicht, zu gern hätte sie gewusst, was er dachte. Doch der Blockwart stand mit dem Rücken zur Kellertür und beobachtete alle Anwesenden genau. Ganz als wollte er nach dem Alarm Bericht erstatten, falls sich jemand ungebührlich verhielt.

Wieder verlegte Ruth sich aufs Lauschen, und wieder war nichts zu hören. Dann ertönte mit einem Mal ein lang gezogenes Summen, das kaum lauter wurde, aber auch nicht nachließ. Erst als Bewegung in die Menschen kam, begriff Ruth, dass der Summton die Entwarnung anzeigte. Brandt führte sie zurück in seine Wohnung, und oben bat Ruth die beiden Männer darum, den Abend zu beenden, weil sie dringend nach Karin sehen wollte. So verabschiedeten sie und Leo sich und ließen Brandt allein.

## · 17. Kapitel ·

### 3. September 1939

Da war sie also, die Kriegserklärung. Großbritannien und Frankreich hatten reagiert. Aber auch wieder nicht. Denn abgesehen von dieser Erklärung hatten die beiden Länder bisher nichts unternommen. Ruth verstand das nicht. Für jüdische Bürger, die immer noch in Berlin ausharren mussten, erschwerte der Kriegszustand jetzt sogar die Ausreise. Schließlich musste ja jederzeit damit gerechnet werden, dass in der Nordsee gekämpft werden würde, was eine Reise mit dem Schiff gefährlich machte.

Allerdings hatte Ruth im Moment noch ganz andere Sorgen. Seit gut acht Jahren war sie von Karins Vater geschieden und hatte seitdem für ihren Lebensunterhalt selbst aufkommen müssen. Als freie Redakteurin für Ullstein, inzwischen der Deutsche Verlag, war ihr das zusammen mit gelegentlichen Aufträgen für Übersetzungen auch recht gut gelungen. Trotzdem war sie als freie Redakteurin darauf angewiesen, dass ihre Artikel gekauft wurden. Eine Weiterentwicklung, so etwas wie Karriere, ein Aufstieg im Verlag, all das war nicht möglich. Erst recht nicht unter den Nationalsozialisten, die arbeitende Frauen sowieso nur mit Argwohn duldeten. Ruth war 38 Jahre alt und ihrer Meinung nach im besten Alter. Sie wusste, dass sie gut war, und fand es in der unsicheren politischen Lage fast unerträglich, auch noch monatlich darum bangen zu müssen, ob sie wirklich über die Runden kamen.

Die Anfrage von John Jahr, der für seinen neu gegründeten, wenn auch noch kleinen Verlag eine Schriftleiterin brauchte, war also gerade zur rechten Zeit gekommen. Ruth hatte sich alles angesehen, die Redaktionsräume in Charlottenburg besichtigt, mit ihrem zukünftigen Chef, Hauptschriftleiter Hans Huffzky Kaffee getrunken und über das Projekt gesprochen. *Die junge Dame* hieß das Magazin, das Ruth betreuen sollte, eine Zeitschrift, die schon einige Jahre auf dem Markt und mit einer Auflage von 60 000 Stück auch sehr erfolgreich war. Gelesen wurde die Zeitschrift vor allem von unverheirateten jungen Frauen, die zum Teil berufstätig waren, einer sehr modernen Gruppe von Frauen, denen sich Ruth nahe fühlte. Huffzky war ein guter Kerl, der Verleger Jahr war Mitglied in der NSDAP, ohne sich als allzu glühender Nazi zu erkennen zu geben, und Ruth erwartete, dass sie einen angenehmen, sicheren Arbeitsplatz haben würde. Tatsächlich hatten die Nazis auch im Deutschen Verlag wenig Interesse für die Zeitschriften für junge Frauen gezeigt, solange deren Redakteure es nicht übertrieben. Vielleicht hatte Ruth Glück, und es würde noch eine Weile so bleiben. So oder so, das musste gefeiert werden.

Ruth stand vor dem Borchardt, wo sie mit Leo, Susanne und Erich verabredet war. Sie hatte eigentlich im Lokal warten wollen, weil sie ein bisschen zu früh dran war, doch es war brechend voll. Die Leute standen bis auf die Straße und warteten auf einen Tisch. Gut, es war ein Samstagabend, aber so voll hatte Ruth es noch nie erlebt. Sie lehnte sich gegenüber dem Restaurant an eine Hauswand und rauchte eine Zigarette. Glücklicherweise musste sie nicht lange ausharren, bis sie Susanne und Erich auf sich zukommen sah, die Leo im Schlepptau hatten.

»Was ist los, Frau Schriftleiterin? Warum stehst du hier draußen?« Susanne umarmte Ruth zur Begrüßung. »Herzlichen Glückwunsch übrigens!«

Dann drückte Ruth auch Erich kurz an sich und gab Leo einen schnellen Kuss.

Erich sagte lächelnd: »Ich gratuliere dir«, und Leo drückte Ruths Hand.

»Ich weiß nicht genau, was los ist, aber die Bude ist praktisch dicht, fürchte ich. Ich weiß nicht, ob wir einen Platz bekommen.«

Alle spähten über die Straße zum Restaurant.

»Ich nehme an, es ist wegen der Fleischmarken«, meinte Erich.

Ruth sah ihn verständnislos an. »Wegen der Fleischmarken? Was meinst du?«

»Ah.« Susanne antwortete statt Erich. »Ich glaube, du hast recht. Ab morgen müssen auch in Restaurants Fleischmarken abgegeben werden, wenn man essen will. Da werden sich heute wohl noch mal alle die Bäuche vollschlagen.«

Ruth starrte erst sie ungläubig an, dann das Restaurant.

»Das erklärt, warum alle Restaurants, an denen ich vorbeigelaufen bin, genauso voll sind.« Leo verschränkte die Arme vor der Brust.

»Aber ... das ist ja widerlich.« Ruth musste eine aufsteigende Übelkeit bekämpfen. Als wären die Leute vollkommen unberührt vom Krieg. Als wäre Fressen und Saufen das Wichtigste.

»Tja, sie stopfen sich mit Schnitzel und Gänseleber voll, auf Vorrat sozusagen. Wer weiß, wie lange das noch geht.« Erich, der ein Meister des ungerührten Gesichtsausdruck war, zog die Stirn kraus.

»Widerlich«, stimmte Susanne Ruth zu.

»Habt ihr großen Hunger? Meiner ist mir gerade vergangen.« Ruth war auch nicht mehr zum Feiern zumute. »Außerdem bekommen wir eh keinen Platz.«

»Hm, also, wenn wir nicht unbedingt was zu essen brauchen«, Erich sah Susanne und Leo an, die den Kopf schüttelten, »dann könnte ich vielleicht einen Platz an der Bar organisieren. Was meint ihr? Oder wollen wir woandershin gehen?«

Es wurde beschlossen, dass Erich es versuchen sollte, und tatsächlich saßen sie ein paar Minuten später an der Bar und orderten Martinis.

In den letzten Wochen hatte Ruth viel nachgedacht. Es ging ihr so gut im Vergleich zu ihren jüdischen Freundinnen und Freunden – nicht alle hatten es ja bisher geschafft, das Land zu verlassen. Die Bedingungen für Auswanderer wurden immer härter, sämtliche Länder hatten inzwischen Kontingente ausgewiesen, wollten nur eine begrenzte Anzahl an Menschen aufnehmen. Ruth dagegen war sicher. Sie konnte in Berlin bleiben, hatte jetzt sogar einen guten Arbeitsplatz, der relativ ungefährdet war. Sie konnte es nicht mit ihrem Gewissen vereinbaren, irgendeinem bedrohten Menschen ein Visum wegzunehmen. Sie konnte ja sogar an einem gewöhnlichen Sonntag Martinis in einer Bar trinken gehen.

»Ich denke, ich ziehe meinen Antrag auf Ausreise zurück.« Sie sagte es in einen kurzen Augenblick der Stille hinein.

Leo war fassungslos. »Warum willst du das tun? Falls wir die Chance kriegen, meinst du nicht, dass wir sie nutzen sollten? Was wollen wir denn noch hier?«

»Leo, wir feiern gerade meine neue Arbeitsstelle, was ich hier will, ist doch wohl, irgendwie die Stellung zu halten. Alles irgendwie aufschreiben, eine Chronistin sein. Sieh dir die Leute doch an«, sie zeigte hinüber in den Speisesaal, »das sind Herdentiere und ganz oft Schweine. Aber es sind nicht alle so. Was soll denn aus Deutschland werden, wenn die Vernünftigen gehen?«

Leo musterte sie düster. »Du hast leicht reden, du hast ja eine Arbeit, die dich erfüllt.«

Ruth hätte ihn gerade sehr gern in den Arm genommen und gleichzeitig auch geschüttelt, denn er war doch in einer fast ebenso privilegierten Position wie sie selbst. Aber das hätte vielleicht dazu geführt, dass sie aus dem Lokal geworfen würden. »Ich weiß. Du kannst nicht in Deutschland auftreten, und der Krieg macht deine Situation nicht gerade besser. Aber er kann ja nicht ewig dauern. Sie können nicht ewig so weitermachen.« Ruth nahm Leos Hand, doch er entzog sie ihr. Er sah wütend aus.

»Ich glaube, wir brauchen noch eine Runde Martinis«, sagte Susanne und fügte aufgeräumt hinzu: »Erich hat mir übrigens beigebracht, wie man mit seinem Revolver schießt.«

»*Was?*« Ruth machte große Augen, Leo ebenso.

Nur Erich schaute sich nervös um. »Nicht so laut.«

Ruth senkte die Stimme. »Warum willst du denn schießen können?« Das passte so gar nicht zu der friedfertigen Susanne, die Ruth kannte.

»Nur für den Notfall. Man kann schließlich nie wissen, ob man das mal braucht.« Mehr war nicht aus ihr herauszubekommen, aber es war ihr gelungen, Leo und Ruth abzulenken und das Thema Auswandern beiseitezuschieben.

Erst nachts, als sie längst zu Hause waren und im Bett lagen, sagte Leo: »Es tut mir leid, wie ich vorhin reagiert habe. So viele unserer

Freunde sind weg, es fühlt sich an, als würde Berlin komplett verarmen und als wäre bald nichts mehr von Kunst und Kultur übrig, wenigstens nichts außerhalb der engen Grenzen des Geschmacks von Herrn Hitler und dämlicher Volkstümeleien.«

Ruth küsste ihn sanft. »Ich weiß, und ich weiß auch, dass es für dich besonders hart ist. Das alles ist so ungerecht.«

Im Halbdunkel des Zimmers erkannte sie, dass Leo lächelte. »Und heute Abend war *ich* ungerecht. Ich weiß ja, wie sehr du dir eine feste Anstellung gewünscht hast, und nun nach so vielen Jahren hat es endlich geklappt. Das ist wunderbar, und ich bin sehr stolz auf dich, Frau Schriftleiterin.«

»Ich auch auf mich.« Ruth lächelte zurück und schmiegte sich an ihn.

# · 18. Kapitel ·

### Oktober 1939

Es war ein herrlicher Oktobervormittag. Ruth spazierte am Landwehrkanal das Großadmiral-von-Koester-Ufer entlang zum Verlag. Heute hatte sie es nicht eilig. Zu schön war der Morgen, der Himmel klar und blau, klarer, als ihn der Sommer hervorzubringen vermochte, die Wasseroberfläche des Kanals kräuselte sich leicht, und die Bäume waren schon dabei, sich im bunten Kleid auf den Winter vorzubereiten. Ruth verspürte nicht die geringste Lust, jetzt in den Verlag zu gehen, lieber wäre sie einfach weitergelaufen, Richtung Mitte, hätte sich auf die Terrasse eines Cafés gesetzt und geschrieben. Man musste unbedingt diese ganze Gegend in sein Herz aufnehmen und festhalten, wie schön es hier war. Albert Speers Pläne für Hitlers Welthauptstadt nahmen nämlich auf schöne Cafés keine Rücksicht. Dort auf der anderen Seite des Kanals sollten die ersten Monumentalbauten errichtet werden. Ruth hatte die Pläne gesehen und fand sie nicht nur protzig sondern abgrundtief hässlich.

Aber all ihre sehnsüchtigen Überlegungen waren müßig. Heute musste Ruth in den Verlag, gerade heute. *Die junge Dame* war ein relativ unpolitisches Blatt, deren Leserinnen als unverheiratete berufstätige junge Frauen vor allem an Mode und Zwischenmenschlichem interessiert waren. Ruth hatte eine Ratgeberserie ins Leben gerufen, weil sie ihren Leserinnen auch eine gewisse

Sicherheit im Auftreten vermitteln wollte. Und sie beantwortete deren Fragen als »Frau Ilse«.

Heute allerdings musste sie mit Hans Huffzky, dem Hauptschriftleiter, der zur *Jungen Dame* gewechselt war, weil er keine politischen Artikel schreiben wollte – wenigstens nicht solche, die sie hätten veröffentlichen dürfen –, und heute mussten sie beide beraten, wie sie den Leserinnen die Spenden für das Kriegswinterhilfswerk schmackhaft machen konnte. Anordnung von ganz oben.

Ruth warf, bevor sie die Haustür aufdrückte, einen Blick auf die Auslage des Blumenladens, der sich im selben Gebäude befand. Vielleicht konnte ein Blumenstrauß, heute Nachmittag gekauft, den Tag noch irgendwie retten. Sie holte tief Luft und lief die Treppen nach oben.

Hans Huffzky war noch ein junger Mann, aus Ruths Sicht wenigstens. Blond, schlank, mit klugen Augen und einem oft nachdenklichen Blick. Sie hätte nichts dagegen gehabt, mit ihm auszugehen. Zu tanzen, zu trinken und dabei die Zeit zu vergessen.

Er saß schon am Schreibtisch, als Ruth in sein Büro trat.

»Guten Morgen!« Umstandslos setzte sie sich auf den Rand des Schreibtischs.

Hans lehnte sich in seinem Stuhl zurück und zündete sich eine Zigarette an. Er sah kurz auf die Glut, dann reichte er sie an Ruth weiter und nahm sich eine neue. Nach einem tiefen Zug sagte er: »Das nennst du Morgen? Ist es nicht bald Mittag?«

Ruth grinste. »Du wärst der erste Frühaufsteher, der Journalist geworden ist. Sind die Anweisungen überhaupt schon da? Vorher können wir doch gar nicht arbeiten.«

»Könnten wir nicht, wenn wir eine Tageszeitung produzieren würden. Das tun wir aber nicht. Wie weit bis du mit Ilse?«

Ruth stand auf. »Fast fertig. Hast du schon eine Idee, wie wir über das Kriegswinterhilfswerk berichten sollen?«

Hans richtete sich im Stuhl auf. »Was wir tun *sollen*, ist doch klar. Eine tränenreiche Geschichte erfinden, warum wir uns alle etwas einschränken müssen, um Solidarität mit den Armen zu zeigen.« Er rollte mit den Augen.

»Ich weiß gar nicht, was du willst, Hans. Ich bin mir sicher, dass Herr H. unsere Hilfe bitter nötig hat.«

Auf dem Flur war ein Geräusch zu hören, und Ruth biss sich auf die Lippen. Sie hatte ganz vergessen, die Tür zu schließen – und vielleicht gerade zu laut gesprochen?

Ihr Blick traf den von Hans.

Beide lauschten mit angehaltenem Atem. Doch es war kein Geräusch mehr zu hören. Dann, als Ruth sich gerade entspannen wollte, ertönten schwere Schritte auf dem Flur.

Werner Reiter. Er gehörte zu den Menschen, die man glücklicherweise am Schritt erkannte. Ursprünglich war er eingesetzt worden, um die Artikel auf Vaterlandstreue zu überprüfen. Auch wenn ihm das viel Freude zu bereiten schien, in der Wochenzeitung machte das nicht viel Arbeitszeit aus, und weil er leider selbst wirklich grässlich schrieb, hatte er zusätzlich die Aufgaben des Block- und Luftschutzwarts übernommen. Ein Pflicht, die er nur zu gern akzeptiert hatte.

Ruth verschränkte die Arme vor dem Körper, als er die Tür aufschob und ins Büro stapfte.

»Herr Huffzky!« Reiter warf Ruth nur einen kurzen missbilligenden Blick zu. Er hatte schon öfter deutlich gemacht, dass er nicht verstand, warum eine Frau als Redakteurin arbeiten sollte. Vor allem, wenn er selbst es nicht durfte. »Komme gerade aus der Personalabteilung. Wir haben festgelegt, dass die Kriegswinterspende direkt vom Gehalt einbehalten wird. Viel effizienter, als wenn ich das Bargeld einsammele.«

Hans drückte seine Zigarette aus und nickte. Vermutlich war ihm klar, dass er gegen diese Entscheidung nichts unternehmen konnte, selbst wenn er offiziell der Chef war. »Das verstehe ich. Sehr gute Arbeit, Reiter.«

Reiter grinste. Ruth war sich nie sicher, ob er sich wirklich über ein Lob freute, wenn die Menschen, die ihn lobten, nur ein falsches Wort von einer Denunziation entfernt waren.

Hans erhob sich abrupt. »Dann sollten wir eine kurze Mitarbeiterversammlung einberufen, in der Sie das unseren Leuten mitteilen. Kommen Sie.« Er wandte sich zum Gehen.

Reiter sah verdattert aus, und Ruth musste sich ein Lachen verkneifen. Es geschah ihm ganz recht, dass er zu dieser unangenehme Ankündigung verdonnert wurde. Sie wandte sich zum Schreibtisch und drückte die Zigarette aus.

Nach einem kleinen Moment der Unsicherheit hatte sich Reiter wieder gefangen. Er fuhr sich übers Gesicht. »Als Hauptschriftleiter ist das Ihre Aufgabe, Herr Huffzky.«

Feiger Rüpel, dachte Ruth.

»Aber ich werde mitkommen und kontrollieren, ob alles seine Richtigkeit hat.«


Hans beauftragte seine Sekretärin im Nebenzimmer damit, alle in den Hof zu rufen. Die meisten Büros waren im Vorderhaus, die Setzerei dagegen im Hinterhaus untergebracht. Im Hof war es nicht besonders hübsch, aber es war genügend Platz für eine spontane Versammlung.

So standen sie dann keine halbe Stunde später alle draußen. Hans stieg auf einen Stuhl, und es wurde ruhig.

»Meine Damen und Herren! Ich darf Sie informieren, dass wir auch in diesem Jahr für die Armen und Bedürftigen spenden. Tatsächlich ist es uns gelungen, den Prozess zu vereinfachen, so dass Ihre Spende gleich von Ihrem Gehalt abgezogen werden kann.«

Stimmengemurmel erhob sich.

Dann trat ein Mann aus der Masse heraus und nahe an den Stuhl heran, auf dem Hans stand. »Das ist doch eine Spende und damit freiwillig, oder?«

Hans runzelte die Stirn, nickte aber.

Ruth starrte den Mann an, versuchte seinen Blick auf sich zu ziehen, damit sie ihm eine stumme Warnung übermitteln konnte. Vergeblich.

Auch Hans, der fast unmerklich den Kopf schüttelte, erreichte nichts.

»Ich werde das nicht zahlen«, sagte der Mann. »Ich bin Setzer, ich bin achtundfünfzig Jahre alt und habe eine Frau und vier Kinder. Ich kann das nicht bezahlen.«

Als Hans nicht antwortete, schob sich Reiter heran. Hans kletterte vom Stuhl, aber Reiter baute sich bereits direkt vor dem Setzer auf. »Du meinst also, dass du und deine Blagen was Besseres wärt. Dass ihr es nicht nötig habt, euch zu beteiligen, was?«

Es war ganz still im Hof. Wenn der Mann doch nur nachgäbe. Ruth konnte die Gefahr, die in der Luft lag, fast mit Händen greifen.

Aber der Mann hielt Reiters drohendem Blick stand. Mit ruhiger Stimme erklärte er: »Ich sage, dass mein Lohn nicht hoch genug ist, um etwas davon zu verschenken.«

Reiters Gesicht verzog sich zu einem gemeinen Grinsen.

Ruth hielt den Atem an. Würde er den Mann schlagen? Oder verhaften lassen?

»Alle haben es gehört.« Reiter warf einen Blick in die Runde, Hans, der immer noch vor dem Stuhl stand und etwas hilflos wirkte, ignorierte er. »Dieser Mann ist ein asoziales Element. Er ist deswegen mit sofortiger Wirkung gekündigt.«

Er musterte den Setzer, dem jäh das Entsetzen ins Gesicht geschrieben stand, und sagte höhnisch: »Mach, dass du wegkommst.«

Ruth sog scharf die Luft ein und presste dann die Lippen zusammen, in der Hoffnung, dass Reiter ihre Reaktion nicht registriert hatte. Wie herzlos und hart konnte man eigentlich sein?

## · 19. Kapitel ·

### März 1940

An diesem Abend, der Winter war fast vorbei, Berlin jedoch genauso grau und trüb wie an fast jedem Tag der letzten fünf Monate, saßen Hans Peters, der nun Offizier im Luftwaffenstab war, aber Urlaub bekommen hatte, außerdem Dr. Mühsam und Susanne, mit Leo, Ruth und Karin um den Volksempfänger in Ruths Wohnzimmer und hörten die Rede, die Hitler zum Heldengedenktag hielt.

Fanfarenstöße. Dann dröhnte die bellende Stimme, die Ruth von Anfang an als fast unerträglich empfunden hatte, aus dem Gerät.

Mühsam verzog das Gesicht. »Lieber Himmel, ich kann das nicht mehr hören. Es ist immer das Gleiche, und wenn nicht, dann ist es noch schlimmer.«

Er sah müde aus, fand Ruth. Noch war er nicht abgeholt worden, aber natürlich rechnete er jeden Tag damit, dass es passierte. Gestern Nachmittag erst war er mit Karin im Kino gewesen, zusammen mit den Abenden wie heute vermutlich seine einzigen Vergnügungen. Und dann musste er auch noch dem Verursacher seines ganzen Leids im Radio lauschen. Sie warf Leo einen Blick zu, der mit hochkonzentriertem Gesichtsausdruck direkt vor dem Empfänger saß. »Sollen wir es für heute mal gut sein lassen?«

»Nein, bitte, hören wir uns alles an«, antwortete Peters, »es ist so wichtig, zu wissen, was gespielt wird. Und hier erfahren wir doch vielleicht das eine oder andere, was morgen nicht in der Zeitung steht.«

Aus dem Radio brandete Beifall, und Karin hob erschrocken die Hände an die Ohren. Auch Ruth empfand das Geräusch als unangenehm laut.

»Zumindest«, sagte Leo verächtlich, »wissen wir schon mal, dass der Beifall auf zehnfache Lautstärke gesteuert ist. So viele, wie sie uns glauben machen wollen, sind da nicht.« Er grinste spöttisch. Als er bemerkte, dass ihn alle zweifelnd ansahen, ergänzte er: »Wir haben vor zwei Jahren mit den Philharmonikern auch Tonaufnahmen gemacht. Dabei habe ich ein wenig über die Technik dahinter gelernt. Und hier hört man einfach, dass das nicht gleichmäßig ausgesteuert ist.«

»Und du meinst, das ist eine gute Nachricht?« Ruth war sich da nicht so sicher. Vielleicht waren nicht sehr viele Leute vor Ort, um zu jubeln. Aber selbst wenn die Menschen um sie herum, die Nachbarn, die Arbeitskollegen und die Leute auf der Straße nicht alle laut mitjubelten – sie stimmten doch stumm zu.

»Na ja, immerhin machen sie sich die Mühe, also sind sie selbst nicht recht zufrieden mit dem Publikum.« Das kam von Susanne.

Ruth fand, dass ihr Argument schlüssig klang.

Peters lehnte sich in seinem Sessel zurück und seufzte. »Ich bin unsagbar froh, dass wir hier eine feine, wenn auch kleine Runde haben, in der wir alle sagen können, was wir denken. Das ist so selten geworden in diesen Tagen.«

Ruth nickte düster. Sie hatte ja gehofft, in der neuen Redaktion freier arbeiten zu können, weil sie kleiner und übersichtlicher war als der große Verlag. Im Deutschen Verlag hatte sie trotz der vielen Jahre, die sie dort tätig gewesen war, nicht mehr gewusst, auf wen sie sich verlassen konnte. Wer vielleicht doch mit ein bisschen Druck oder dem Versprechen auf einen besseren Job bereit gewesen wäre, die Kollegen zu verraten, wenn die falschen Stichworte fielen. Ariernachweis hin oder her. Leider war es aber in der neuen Redaktion nicht anders. Nirgends war man mehr sicher.

Sie unterdrückte einen Seufzer. Vielleicht waren diese finsteren Gedanken auch nur der Nachhall des Alptraums der vergangenen Nacht. Schon wieder war sie von einer Horde Uniformierter durch Berlin gejagt worden, bis sie mit rasendem Puls aufgewacht war.

»Das Schlimme ist bloß«, sagte Brandt jetzt, »dass neunzig Prozent der Deutschen auf die Propaganda reinfallen.«

»Genau wie jedes andere Volk«, antwortete Leo. »Warum erwarten Sie, dass das deutsche da eine Ausnahme macht?«

Oh, wenn es das doch nur täte, dachte Ruth.

Doch bevor sie das laut sagen konnte, erwiderte Brandt: »Weil ich es liebe.«

Einen Augenblick lang war es still. *Liebe.* Sie liebte Karin und ihre Familie. Sie liebte Leo und hatte andere Männer vor ihm geliebt. Sie liebte Berlin – oder hatte es früher getan. Aber ein Volk lieben? Bedingungslos?

Im nächsten Moment knackte es im Volksempfänger, und Leo drehte ihn ab.

»Aber kann man nicht irgendwas tun? *Muss* man nicht etwas tun? Müssen wir das alles wirklich so hinnehmen und einfach zusehen? Das kann doch nicht immer so weitergehen! Man kann doch nicht etwas lieben, das einen so unfassbar schlecht behandelt.« Ruth blickte in die Runde.

Alle schwiegen, dann erwiderte Mühsam langsam und nachdenklich: »Und wenn es notwendig ist, ganz in den Abgrund zu steuern, um einen neuen Anfang machen zu können?«

## · 20. Kapitel ·

### Juni 1940

Ruth saß mit drei Kolleginnen im Hof des Verlagsgebäudes am Koester-Ufer im Schatten der Eiche. Es war einer der ersten wirklich warmen Sommertage, und Ruth war nach der Arbeit mit Susanne verabredet. Die Mittagspause durfte also nicht zu lange ausfallen.

Mitten ins Geplauder der Mitarbeiterinnen drehte eine Putzfrau, die gerade aus dem Hinterhaus heruntergekommen war, den Volksempfänger an. Ruth hasste das Gerät inzwischen sehr, aber sie konnte natürlich nicht protestieren. Tatsächlich ertönte nicht die gewöhnliche Stimme des Sprechers, nein, Hitler selbst schwang eine seiner abscheulichen Reden.

»... sind unsere tapferen deutschen Truppen in Paris einmarschiert. Die französische Hauptstadt hat sich kampflos ergeben. Nicht nur die internationalen Zeitungen nennen mich den größten Feldherrn aller Zeiten ...«

*Paris war eingenommen?* Um Himmels willen. Ruth und ihre Kolleginnen starrten einander stumm an. Natürlich war das abzusehen gewesen, aber dass es nun Wirklichkeit geworden war, war dennoch kaum zu fassen und äußerst beängstigend. Warum hatte sich niemand gewehrt, warum war das nicht verhindert worden? Es schien, als ließe sich der Siegeszug Hitlers und seiner Nationalsozialisten einfach nicht aufhalten.

Lautes Klatschen riss Ruth aus ihren Gedanken. Die Putzfrau saß mit offensichtlicher Begeisterung vor dem Radio und freute sich überschwänglich. Erst nach ein paar Sekunden merkte sie, dass sie die Einzige war, die applaudierte. Sie warf der Gruppe um Ruth einen bösen Blick zu. Vermutlich würde sie gleich zu Reiter, dem Blockwart, rennen und sie verpetzen.

»Ruth? Kommst du bitte mal?« Hans Huffzky stand im Hauseingang und winkte.

Ruth warf einen entschuldigenden Blick in die Runde, stand auf und folgte Hans hinauf in sein Büro. Nachdem sie eingetreten war, warf er rasch einen Blick in den Flur und schloss dann sorgfältig die Tür. Er ging hinüber zum Fenster, das er ebenfalls schloss, und winkte sie zu sich.

»Ich habe eine gute und eine schlechte Nachricht, wenn du so willst.« Er sprach leise. »Ich möchte aber noch nicht, dass alle etwas davon wissen, ich wollte mich erst mit dir besprechen.« Er wirkte etwas kurzatmig, und zwischen seinen Brauen zeigte sich eine steile Falte.

Ruth legte ihm eine Hand auf den Arm, seine Nervosität war ansteckend. »Was ist denn los, Hans?«

Er holte tief Luft. »Also, zuerst die vermutlich gute Nachricht. *Die junge Dame* ist als kriegswichtig eingestuft worden. Wir können also weiterarbeiten.«

Ruth hatte sich bisher gar keine Gedanken darüber gemacht; Hans hatte sie ja bisher auch nicht in solche Überlegungen einbezogen. Sie war immerhin nur Redakteurin. »Das ist doch gut, oder? Wir können so weitermachen.«

»Na ja, da kommen wir zur zweiten Neuigkeit. Ich habe ... einen Einberufungsbefehl bekommen.«

Ruth riss die Augen auf. »Was? Warum?«

Hans verzog den Mund zu einem schiefen Grinsen. »*Warum? Vielleicht weil sie einen richtig guten Journalisten in ihrer Propagandakompanie brauchen. Oder vielleicht weil ihnen mein hübsches Lächeln so gut gefällt.«*

»Vermutlich eine Kombination aus beidem«, kommentierte Ruth trocken.

Sie lachten beide auf. Dann sahen sie sich an. Eigentlich war Ruth nicht zum Scherzen zumute. Hans war ein wenig jünger als Leo, aber der war mit seinen einundvierzig Jahren auch noch nicht wirklich alt. Konnte es sein, dass er ebenfalls bald einberufen wurde? Ein unwillkürlicher Schauder lief ihr über den Rücken. Dann sprach Hans weiter.

»Ich habe dich hergeholt, weil ich mit dir über eine Idee sprechen will. Ich möchte weiter für *Die junge Dame* schreiben. Eine Serie von … nennen wir es Feldpostbriefe. Ich habe schon mit John gesprochen.«

Er meinte John Jahr, den Eigentümer der *Jungen Dame*. »Ja, das leuchtet mir ein. Also, eine Serie von der Front zu machen. Aber … willst du wirklich an die Front? Kannst du das nicht irgendwie vermeiden? Mit Johns Hilfe?«

Hans zuckte die Schultern. »Ich glaube nicht, dass ich eine Wahl habe. Und da ist noch was anderes. Ich soll Hauptschriftleiter bleiben. Nun kann ich das nicht ohne deine Hilfe.«

»Wie meinst du das?«

»Du musst hier den Laden schmeißen, Ruth.«

Karin war begeistert. Naturgemäß gab es nicht viel, was sie in diesem Jahr gut fand. Aber der Film über Schiller gehörte unbedingt dazu. Sie hatte ihn ein einziges Mal mit Doktor Mühsam gesehen, aber das reichte noch lange nicht. Karin wollte jede einzelne Szene in sich aufnehmen.

Sie stand mit ihrer Freundin Marion auf dem Schulhof und versuchte sie zu überreden, nach der Schule ein weiteres Mal in die Vorstellung zu gehen. »Friedrich Schiller« in der Regie von Herbert Maisch hatte ihr Herz angerührt.

»Du spinnst wirklich«, sagte Marion. »Man könnte denken, du seist in Schiller verliebt.«

Karin nahm ihr den Kommentar nicht übel. »Da ist vielleicht sogar was dran«, antwortete sie achselzuckend. »Falls verliebt sein heißt, dass man immer an etwas denkt und sich gut fühlt, wenn man sich damit auseinandersetzt. Außerdem musst du zugeben, dass Horst Caspar fantastisch aussieht.«

Jetzt grinste Marion. »Stimmt. Den kann man wahrlich öfter als einmal ansehen.«

»Auch öfter als dreimal.« Karin kicherte. »Weißt du, was ich gern machen würde? Ich würde gern ein Stück von Schiller aufführen. Hier an der Schule. Wir könnten die Schauspieler sein, Marion!«

»Psst. Sei mal nicht so laut. Wer weiß, ob das erlaubt ist. Ich fände das ja auch gut. Am besten ›Die Räuber‹.«

Karin nickte eifrig. Sie konnte Pastor Mosers Worte, die er dem Wüterich Franz entgegenwirft, auswendig. »Sehet, Moor. Ihr habt das Leben von Tausenden an der Spitze Eures Fingers, und von diesen Tausenden habt Ihr neunhundertneunundneunzig elend gemacht. Euch fehlt zu einem Nero nur das Römische Reich und Peru zu einem Pizarro. Nun glaubt Ihr wohl, Gott werde es zugeben, dass ein einziger Mensch in seiner Welt wie ein Wüterich hause und das Oberste zuunterst kehre? ... Oh, glaubt das nicht. Er wird jede Minute, die Ihr ihnen getötet, jede Freude, die Ihr ihnen vergiftet, jede Vollkommenheit, die Ihr ihnen versperrt habt, von Euch ...« Sie verstummte, weil Marion ihr den Ellenbogen in die Rippen gestoßen hatte. Eine Lehrerin war im Anmarsch.

»Guten Tag, Fräulein Raak«, sagten sie und Marion gleichzeitig. Dann sah Karin schnell auf ihre Schuhspitzen. Sie liebte das Zitat eben deswegen, weil es für sie eine Anspielung auf Hitler war. Und weil es ihr die Hoffnung gab, dass er nicht ungestraft davonkommen würde, für all die Verbrechen, von denen sie hörte. Wobei jeder Mensch von Verstand davon ausgehen musste, dass das, was eine Fünfzehnjährige – selbst mit einer Mutter wie Ruth –, mitbekam, nur die Spitze des Eisbergs war. Jetzt konnte sie nur hoffen, dass Fräulein Raak sie nicht gehört hatte ... oder nicht die gleichen Schlüsse aus dem Zitat zog.

»Guten Tag, meine Damen«, sagte Fräulein Raak gelassen.

Sie war eine hübsche junge Frau, vielleicht Ende zwanzig. Karin mochte den Unterricht bei ihr.

»Schiller, ja?« Fräulein Raak lächelte. »Ein großartiger Dichter. Ich freue mich, dass ihr euch für ihn interessiert. Allerdings möchte ich euch raten, gut auszuwählen, was ihr laut rezitieren wollt. Manches könnte falsch verstanden werden.« Sie zwinkerte ihn zu. Dann sah sie sich um und ging davon.

Karin sah ihr staunend hinterher.

»Ein gutes Zeichen, oder?« Marion flüsterte nur.

Langsam nickte Karin. »Ein gutes Zeichen, das könnte sein. Aber wir dürfen niemandem vorschnell vertrauen.« Ein paar Momente schwiegen sie beide.

»Also, kommst du mit ins Kino?«, fragte Karin.

## · 22. Kapitel ·

16. Dezember 1940

Es war ein schlimmer Montag gewesen. Ruth war müde, die Arbeit hatte heute so gar keinen Spaß gemacht – womit das bisschen Freude dieser Tage auch noch verdorben war. Seit Hans weg war, war Reiter immer unerträglicher geworden. Er tauchte unangemeldet auf und wollte Artikel schon in der Konzeptphase sehen. Das wäre ja noch zu verstehen gewesen. Aber er wollte auch inhaltlich mitreden, dabei hatte er wirklich überhaupt keine Ahnung vom Leben junger Frauen. Und es war so anstrengend, ihn diplomatisch immer wieder abzuweisen.

Aber schlimmer Montag oder nicht, es musste etwas zu essen geben. Also schabte sie Möhren und schälte Kartoffeln; Fleisch hatte sie auf dem Heimweg mitgebracht. Gerade setzte sie einen weiteren Topf für die Suppe auf den Herd, als der Fliegeralarm losging. Der zweiundfünfzigste bisher. Ruth sah wehmütig auf das Fleisch und überlegte kurz, die Sirene zu ignorieren. Aber das kam natürlich nicht infrage. Schließlich gab es auch am Hünensteig einen Luftschutzwart, der kontrollierte, ob alle Bewohner im Schutzraum im Keller waren. Seufzend schlug sie das Fleisch wieder ins Papier ein. Vielleicht dauerte es ja nicht allzu lange. Bisher war nie etwas passiert. Sie drehte das Gas ab und legte das Fleisch in den Schrank zurück.

»Mama, wo bleibst du denn?« Karin stand in der Küchentür.

»Ich komme.« Ruth griff nach ein paar Möhren sowie einem Kanten Brot und drückte Karin einen Krug Wasser in die Hand. Unter den anderen Arm hatte ihre Tochter sich einen Stapel Bücher geklemmt. Ruth schnappte sich den Luftschutzkoffer, in dem auch ein paar Kekse waren. Dann stiegen sie gemeinsam hinunter in den Keller. Auf dem Weg trafen sie Leo, wie immer perfekt gekleidet im dreiteiligen Anzug. Allerdings hatte er zwei Wolldecken dabei. Eine gute Idee, wie Ruth fand, denn es war ganz schön kalt geworden. Außerdem war ein Mann in seiner Begleitung, von dem Ruth nicht mehr genau wusste, ob sie ihn schon einmal gesehen hatte.

An der Kellertreppe mussten sie alle die Köpfe einziehen. Dann ging es in den rechten Gang bis in den größeren Aufenthaltsraum, der ihrem Hausaufgang zugewiesen war. An den Wänden standen alte Holzkisten und einfache Bänke, etwas weiter hinten waren zwischen Kisten, Büchern und übrig gebliebenen Möbeln mittlerweile die wichtigen Dinge gelagert. Ein bisschen versteckt, weil es keine Abteile gab, die man abschließen konnte. Aber das Risiko, dass ein Nachbar sich etwas zu hart auf Ruths Erbstück plumpsen ließ – eine Truhe ihrer französischen Großtante –, war geringer, als sie zu verlieren, weil sie oben von einer Bombe in Fetzen gerissen wurde.

Frau Krause, Ruths etwas taube, aber sehr freundliche und scheue Nachbarin auf der gleichen Etage, lehnte schon in einer Ecke; sie schien eingeschlafen zu sein. Sie setzten sich zu viert ein wenig entfernt in die andere Ecke des Raums und rückten sich die Kisten zurecht, so dass sie im Kreis sitzen und sich unterhalten konnten.

Als Erstes stellte Leo den Mann in seiner Begleitung vor. »Das ist Walter Seitz, ich habe euch schon von ihm erzählt, wisst ihr noch?«

»Ein Bekannter der Bergmanns, oder?« Ruth erinnerte sich jetzt an das freundliche Gesicht mit dem jungenhaften Grinsen.

Seitz zog einen imaginären Hut, brachte damit Karin zum Lachen und bestätigte: »Bekannter Bergmanns, Bayer, Arzt, Felskletterer, Aktivist, Lausbub, Gelehrter und Träumer. Ich glaube, das beschreibt mich ganz gut.«

*Aktivist*, das ließ Ruth aufhorchen. Sie warf Leo einen kurzen Blick zu. Konnte man Seitz also vertrauen, ihn in ihren kleinen konspirativen Kreis aufnehmen? Er machte wirklich einen guten Eindruck. Und wenn sie ehrlich war, fand sie ihn auch recht ansehnlich.

Leo hatte ihren Blick bemerkt und nickte kurz. Ruth spürte, wie sie sich augenblicklich entspannte.

»Einen Arzt kennenzulernen ist doch immer gut«, sagte Karin. Wie so oft machte sie einen sehr erwachsenen Eindruck, und vermutlich konnte Seitz im Halbdunkel des Kellers nicht genau erkennen, wie alt Karin war.

Er antwortete ganz charmant, aber mit gesenkter Stimme. »Ehrlich gesagt arbeite ich im Moment nicht als Arzt, sondern bei Schering. Ein Pharmaunternehmen – sagt euch vielleicht was? Jedenfalls ist unsere Abteilung erfrischend nazifrei.«

Einen Augenblick war es ganz still. Ruth warf einen schnellen Blick hinüber zu Frau Krause. Hatte sie etwas gehört? Aber sie schien einfach weiterzuschlafen. Außerdem war auch sie nicht gerade eng mit dem Blockwart befreundet. »Und was macht Sie zum Aktivisten?«

Nun war es an Walter Seitz, Ruth aufmerksam zu mustern.

Dann sagte er: »Nicht alle Menschen, die ärztliche Hilfe brauchen, können sich im Moment einem Arzt anvertrauen.«

»Obendrein ist Walter ein ziemlich umgänglicher Kerl«, sagte Leo und nickte seinem Bekannten zu. »Keinem Spaß abgeneigt. Ich denke, er passt wunderbar zu unserem Ringverein.«

»Ringverein?« Karin kicherte.

»Natürlich, Ringverein«, bestätigte Ruth. »Ein ganz harmloser Verein, in dem sich ganz harmlose Menschen treffen.«

»Wir sehen uns einmal in der Woche. Meist hier am Hünensteig. Hast du Lust dazuzukommen, Walter?« Leo klang ausgesprochen unverfänglich.

»Was wird denn geboten?« Walter rieb sich die Hände.

Leo legte eine Hand ans Kinn, als müsste er überlegen. »Na, das Übliche. Musik, Getränke, Gespräche. Ruth ist eine ausgezeichnete Gastgeberin. Unsere Karin hier ist angehende Schauspielerin. Und wir sind wirklich gute Unterhalter.« Er streckte Walter Seitz eine Hand entgegen, der einschlug. Das Geräusch hallte durchs Halbdunkel des Kellers. Zum Glück schien der Blockwart auf der anderen Seite des Kellers beschäftigt zu sein, und Frau Krause rührte sich immer noch nicht. Auch wenn Ruth meinte, den Hauch einen Lächelns auf ihrem Gesicht zu sehen. Aber bestimmt irrte sie sich.

Und damit war es besiegelt. Walter war einer von ihnen.

## · 23. Kapitel ·
### 3. April 1941

Es tut mir leid, Ruth.« Susanne sah schuldbewusst drein.

Zu Recht. Ruth fühlte sich immer noch, als hätte ihr jemand ein Kantholz übergezogen. Sie wandte sich für einen Moment ab und blinzelte, damit die Tränen nicht überliefen.

Susanne legte ihr eine Hand auf die Schulter. »Ich *muss* gehen, versteh mich doch.«

Ruth schluckte mühsam. Klar, sie verstand, dass Susanne mit Erich nach Japan gehen musste. Oder wollte. Aber das war nicht der Punkt. Susanne würde *weg* sein, außer Reichweite. Niemand mehr, mit dem man telefonieren oder Martinis trinken konnte. Sie rang sich ein Lächeln ab und zog Susanne in ihre Arme. »Natürlich verstehe ich dich«, murmelte sie in Susannes Haar. Sie drückte ihr einen Kuss auf die Stirn und ließ sie los.

Sie saßen in einem Café der Reimanns am Ku'damm, wo sie kostbare Brotmarken für ein Stück Kuchen und echten Kaffee eingetauscht hatten.

»Aber es fällt mir schon schwer, mir vorzustellen, wie es werden soll, ganz ohne dich.«

»Ich bin ja nicht aus der Welt.«

Ruth musste trotz allem lachen. »Nein, nur am anderen Ende.« Sie seufzte. »Ich denke, du hast die richtige Entscheidung getroffen. Erich kann deine Unterstützung nur zu gut gebrauchen, und man kann schon lang nicht mehr schreiben, was man möchte. Ich verstehe es, dass du lieber ein anderes Land und eine andere Kultur kennenlernen willst, als hier mit Maulkorb zu schreiben.« Verstohlen sah sie sich um, so wie es ihr längst zur Gewohnheit geworden war, und hasste sich gleichzeitig dafür. Aber es war nun einmal so, dass jeder noch so harmlos und friedlich wirkende Gast in diesem Café sie belauschen und dann anschwärzen konnte.

Das war in Japan bestimmt anders.

## · 24. Kapitel ·

### 19. September 1941

Als Karin an diesem Tag vor der Tür von Frau Rosenthal stand, um nach ihr zu sehen und ihr ein Glas von Mamas selbst gemachter Marmelade zu überreichen, war die Tür verschlossen.

Karin klopfte.

Dann nochmals, lauter. »Frau Rosenthal?«

Nachdem sie etwa zwei Minuten gewartet hatte, überlegte sie, ob sie wieder gehen sollte. Aber seit dem heutigen Tag war es Pflicht, dass Jüdinnen und Juden einen Judenstern an der Kleidung trugen, und Mama hatte ihr aufgetragen nachzusehen, ob Frau Rosenthal Hilfe dabei brauchte, den Stern auf ihrem Mantel anzubringen. Dabei ging Frau Rosenthal ja kaum mehr vor die Tür. Sie saß immer an ihren Stricksocken.

Also klopfte sie erneut. »Frau Rosenthal? Sind Sie da?«

Plötzlich wurde die Tür nebenan aufgerissen, und eine Frau streckte den Kopf heraus. »Was machst du denn so einen Lärm? Hör sofort damit auf!«

Karin zuckte zurück. Dann atmete sie durch. Vielleicht konnte sie von der Nachbarin erfahren, was los war. »Entschuldigen Sie bitte. Ich wollte sie nicht stören. Ich suche Frau Rosenthal.«

Die Frau schnaubte. »Das war nicht zu überhören, Mädchen. Aber da kannste lang klopfen. So lang, bis dir der Arm abfällt. Die alte Hexe hammse heut abgeholt.«

Karin erschrak. Abgeholt? Ihr wurde ganz kalt. »Wo-wohin denn? Was heißt denn das?« Doch wohl nicht: in ein Lager? Sie hatte schon öfter gehört, dass Männer abgeholt worden waren – und sie wusste, dass Mama um Doktor Mühsam Angst hatte –, aber doch keine netten älteren Damen! Wer konnte denn etwas gegen die Socken strickende Frau Rosenthal haben?

Die Frau, die schon dabei gewesen war, die Tür wieder zu schließen, musterte sie aus zusammengekniffenen Augen. »Was weiß ich. Geht mich das was an? Nein, tut's nich'«, beantwortete sie ihre eigene Frage. »Und wenn du mich fragst, isses klüger, wenn du einsiehst, dass es dich auch nichts angeht.« Die letzten Worte zischte sie nur noch, und Karin fühlte sich immer unwohler. Sie wich weiter zurück in Richtung Treppenhaus, dann drehte sie sich um und rannte die Treppe nach unten.

»Nach Grüssau«, meinte sie noch zu hören, dann hatte sie die Haustür erreicht und stürmte hinaus auf die Straße. Die Worte der Frau hämmerten ihr im Rhythmus ihres Bluts in den Ohren.

Als sie abends endlich mit Ruth sprechen konnte, war das unheimliche Gefühl aus ihrem Bauch noch nicht verschwunden.

»Grüssau ...«, sagte Ruth nachdenklich. »Ich hab gehört, dass es dort ein Außenlager des Buchenwalder Konzentrationslagers geben soll.« Sie sah besorgt aus.

»Was passiert dort mit ihr, Mama?« Karin war sich nicht sicher, ob sie die Antwort hören wollte. Es konnte nur etwas Schreckliches sein. Aber vielleicht konnten sie Frau Rosenthal ja irgendwie helfen?

Ruth strich ihr tröstend über die Haare. »Ich weiß es nicht genau, Karinchen. Ich nehme an, dass sie arbeiten muss. Dort gibt es eine Flugzeugfabrik, die sicher für den Krieg wichtig ist. Vielleicht muss sie Flugzeugteile machen. Ich hoffe nur, dass sie das schafft.«

Karin dachte an die alte Frau und konnte sich nicht vorstellen, dass sie zu einer anstrengenderen Arbeit imstande war als zum Sockenstricken. Damit hatte sie angefangen, als ihre Familie ausgewandert war, und seitdem nicht mehr aufgehört.

Karin betete schon seit ein paar Monaten nicht mehr abends vor dem Schlafengehen. Aber heute würde sie es tun. Für Frau Rosenthal.

Kurz vor Weihnachten kam Post von der alten Dame. Karin fand das Kuvert, der, wie es bei all ihrer Post üblich war, durch den Briefschlitz in der Tür geschoben worden war, als sie nach der Schule nach Hause kam. Sie betrachtete den Umschlag lange. Es war die Schrift einer alten Frau, passend zum Absender, der Margot Rosenthal, Grüssau, lautete. Der Brief war an Ruth adressiert, sie konnte ihn also nicht öffnen. Aber sie drehte ihn in den Händen und hoffte, dass etwas Gutes darin stand.

Sie musste bis nach dem Abendessen mit ihrer Mutter und Leo warten. Dann öffnete Ruth den Brief und las vor. »Liebe Freundin Ruth, schickt etwas zu essen. Wir verhungern hier. Verzeiht, dass ich mit der Tür ins Haus falle. Vergesst uns nicht, ich weine den ganzen Tag.«

Ruth ließ den Brief sinken. Tränen standen in ihren Augen, und Karin spürte, wie sich auch in ihren das Wasser sammelte. Irgendwie hatte sie gehofft, dass es nicht so schlimm um Frau Rosenthal stünde. Oder dass ihre Gebete etwas halfen. Aber das war wohl nicht so. Karin konnte nicht anders, als ihren Tränen ihren

Lauf zu lassen. Wie konnte man die arme Frau Rosenthal so behandeln! Wie konnte man sie einfach verhungern lassen?

Leo sah zwischen ihnen hin und her, dann sprang er auf und holte für alle ein Glas Schnaps, auch für Karin. Das war wohl eine dieser Nachrichten, die man nicht ohne verarbeiten konnte. Ruth setzte sich zu ihr und hielt sie an sich gedrückt, während Leo still und mit gesenktem Kopf dicht bei ihnen stand. Dann weinten sie lange um Frau Rosenthals Schicksal.

Am nächsten Tag brachte Karin das erste Paket zur Post, dem so viele folgen sollten, wie sie nur irgendwie organisieren konnten. Sie hoffte, dass die Lebensmittel sie erreichten, dass es Frau Rosenthal dadurch wenigstens ein bisschen besser ging. Und nach ein paar Tagen fing Karin wieder an, für sie zu beten.

## · 25. Kapitel ·

Ende Januar 1942

Am späten Nachmittag dieses Tages saß Ruth in ihrem Büro, das früher Hans gehört hatte und einen schönen Ausblick auf den Kanal bot, noch am Schreibtisch und sah auf den Stapel mit Fotos vor sich. Sie musste Modelle aussuchen, die die neue Frühjahrsmode präsentieren sollten. Das klang einfacher, als es war. Sie hatte eine Vorauswahl zu treffen, die sie dann vom Propagandaministerium genehmigen lassen musste. Und es war wichtig, dass dort nichts beanstandet wurde, denn jede Kritik bedeutete, dass sie stärker überwacht werden würden. Und das wiederum hieße, dass die Arbeit noch schwieriger wurde. Natürlich beschäftigte sich die *Junge Dame* immer noch mit ganz harmlosen Themen. Mode. Liebe. Gutes Benehmen. Dazu Hans' Serie über die tapferen Soldaten. Ruths Ratgeberteil. Und natürlich »Frag Frau Ilse«, wo Leserinnen Fragen einschicken konnten, über denen Ruth kürzer oder länger brütete, um dann eine möglichst gute Antwort zu verfassen. Sie fand, es war ihre Aufgabe, diesen jungen Frauen das Leben ein wenig leichter zu machen, und dazu gehörte auch, ihnen zu gestatten, sich zu verlieben und Erfahrungen mit Männern zu sammeln. Alles in einem geordneten Rahmen, natürlich.

Aber nun hatte sie diese schwere Entscheidung zu treffen. Am einfachsten wäre es natürlich, einfach nur blonde und blauäugige

Modelle zu nehmen. Aber das würde die Fotostrecke langweilig und monoton aussehen lassen. Es galt also, mindestens eine Frau zu finden, die nicht blond war. Gleichzeitig musste sie aber sehr deutsch aussehen. Keinesfalls dunkle Augen. Sie legte drei der Fotos zur Seite.

Die Nase musste möglichst klein und ganz gerade sein. Im letzten Sommer hatte es Schwierigkeiten gegeben, weil die Nase eines Models ein wenig schief geraten war – wirklich nur einen Hauch, etwas, das ihrer Schönheit keinen Abbruch tat. Trotzdem war sie als undeutsch gekennzeichnet und aussortiert worden. Lächerlich.

Was war denn mit diesem Mädchen hier? Sie öffnete die Schublade und holte Hans' Lupe heraus. Dann betrachtete sie die Gesichter der nächsten Mädchen. War dieses Gesicht hier ebenmäßig genug?

Ah, was für ein Wahnsinn! Sie warf die Lupe auf den Schreibtisch. Für heute war es genug. All die geraden Nasen und blonden Haare standen ihr bis zum Hals.

Ruth sprang auf, schnappte sich Jacke, Schal und Hut vom Kleiderständer hinter der Tür und verließ das Büro.

Draußen empfing sie Schneetreiben. Seit Wochen war es bitterkalt, und der Schnee knirschte unter ihren Füßen. In ihrer Jackentasche befühlte sie die vier Lebensmittelmarken, die ihr Kolleginnen zugesteckt hatten. Ohne die Marken erhielt man nichts mehr zu essen, und Ruth dachte schon länger über eine neue Serie nach: Kriegsküche und wie man aus wenig viel kochen konnte. Trotzdem gab es einige Damen im Verlag, die entweder mit weniger auskamen, als ihnen zugestanden wurde, oder Verwandte auf dem Land hatten, die sie mit Eingemachtem versorgten. Nur ein paar Vertraute wussten, dass Ruth die Marken an diejenigen weitergab, die sie dringend brauchten.

Heute war sie auf dem Weg zu ihrem Zahnarzt, Dr. Jakob. Sie nahm die Straßenbahn nach Charlottenburg und stieg dann um in die U-Bahn Richtung Wilmersdorf. Am Rüdesheimer Platz verließ sie die U-Bahn und eilte zur Wohnung in der Wiesbadener Straße. Mittlerweile war es dunkel geworden, und es hatte aufgehört zu schneien. Sie klingelte und eilte die Treppen hinauf in den dritten Stock, ohne Licht zu machen. Man musste ja nicht alle mit der Nase darauf stoßen, wer wen besuchte.

An der Wohnungstür wartete die kleine Evelyne mit ihrer Mutter. »Hallo, Tante Ruth«, brabbelte die Kleine. Ruth beugte sich zu ihr und schüttelte dem Mädchen lächelnd die Hand. Dann begrüßte sie Frau Jakob. Sie war noch jung und wirkte zerbrechlich. Und müde. Und verängstigt.

»Kommen Sie rein, Frau Friedrich. Wie schön, Sie zu sehen.« Sie schloss die Tür hinter Ruth und ging mit Evelyne an der Hand durch einen schmalen Gang ins Wohnzimmer, wo Dr. Jakob an einem Tisch saß. Als er Ruth erkannte, sprang er auf und kam auf sie zu.

»Liebe Ruth, ich bin so froh, Sie zu sehen. Emily, Liebes«, wandte er sich an seine Frau, »würdest du unserem Gast etwas anbieten? Was hätten Sie gern? Sie sind doch bestimmt hungrig nach der Arbeit.«

Sie schüttelte den Kopf und hoffte, dass ihr Magen sie nicht verraten würde. »Vielleicht eine Tasse Tee?« Sie traf Anstalten, den Mantel auszuziehen.

»Oh, natürlich. Aber vielleicht wollen Sie den Mantel lieber anbehalten? Es ist leider nicht besonders warm bei uns.« Frau Jakob sah sehr unglücklich aus, als sie das sagte.

Ruth lächelte sie an. Dann griff sie in die Manteltasche und drückte Frau Jakob die Marken in die Hand. »Es sind leider nicht viele; zwei Brotmarken, eine für Gemüse und eine für Eier. Aber vielleicht besser als nichts.« Dann drehte sie sich weg, damit Frau Jakob ihr nicht danken konnte. Sie zog den Mantel ganz aus, denn auf dem Weg nach oben war ihr warm geworden. »Woran arbeiten Sie da?«, fragte sie den Zahnarzt.

Er lächelte verlegen und schaute hinunter auf die vielen Fotos, die er auf dem Tisch ausgebreitet hatte. Außerdem lag dort ein amtlich wirkendes Formular. »Ich versuche nachzuweisen, dass ich adoptiert wurde.«

»Was?« Ruth sah ihn ebenso erstaunt wie interessiert an. »Sie wurden aber nicht wirklich adoptiert.«

»Nein, Ihnen gegenüber kann ich es ja zugeben. Allerdings haben meine Eltern sich bereit erklärt, mir eine entsprechende Bescheinigung auszustellen.«

»Ihre Eltern haben Berlin schon vor drei Jahren verlassen, wenn ich mich richtig erinnere«, sagte Ruth.

»Ja, sie leben bei meiner Schwester in London.« Er bemerkte Ruths Blick und fügte hinzu: »Ja, ich habe natürlich schon darüber nachgedacht, ebenfalls auszuwandern. Aber das kommt für meine Schwiegereltern nicht infrage. Und Emily wird sie niemals allein lassen. Also bleiben wir alle.« Er wies mit dem Kinn auf die Unterlagen. »Vielleicht, wenn es mir gelingt, meine Eltern und damit mich arisieren zu lassen, werden wir diese Zeit gut überstehen.«

»Und dazu brauchen Sie die Fotos?« Ruth schob sie auseinander. Es waren viele alte Kinderfotos dabei, aber auch aktuelle. Sie erkannte Dr. Jakob und seine Eltern, außerdem mehrere andere Personen.

»Mit den Fotos werden wir beim Rassenforschungsamt nachweisen, dass ich nicht gebürtiger Teil der Familie Jakob bin.«

Ruth konnte hören, dass er sich selbst vom Gelingen seines Plans zu überzeugen versuchte. »Lassen Sie mich mal sehen.« Sie beugte sich über den Tisch.

Und dann, bei einer Tasse Tee, wählten sie zusammen die Fotos aus. Einige, auf denen Dr. Jakobs Geschwister, darunter ein Bruder, der in den USA lebte, ihm möglichst wenig im Aussehen glichen. Und einige von der freundlichen arischen Frau, die zugestimmt hatte, sich als Dr. Jakobs leibliche Mutter auszugeben. Sie hatte tatsächlich Ähnlichkeit mit ihm.

Es war spät, als Ruth endlich zu Hause ankam, und ihr Magen hing ihr kurz über den Knien. Sie schmierte sich ein Brot, trank ein kostbares Glas Milch dazu und dachte darüber nach, wie ungerecht die Welt war.

## · 26. Kapitel ·

30. April 1942

Ruth stand in der Küche und rührte in einem Eintopf. Früher hatte sie höchstens für ausreichend Getränke gesorgt, wenn am Abend Freunde gekommen waren. Allerdings hatte es früher auch viel weniger Treffen in Wohnzimmern gegeben. Sie waren in Restaurants gegangen und zum Tanzen. Das schien Jahrhunderte her zu sein, und manchmal vermisste sie diese Zeit geradezu körperlich. Doch einige der Gäste, vor allem Dr. Jakob, hatten noch weniger zu essen als andere.

Außer ihm würden heute Heinrich Mühsam, Walter Seitz und die beiden Bergmanns kommen. Ruth nahm sich vor, die Teller von Mühsam und Jakob besonders voll zu machen. Sie hatte sogar ein paar Würste ergattern können, wenn auch klar war, dass jeder nur zwei, drei Stücke davon abbekommen würde. Vielleicht sollte sie noch eine weitere Möhre dazugeben …

»Mama? Mama!« Karins Stimme.

»Bin in der Küche, Liebes.«

Da stand Karin auch schon in der Tür. Freudestrahlend. Wie ungewöhnlich.

»Junge Dame! Was ist denn passiert? Du willst mir doch nicht etwa erzählen, dass du einen Freund hast, oder?« Ruth fand es nur allzu niedlich, wie Karin bei dieser Unterstellung zusammenzuckte, und musste tatsächlich ein Lachen unterdrücken. Das

Mädchen war siebzehn Jahre alt, würde bald ihr Abitur haben und arbeiten gehen. Genau für solche junge Frauen schrieben sie doch die *Junge Dame*. Denen erlaubte sie als Kummerkastentante Frau Ilse auch gewisse, nicht völlig keusche Beziehungen vor der Ehe. Sicher war es unter den aktuellen Umständen nicht realistisch, aber dass Ruth sich für ihre Tochter eine ganz normale Jugend wünschte, ließ sich nicht verleugnen.

Karin jedoch schüttelte die blonden Locken und hielt ihr jetzt einen Brief unter die Nase. »Nein, schau doch mal! Etwas viel Besseres. Ein Brief von Frau Rosenthal!«

»Oh, das ist aber wirklich eine Überraschung. Wie schön. Vielleicht schreibt sie, was wir ihr schicken könnten. Womöglich ein Paar Strümpfe?« Ruth freute sich. Das war zweifellos ein gutes Zeichen. Vielleicht hatten die Nazis endlich genug davon, die alte Frau auszubeuten, und ließen sie nach Hause!

»Wer braucht Strümpfe?«, fragte Leo, der gerade in die Küche kam.

»Frau Rosenthal!« Karin schwenkte den Brief jetzt vor seinem Gesicht.

»Was hat sie geschrieben?« Leo setzte sich an den Küchentisch.

Karin warf sich fröhlich auf den Stuhl daneben und riss den Umschlag auf. Sie zog den Brief heraus, es war nur ein dünnes Blatt, und faltete ihn auf. Dann las sie laut vor:

*Liebe Ruth, liebe Karin, lieber Herr Borchard,*
*bisher war ich glücklich, euch nicht zu weit weg zu wissen. Ich erinnere mich gern an die Zeit, die wir zusammen verbracht haben. Nun ist es damit vorbei. Ich hatte ja gehofft, dass ich bald nach*

*Hause darf, aber das war ein Irrtum. Und wenn man ganz ehrlich ist, dann bin ich auch keine gute Arbeitskraft gewesen. Ich bin immer schneller müde geworden als all die anderen hier.*

*Immerhin scheine ich noch rüstig genug für eine weitere Reise zu sein. Es wird meine letzte sein.*

*Eine Bitte habe ich noch an Sie: Würden Sie bitte den anderen Grüße von mir ausrichten? Ich kann ihnen nicht persönlich schreiben.*

*Für immer,*

*Ihre Margot Rosenthal*

Als Karin geendet hatte, senkte sich bleierne Still über die Küche. Das war ein Abschiedsbrief. Ging es Marion Rosenthal wirklich so schlecht? Warum wurde sie dann nicht nach Hause geschickt. Oder sollte sie etwa ... gar nicht zurückkommen? Ruth hatte das Gefühl, nicht richtig atmen zu können. Etwas zog sich wie ein eisernes Band um ihre Brust.

Die Türklingel riss sie aus ihrer Erstarrung. Ruth sah Karin an, dann Leo. Kein Wort, hieß das. Jetzt müssen wir fröhlich sein. Nicht für uns, aber für die anderen. Karin nickte, presste die Lippen zusammen und atmete einmal tief durch, dann stand sie auf, um zu öffnen. Leo folgte ihr, um die Gäste zu begrüßen. Ruth rührte im Topf und wischte sich eine Träne aus dem Gesicht. Für einen kleinen Moment hatte sie aller Mut verlassen, doch nun riss sie sich wieder zusammen. Wir müssen stark sein, dachte sie, für unsere Freunde, unser Lieben. Wir müssen tun, was möglich ist. Und wenn es sich nur darum handelt, sie mit Essen zu versorgen, so gut es eben geht.

Wenig später saßen sie alle im Wohnzimmer. Zwei auf der Couch, zwei auf den Sesseln, und der Rest fand auf Küchenstühlen Platz. Ruth servierte den Eintopf.

»Liebe Ruth«, sagte Dr. Jakob dankbar nach dem ersten Löffel, »das ist köstlich. Ich habe fast ein schlechtes Gewissen, es mir hier schmecken zu lassen, wenn ... wenn der Rest der Familie nichts davon abbekommen kann.« Seine Schultern sackten ein wenig nach unten.

Ruth sah zu Leo. Der verstand sofort.

»Machen Sie sich keine Sorgen, ich habe noch ein paar Marken übrig, die ich Ihnen mitgeben kann«, sagte Leo schnell.

Nun sah Dr. Jakob aus, als hätte er ein noch schlechteres Gewissen. Er warf einen Blick zu Mühsam, der es sich sehr offensichtlich schmecken ließ.

»Ja, wirklich, Dr. Jakob. Man lebt nur einmal, und das Leben kann kürzer sein, als man erwartet. Man muss die guten Momente genießen, besonders in Zeiten wie diesen.« Mühsam schob sich den nächsten Löffel Suppe in den Mund.

Ruth betrachtete ihn unauffällig. Mühsam war schon so lange die meiste Zeit mit sich und seinen Büchern allein, dass er manchmal etwas wunderlich wurde. War er sich der Gefahr, in der er schwebte, denn nicht bewusst? Oder wollte er einfach nicht zugeben, dass die Nazis ihn in Berlin nicht mehr haben wollten?

Walter Seitz nickte grinsend. »Richtig so. Wenn man was genießen sollte, dann auf jeden Fall diese Suppe. Hab selten so was Gutes gegessen in der letzten Zeit. Leo, deine Ruth ist nicht nur hübsch und blitzgescheit, sondern auch noch eine begnadete Köchin. Du bist hier im Himmel.«

Ruth hätte sich fast verschluckt. Dieser Walter war doch wirklich ein Charmeur. Und im Gegensatz zu Leo auch in seinen Komplimenten eher hemdsärmelig unterwegs. Wo Leo Künstler war und oft ein wenig steif, war der Arzt unkompliziert und geradeheraus. War das seine bayerische Art? Sie fand es ungewohnt, aber sympathisch. Schon mehrmals hatte sie festgestellt, dass Seitz ein Talent hatte, im richtigen Moment die Stimmung aufzumuntern.

»Sie sind aber doch verheiratet, oder, Walter?« Mühsam schien den Kommentar des Arztes für unangemessen zu halten. Ruth stellte überrascht fest, dass die Antwort auf seine Frage sie mehr interessierte, als sie gedacht hätte.

»Oh, wollten Sie mir einen Antrag machen, Mühsam? Es tut mir leid, aber Sie haben recht.« Mit unbekümmerter Miene schob sich Seitz einen weiteren Löffel Eintopf in den Mund.

»Was?«, rief Christel Bergmann. »Walter, das haben Sie uns ja mehr als gut verheimlicht.«

Seitz zuckte mit den Achseln. »Ach, was heißt verheimlicht. Wir sind verheiratet ja, aber wir sehen uns kaum. Elisabeth war in einer kleinen Verlegenheit, die ihre Abstammung betraf, und da ihr mit einer Heirat geholfen war, haben wir das eben geregelt. Ich rede eigentlich nicht gern darüber. Zumal wir uns auch kaum sehen.«

Er hatte eine Jüdin geheiratet, um sie zu schützen! Ruth merkte, dass Walter in ihrer Achtung stieg. Sie kannte nicht viele Männer, die das getan hätten. Nun ja, Leo vielleicht. Sie sah ihn an. Aber er löffelte ganz unbeteiligt seine Suppe. Wahrscheinlich kannte er die Geschichte längst.

Doch halt: Gestatteten die Nürnberger Gesetze das überhaupt? Diese Elisabeth musste ein Mischling sein, sonst wäre es nicht rechtens gewesen. Nicht mehr ...

Ruth kniff verärgert über sich selbst die Augen zusammen. Versuchte sie etwa schon, die verquere Nazi-Logik nachzuvollziehen? Vielleicht war Seitz ja einfach verliebt gewesen und war es nun nicht mehr.

Später, als sie alle fertig waren und Ruth die Teller eingesammelt und Gläser verteilt hatte, ergriff Dr. Jakob erneut das Wort. »Sie erinnern sich vielleicht, Ruth, dass ich den Antrag auf Arisierung gestellt hatte? Er wurde abgelehnt.«

Ruth, die gerade noch überlegt hatte, was sie als Nächstes auftischen könnte, sank in ihren Sessel zurück. »O nein. Warum denn?«

»In der Begründung steht, dass es eine deutliche Familienähnlichkeit zwischen mir und meinen Geschwistern gebe. Und obwohl beide rothaarig sind und ich blond, beide eher gedrungen und ich hochgewachsen, haben die Experten des Rassenforschungsamts beschlossen, dass es eine zwingende Familienähnlichkeit zwischen meinen Geschwistern und mir gibt.« Er verzog das Gesicht zur Karikatur eines Lächelns. »Das bedeutet nichts Gutes für mich und die ganze Familie.«

»Vielleicht sollten Sie sich darauf vorbereiten, unterzutauchen, Jakob«, sagte Bergmann ernst.

Dr. Jakob wand sich unter den Blicken. »Ach, wo sollen wir denn hin, wir sind zu fünft, Emily würde ihre Eltern niemals im Stich lassen. Wir warten noch ab.«

Ruth dachte an den Brief von Frau Rosenthal. Es sah nicht so aus, als würden die Nazis Rücksicht auf irgendjemand nehmen, nur weil er alt und krank oder jung war. Die Jakobs schwebten vielleicht in viel größerer Gefahr, als sie bisher gedacht hatten.

Ruth richtete sich auf. »Die Zeit des Abwartens ist vorbei, fürchte ich«, sagte sie bestimmt. »Sie *haben* keine Wahl mehr. Sie müssen sich trennen. Zu fünft kommen Sie nicht durch. Niemand schafft es zu fünft.«

Ruth fing Leos Blick auf und ahnte, was er dachte. Hier war kein Platz für fünf. Für drei – vielleicht. »Zu fünft geht es nicht. Weder mit dem Essen noch mit dem Schlafen. Ich höre mich um.«

Dr. Jakob nickte langsam. »Ich denke darüber nach. Wir bekommen seit heute keine Marken mehr für Fleisch oder Eier. Dabei ist Evelyne noch so klein. Sie braucht Nahrung, um sich zu entwickeln.«

Ruth sah Karin an. Sie wirkte nicht im Geringsten so, als hätte sie in den letzten Jahren Hunger gelitten, auch wenn das Angebot viel schmaler geworden war. Ruth stellte es sich grausam vor, dem eigenen Kind nicht genug zu essen, nicht genug zum Leben geben zu können. Der Anblick ihrer eigenen Tochter konnte sie nur darin bestärken, alles für die Jakobs zu tun, was möglich war.

Karin, die an diesem Abend dabeigesessen und gelegentlich kluge Fragen gestellt hatte, schien ihren Blick zu bemerken und schaute auf. Ruth langte rasch zu ihr hinüber und drückte ihr liebevoll die Schulter.

## · 27. Kapitel ·

15. Juni 1942

Doktor Mühsam hatte sie um einen Besuch gebeten, und Karin kam diesem Ruf nur zu gerne nach. Mühsam zu treffen, mit ihm ins Kino oder in den Zoo zu gehen, das war etwas, das sie in den letzten Jahren immer gern gemacht hatte.

Sie hatte ein Stück Kuchen dabei, das sie ihm feierlich überreichte, als er die Tür zu seiner Wohnung öffnete. Ein dankbares Lächeln erschien auf seinem Gesicht, dann humpelte er voraus nach hinten in sein vollgestopftes Wohnzimmer, das eher eine Bibliothek war. Er stellte den Kuchen auf einer Ecke seines Schreibtischs ab, auf dem wie immer Schreibutensilien zwischen den Büchern lagen.

»Karinchen, ich habe was für dich.« Er ergriff einen Stapel Bücher, der auf dem Schreibtisch lag.

Es waren bestimmt sechs Bücher, und Karin war erst einmal zu perplex, um zu antworten. In Ermangelung eines Stuhls sank sie auf den Boden. Für eine Weile war es ganz still. Karin betrachtete die kostbaren Bücher, eines nach dem anderen. »Don Carlos« von ihrem geliebten Schiller, in einer Ausgabe von 1787. Und eine Ausgabe von Flauberts »Madame Bovary«.

Karin sah auf. »Das ist doch Ihr Lieblingsschriftsteller.«

Mühsam lächelte. »Stimmt. Ich könnte mir keine bessere Besitzerin für dieses Buch denken als dich.«

»Aber Sie sollten sich nicht von den Dingen trennen, die Ihnen wichtig sind.« Karin hatte kein gutes Gefühl bei der Sache. Warum tat er das?

»Ich denke nicht, dass ich noch lange in Berlin bleiben werde. Und wo immer ich hingehe, ich kann nicht alle meine Lieblinge mitnehmen.« Er sagte es ganz lapidar, und Karin überkam das Gefühl, dass er sich bemühte, sie nicht zu beunruhigen. Einen Augenblick lang war es wieder still. Die Standuhr tickte laut.

Karin musterte Mühsam. Er sah traurig aus.

»Aber ...«, begann sie.

»Weißt du, Karinchen, es gibt einen Grad des Hierhergehörens, der jeden Gedanken an Flucht unmöglich macht. Ich kann nicht weggehen, ich kann mich nicht irgendwo verstecken. Ich mit meinem Holzbein. Ich kann nur ich sein, Heinrich Mühsam. Ich bleibe, bis mich die, die mich nicht hierhaben wollen, wegbringen.«

Karin nickte. Sie war nicht ganz sicher, ob sie wirklich verstand, was er meinte. Aber sie verspürte einen heißen Zorn auf die Nazis, die so nette Menschen wie Dr. Mühsam oder die Jakobs hassten.

## · 28. Kapitel ·

28. Juni 1942

Ruth nahm den Stapel Papier auf, der auf Mühsams Schreibtisch lag. »Vermögenserklärung« stand auf dem Deckblatt. Auf den folgenden Seiten ellenlange Fragebögen. Wohnungsinventar und Kleidungsstücke, Anzahl und Wertangabe, stand da. Listen für jeden Raum. Ruth ließ die Hände sinken. »Natürlich helfe ich. Aber wollen Sie das wirklich? Wollen Sie nicht lieber versuchen, noch auszuwandern? Sollen wir nicht versuchen, Sie zu verstecken?«

Mühsam schüttelte traurig den Kopf. »Wo sollte ich denn hin? Ich bin doch nur hier zu Hause.«

Ruth fasste sich verzweifelt an die Stirn. Wie konnte man bloß so starrsinnig sein? »Aber wenn das Zuhause nun mal kein Zuhause mehr sein kann? Weil Sie nicht hierbleiben dürfen, weil man Sie wegbringen wird? Der Himmel weiß, wohin. Vermutlich in ein Konzentrationslager.« Warum wollte er denn nicht begreifen, dass er sich verstecken musste?

»Ich werde nicht freiwillig gehen. Sie haben recht, Ruth, man wird mich wohl zwingen. Aber ich werde meine Heimat nicht freiwillig aufgeben. Dann hätten diese Schweine gewonnen.«

Ruth war bisher nicht klar gewesen, wie störrisch dieser Mann sein konnte. Hier ging es doch um sein Leben!

»Sie haben versprochen, mir zu helfen«, sagte Mühsam nun und zeigte auf die Inventarlisten. »Lassen Sie uns anfangen. Ich möchte den Termin zur Abgabe nicht verpassen, und der ist schon morgen.«

Ruth seufzte und nahm die Unterlagen wieder zur Hand. »Na gut. Wo fangen wir an?«

Gemeinsam klapperten sie jedes Zimmer ab und notierten alles genau. Besenschrank. Besen. Wischmopp. Bett und Bettzeug, Bettvorleger. Zwei Anzüge und ein bisschen Wäsche. Schreibtisch, Stuhl, sechs Bücherregale und tausendfünfhundert Bücher. Ungefähr.

Mehr als dieses wenige hatte Mühsam nicht mehr, in den letzten acht Jahren, seit er nicht mehr hatte arbeiten dürfen, hatte er allerhand verkaufen müssen. Nur die Bücher. Von den Büchern hatte er sich nicht trennen können.

»Wegzugehen wäre ja schon allein deshalb nicht möglich«, sagte Mühsam, »weil ich die Bücher nicht mitnehmen könnte.«

Die Bücher. Ruth schluckte. Auch sie liebte Bücher; so hatte sie einige in der Truhe ihrer Großmutter verstaut, die versteckt im Keller stand. Karin hingegen schleppte ihre Lieblingsbücher bei jedem Bombenalarm die Treppe hinunter und danach wieder hinauf.

Sie legte die Papiere ab und sah Mühsam ernst an. »Vielleicht nicht alle. Aber die wichtigsten? Wir könnten den Rest vielleicht aufheben, bis ...«

Mühsam lächelte traurig. »Bis die Deutschen wieder vernünftig geworden sind und die Nazis verschwunden? Wie lange wird das dauern? Nein, liebe Ruth. Meine Zeit ist gekommen. Lassen Sie uns weitermachen.«

Ruth schluckte. »Sie müssen hier noch unterschreiben. Und die Wertangaben machen.« Sie zeigte auf das letzte Blatt.

»Ich bin mir bewusst, dass falsche oder unvollständige Anga-
ben geahndet werden. Heinrich Israel Mühsam – Jüd. Kennkarte
Berlin A 500 776.« Er sprach mit, was er schrieb. Dann fügte er
hinzu: »Ich sehe mich außerstande, Wertangaben zu machen.«

Er betrachtete seine Unterschrift, überprüfte, ob alle Blätter
ausgefüllt waren, und legte sie dann sorgfältig auf dem Schreibtisch ab. »Das war es dann wohl. Zeit, Abschied zu nehmen.«

Ruth schüttelte den Kopf. Wenn sie etwas nicht wollte, dann
war es, Abschied zu nehmen. Nicht heute, nicht morgen – gar
nicht. Das Herz tat ihr weh, und alles in ihr zog sich zusammen.
»Wir *müssen* uns wiedersehen«, beharrte sie und zog ihn in eine
Umarmung.

»Wenn es möglich ist, wird es geschehen«, sagte Mühsam in
ihr Haar.


Schon am nächsten Tag, als Ruth nach der Arbeit nach ihm sehen
wollte, war er weg. Während des ganzen Wegs Richtung Hünensteig wollte es ihr nicht gelingen, die Tränen aus den Augen zu
blinzeln. Wie sollte sie das nur Karin beibringen?

Doch diese Sorge hatte sie sich umsonst gemacht. Karin las es
ihr offenbar am Gesicht ab, kaum war sie in die Wohnung getreten. Sie erstarrte, wandte sich ab und ging ohne ein Wort auf ihr
Zimmer, wo sie bis zum Abend blieb. Ruth ließ sie gewähren, erst
zum Abendessen rief sie nach ihr.

Sie aßen schweigend in der Küche und blieben danach einfach
sitzen. Nach einer halben Ewigkeit legte Ruth ihre Hand auf die
von Karin, zog sie jedoch wieder zurück, als sie Karins Blick bemerkte.

Mit diesem Schmerz wollte sie allein sein.

## · 29. Kapitel ·
### Juli 1942

Auf dem Weg nach Hause von dem Schuppen, in dem nun Dr.
Jakob mit seiner Familie untergekommen war, dachte Ruth angestrengt nach. Alle ihre jüdischen Freunde und Bekannte waren
entweder ausgereist, untergetaucht oder abgeholt worden. Und
im Gegensatz zu dieser ersten Verhaftungswelle 1938, an die sie
sich nur zu gut erinnerte, kam mittlerweile niemand mehr zurück, der einmal abgeholt worden war. Sie hatten viel Essen zu
besorgen und Schlafplätze zu finden. Allerdings wurde das immer gefährlicher. Untergetauchten zu helfen wurde bestraft. Peters hatte berichtet, dass es einen Erlass gegeben habe, wonach
»deutschblütige Personen, die öffentlich freundschaftliche Beziehungen zu Juden unterhielten«, mit bis zu drei Monaten Schutzhaft bestraft wurden. Und ob man danach wieder frei kam, war
alles andere als sicher. Der Maßnahmenstaat, von dem Peters gesprochen hatte, fiel ihr ein.

Mit Herzklopfen dachte Ruth an Karin. An Leo.

Sie mussten unbedingt noch vorsichtiger sein und gleichzeitig
doch mehr Menschen helfen. Das konnte nur eines bedeuten: Sie
mussten sich besser organisieren.

Kaum war Ruth zu Hause, ging sie ans Telefon und lud die
Freunde zu einem spontanen Umtrunk ein.

»Geht es der kleinen Evelyne gut in dem Schuppen? Und Emily? Beide sind doch solche Umstände gar nicht gewohnt«, sagte Christel Bergmann besorgt. »Vielleicht sollte ich mal nach ihnen sehen.«

Sie saßen zu fünft im Wohnzimmer.

»Je weniger Leute dort vorbeigehen, desto besser«, warf Walter ein.

Ruth überlegte. »Walter hat recht, aber du auch, Christel. Wir brauchen nicht nur mehr zu essen, sondern sicher auch ärztliche Versorgung. Leo kann aus dem Ausland vielleicht das ein oder andere Nützliche mitbringen, ganz abgesehen von Informationen natürlich.« Ruth hatte plötzlich das Gefühl, erklären zu müssen, warum Leo an diesem Abend, der ihr irgendwie wichtiger erschien als andere, nicht dabei sein konnte. Für ihn war einfach jedes einzelne Konzert und Engagement lebenswichtig, zum einen wegen der Gage, aber auch als Künstler.

»Ich kann sicher einzelne Kollegen um einzelne Marken bitten. Bloß recht viel wird das nicht.« Walter strich sich grübelnd übers Kinn.

»Sie sind aber obendrein Arzt und können helfen wie die Bergmanns«, warf Karin ein. »Ich kann mit dem Vater meiner Freundin Marion sprechen. Er hasst die Nazis auch, das weiß ich.«

Ruth biss sich auf die Lippe. Geh kein Risiko ein, hätte sie am liebsten gerufen. Aber war es dafür die Zeit? Also nickte sie. »Ich werde auch mit Reimanns von der Konditorei sprechen.«

Es klingelte an der Tür. Ruth warf einen nervösen Blick in die Runde. Eigentlich gab es keinen Grund zur Beunruhigung – sie waren schließlich nur ein kleiner Kreis von Freunden, die sich abends trafen. Es gab keine Beweise für irgendetwas anderes.

Schon klingelte es wieder, jetzt zweimal kurz hintereinander. Ruth atmete auf. Das war das Zeichen, das sie im Freundeskreis vereinbart hatten. Sie stand auf und ging zu Tür.

Wenig später führte sie Günter Brandt ins Wohnzimmer.

Dankbar akzeptierte er ein Glas Wein. Nachdenklich sah er alle Gäste in Ruths Wohnzimmer an, bevor er zu sprechen begann. »Ich bin in einer etwas schwierigen Lage. Wie Sie ja wissen, bin ich als Mischling ersten Grades zwar bisher vor der Verfolgung sicher. Aber die Zuteilung von Lebensmittelmarken fällt für mich und meine Frau geringer aus als für Sie. Das wäre für uns kein großes Problem, wir sind genügsam, und meine Frau ist eine ausgezeichnete Haushälterin. Aber nun hat sich die Lage geändert. Es gibt ...« Er räusperte sich und setzte neu an. »Es gibt jetzt drei Personen mehr in der Wohnung. Wir müssen eine Studentin und ein älteres Ehepaar versorgen. Ich weiß noch nicht, wie lange.«

Ruth sah ihm an, dass es Mut gekostet hatte, das laut auszusprechen. »Machen Sie sich keine Sorgen. Wir haben gerade darüber gesprochen, wen wir um weitere Marken bitten können. Aber ist es nicht sehr eng in der Wohnung?«

»Eng?« Brandt lachte bitter. »Für Gerda und mich nicht. Wir müssen ja den Schein wahren. Unsere Gäste wohnen in der Kammer hinter der Küche, sie können sich nur abends und bei zugezogenen Vorhängen, halbwegs frei in der Wohnung bewegen. Ich würde mein eigenes Bett nur zu gern hergeben, wenn es helfen würde, auch nur eine Person zu retten. Haben Sie die Nachrichten aus Paris schon gehört?«

Nachrichten aus Paris? Das konnten nichts Gutes bedeuten. Ruth schaute die Freunde an, fand fragende Gesichter.

Brandt sprach leise. »Es hat eine große Jagd auf Juden gegeben. Es heißt, sie werden alle nach Osten verschleppt. Da sollen sie entweder in Lagern ausgehungert oder gleich erledigt werden. Sie müssen ihre Gräber selbst ausheben, bevor sie erschlagen oder erschossen werden, habe ich gehört.«

Ruth schlug sich beide Hände vor den Mund. Sie hatte gewusst, dass die Nazis die Juden loswerden wollten, und sie hatte schon befürchtet, dass es um Leben und Tod ging. Margot. O Gott. Sie war gar nicht so krank gewesen, dahinter hatte etwas anderes gesteckt. Und Mühsam! Tränen stürzten ihr aus den Augen, sie konnte nichts dagegen tun. In was für einem Alptraum waren sie gefangen?

Als Leo am Ende der Woche aus Athen zurückkam, bestätigte er, was Brandt erzählt hatte. In einer Zeitung der deutschsprachigen Emigranten in New York war über die Massaker berichtet worden. Es hieß sogar, dass Juden nun systematisch mit Gas vergiftet wurden. Ruth konnte kaum noch schlafen. Sobald sie die Augen schloss, sah sie Mühsam vor einem selbst geschaufeltem Grab stehen.

# · 30. Kapitel ·

August 1942

Karin hatte Sommerferien. Das hieß aber nicht, dass sie nichts zu tun hatte.

Heute fuhr sie, wie jeden zweiten Tag in der Woche, zur Konditorei Reimann am Ku'damm 35. Reimanns hatten noch zwei Filialen in Charlottenburg, aber Karin trank ihren Bohnenkaffee, schwarz und ohne Zucker, ausschließlich hier im Stammhaus, wo Walter und Charlotte selbst an der Theke standen und bedienten.

Auch wenn das nicht ihr erster Besuch hier in den letzten Wochen war, klopfte ihr immer noch das Herz bis zum Hals, wenn sie sich ganz allein an einen Tisch auf der Terrasse vor dem Lokal setzte. Der Bereich vor dem Haus war mit einem kleinen Zaun vom Fußweg abgetrennt, dahinter standen weiß eingedeckte Kaffeetischchen in drei Reihen. Meist waren es vornehme Damen und Herren, die hier saßen, manchmal auch junge Frauen, die vermutlich *Die junge Dame* lasen. Karin versuchte immer, entweder hier einen Tisch am Rand zu ergattern – am besten einen, den eine Topfpflanze ein wenig verbarg – oder ein Plätzchen drinnen. Aber wenn es so voll war wie heute, klappte Letzteres meist nicht.

Karin straffte die Schultern und reckte das Kinn. Sie hatte blonde Locken und blaue Augen, sie sah hübsch aus und sehr »deutsch«. Niemand würde ihr etwas anderes unterstellen oder sie ansprechen. Sie steuerte auf den letzten freien Tisch auf der Terrasse zu und setzte sich, als wäre es das Normalste der Welt. Sie nahm den Hut ab und legte ihn behutsam auf den Stuhl neben sich. Dann schaute sie sich beiläufig um. Heute war das Publikum sehr gemischt. Aber sie entdeckte auch einige Männer in Uniformen. Schnell ließ sie den Blick von ihnen weggleiten. Nicht dass sich noch einer von denen aufgefordert fühlte, sich zu ihr zu setzen. Dann traf ihr Blick den des Kellners, der sie schon kannte: das junge blonde Mädel, das von Charlotte Reimann persönlich bedient wurde. Es dauerte auch nicht lang, dann kam Charlotte an ihren Tisch.

»Schön, dich zu sehen, Karin. Wie geht es deiner Mutter?« Eine scheinbar ganz normale Konversation, innerhalb derer man mehr Informationen austauschen konnte, als man auf den ersten Blick glauben mochte.

»Mama geht es ganz gut, sie ist sehr froh, weil sie drei neue Modelle für die Modestrecke gefunden hat.« Drei neue Mäuler zu stopfen, diesmal bei Bergmanns zu Hause, hieß das. Sie hatten sich darauf geeinigt, bei den Gesprächen immer möglichst nah an der Wahrheit zu bleiben, und Ruth bereitete ja wirklich gerade eine neue Modestrecke für die *Junge Dame* vor.

»Na, wie schön. Hättest du gern einen Kaffee?« Charlotte zückte einen kleinen Block, auf dem sie die Bestellung notierte.

Karin nickte. Natürlich wusste Charlotte längst, was sie wollte. Trotz der Aufregung, die ihre Missionen Karin jedes Mal bereiteten, freute sie sich auch immer auf dieses luxuriöse Tässchen Kaffee, das sie ganz allein im Café trank.

Ein paar Minuten später brachte Charlotte den Kaffee auf einem kleinen Tablett, auf dem auch zwei Stückchen Würfelzucker lagen. Dann zwinkerte sie Karin zu und widmete sich den anderen Gästen.

Karin kostete von dem Kaffee. Er war nicht sehr stark, aber dennoch bitter. Sie hatte sich erst daran gewöhnen müssen, ihn ohne Milch oder Zucker zu trinken. Die beiden kostbaren Würfel Zucker ließ sie nämlich sofort unauffällig in ihrer Handtasche verschwinden. Dann lehnte sie sich im Stuhl zurück und genoss scheinbar den Sommernachmittag. Lieber wäre sie ja am Wannsee gewesen. Schnell ins Wasser hüpfen, bei dieser Hitze. In Badesachen sahen die Menschen allerdings eher gleich aus, man konnte nicht gleich sehen, ob jemand bei der Gestapo oder der SA war.

So, nun hatte sie sich aber genug Zeit gelassen. Wenn sie sich nicht beeilte, war der Kaffee nachher kalt.

Karin stand auf, nahm ihre Handtasche und gab sich den Anschein, zur Toilette gehen zu wollen. Drinnen im Café wurde sie schon vor den Waschräumen von Walter Reimann abgefangen. Er steckte ihr fast im Vorbeigehen einen kleinen Packen Marken zu. Sie ließ ihn sogleich in ihrer Handtasche verschwinden, obwohl es sie brennend interessiert hätte, wie viele Marken es heute waren. Dann betrat sie die Toiletten und wusch sich die Hände. Auf dem Weg zurück nach draußen drückte ihr Charlotte noch zwei Tüten fettfreies Kriegsgebäck in die Hand.

Karin kehrte an ihren Tisch zurück und legte das Gebäck auf den Stuhl, wo auch ihr Hut lag. Dann trank sie den Kaffee aus, der wie befürchtet nur noch lauwarm war, und winkte dem Kellner. Sie bezahlte und machte sich auf den Weg.

Der Weg zurück nach Hause dauerte um einiges länger, weil Karin die Marken gleich wieder auslieferte. Zuerst bei den Brandts, dann bei den von Bergmanns; den Rest ging mit nach Hause, damit Ruth die Marken gegen Essen für alle eintauschen konnte. Dann brach sie erneut auf, um das Gebäck in den Schuppen nahe den Schrebergärten zu bringen, in dem sich die Familie Jakob verbarg. Dazu nahm sie erst ein Stück die U-Bahn und dann den Bus.

Hier kam sie, sooft es ging, mit Essen vorbei. Fast jeden Tag. Trotzdem reichte es kaum; die Gesichter von Emily und Dr. Jakob wurden immer eingefallener, die Augen der kleinen Evelyne immer größer und dunkler. Jetzt stand sie im Türspalt des Schuppens, den Daumen im Mund, und sah Karin an.

Karin beugte sich hinunter zu der Kleinen, doch Emily schob ihre Tochter zurück ins Dämmerlicht. »Das ist zu gefährlich.« Sie drehte sich um und verschwand.

Dann tauchte Dr. Jakob auf. »Sei uns nicht böse, Karin. Aber wenn Evelyne laut lacht oder, Gott behüte, weint, dann könnte man uns hören. Wir versuchen sie so ruhig wie möglich zu halten.«

»Ich verstehe. Aber wenn Evelyne sich mal die Beine vertreten soll, dann gehe ich gern mit ihr ein bisschen spazieren.« Karin hatte lange über dieses Angebot nachgedacht. Evelyne war erst drei und musste keinen gelben Judenstern tragen. Sie konnte genauso ohne die Gefahr, kontrolliert zu werden, auf der Straße herumlaufen wie Karins jüngere Halbgeschwister. Man sah ja keinen Unterschied. Es wäre eine sichere Sache, auch für sie, denn sie hatte sich überlegt, Evelyne im Zweifelsfall wirklich als kleine Schwester auszugeben.

Aber Dr. Jakob schüttelte den Kopf. »Das ist nett von dir. Nur fürchte ich, dass wir tausend Tode sterben würden, wenn wir von Evelyne getrennt wären.« Das traurige Lächeln auf seinem Gesicht erlosch, und er wandte den Kopf ab. »Danke für deine Hilfe, Karin.«

»Ich komm morgen wieder!«

Doch da hatte Dr. Jakob die Tür des Schuppens schon geschlossen.

Während sie nach Hause lief, dachte Karin an ihre Geschwister. Sie wusste, dass Ruth Papa gebeten hatte, ebenfalls für Marken und andere nützliche Dinge zu sorgen. Und sie wusste, dass er in der Tat, sooft es ging, von seinen Reisen etwas mitbrachte. Jeder, den sie kannte und mochte, tat, was in seiner oder ihrer Macht stand. Und sie selbst konnte eben vor allem Botengänge verrichten.

## · 31. Kapitel ·

11. Oktober 1942

Ruth hatte beschlossen, das Fahrrad nach Charlottenburg zu nehmen, und fuhr nun um Wilmersdorfer Laubhaufen herum durch das Rheingauviertel und die Wilmersdorfer Gartenstadt. Sie wäre lieber mit Leo zusammen gefahren, aber er war gerade für ein Engagement in Paris. So oft hatte er sie dieses Jahr allein in Berlin zurückgelassen, um in Athen, Stockholm und mehrmals in Paris zu gastieren. Wie seltsam sich das ausnahm, dass er im besetzten Paris arbeiten durfte, zu Hause in Berlin aber nicht. Aber so war es eben, solche Entscheidungen hinterfragte man besser nicht. Es war nun einmal beschlossen worden, dass Leo, wie einige andere Musiker, im Auftrag des Propagandaministeriums deutsche Kultur in die besetzten Gebiete bringen sollte.

Ruth selbst war sehr im Verlag eingespannt. *Die junge Dame* erschien nur noch alle zwei Wochen, nicht wie früher wöchentlich, kriegswichtig hin oder her, und so hatten sie einige Redakteure entlassen müssen. Das führte dazu, das Ruth trotz des größeren Abstands zwischen den Ausgaben mehr zu tun hatte. Außerdem hatte sie Anfang des Jahres eine neue Ratgeberserie ins Leben gerufen, die sich auf psychologische Fakten stützte. Dazu hatte sie mit Dr. John Rittmeister zusammengearbeitet. Nun hatte sie allerdings seit mehreren Wochen nichts mehr von ihm gehört. Man munkelte, dass er verhaftet worden war. Ruth wusste nicht, warum, aber allein schon das Gerücht verstärkte die Schmerzen in ihrem Magen.

Der Wind frischte auf, ließ die Blätter vor ihr tanzen und einige Rosskastanien auf die Straße prasseln. Kurz überlegte sie anzuhalten, und die Kastanien einzusammeln. Mit ihnen konnte man prima waschen, wenn man zum Beispiel keine entsprechenden Karten mehr hatte. Oder keine kriegen konnte.

Doch sie fuhr weiter, überquerte die Detmolder und folgte jetzt der Blissestraße. Mit dem Fahrrad unterwegs zu sein war nicht ohne, nicht nur weil es regnen mochte oder weil ihr jetzt im Herbst Kastanien auf den Kopf fallen konnten. Nein, auch falls es Bombenalarm gab, war nicht sicher, dass sie denselben Weg zurück nehmen konnte.

Endlich kam sie vor dem Haus an, in dem Hans Peters wohnte. Es war eine besondere Versammlung. Normalerweise versuchte Ruth, sich nur mit so vielen Menschen zu treffen, wie bequem in ihr Wohnzimmer passten. Vier bis maximal acht Gäste, damit es wie eine Zusammenkunft unter Freunden aussah. Klein genug, dass man sich noch als Gruppe unterhalten konnte und sich nicht wie auf einer Party separate Gespräche ergaben. Heute Abend bei Hans Peters war das anders.

Ruth klingelte. Zweimal lang, zweimal kurz, das vereinbarte Zeichen. Die Tür wurde geöffnet, und sie erklomm die Treppe bis in den ersten Stock. Peters bewohnte eine große Wohnung in diesem herrschaftlichen Haus. Selbst das Treppenhaus prunkte mit Stuck und Marmor. Kein Vergleich zu dem Neubau, in dem sie selbst wohnte. Die Wohnungstür ging vor ihr auf, ohne dass sie noch einmal klopfen oder klingeln musste, und nachdem sie abgelegt hatte, wurde sie von Peters persönlich begrüßt.

»Ruth, wie schön, dass Sie hier sind. Kommen Sie, ich stelle Sie jemandem vor.« Peters bot ihr galant den Arm und führte sie in den Salon, wo einige Leute standen, die sie alle nicht kannte. Peters hatte ihr gesagt, dass er einige Menschen zusammenbringen wollte, die sich gegen das Regime engagierten. Sie hatte natürlich gewusst, dass es mehr Menschen gab, die nicht einverstanden waren. Aber abgesehen von ihrem eigenen Freundeskreis kannte sie niemanden.

»Dahinten am Kamin steht der wichtigste Gast des Abends. Helmuth von Moltke. Er ist unser bester Kopf, deswegen wollte ich auch, dass Sie ihn kennenlernen. Neben ihm seine Frau Freya. Dann Margarete und Carl Dietrich von Trotha. Sie beschäftigen sich vor allem mit Wirtschaftsfragen. Ein wesentlicher Faktor, wenn das Dritte Reich endlich ein Ende gefunden hat. Für Haubach dort drüben ist der Posten des Regierungssprechers vorgesehen. Neben ihm Dr. Friedrich, auch ein kluger Mann.« Er drehte sich zu dem Mann um, der direkt neben ihm stand.

»Wem ich Sie aber vor allem vorstellen wollte, ist dieser Herr: Pfarrer Harald Poelchau. Herr Poelchau, das ist Ruth Andreas-Friedrich.« Peters nickte beiden freundlich zu und ging dann weiter, um sich den anderen Gästen zu widmen.

Ruth schluckte, ihr Mund war plötzlich ganz trocken. Nun stand sie hier, mitten in dieser Gruppe fremder Menschen, die den Sturz Hitlers planten. Denn genau darum ging es hier.

Das war gefährlich, sehr gefährlich. Gleichzeitig war sie unendlich erleichtert, endlich mit eigenen Augen zu sehen, dass es viele Leute gab, die sich nichts sehnlicher wünschten, als ein Ende der Naziherrschaft. Und sie gehörte zu ihnen.

Poelchau lachte leise. »Sie haben allen Grund, verwirrt auszusehen, Frau Andreas-Friedrich. Es herrscht eine seltsame Art zu sprechen unter uns Widerständischen. Manche sind nicht mit ihrem wahren Namen hier, manche haben schon Konzentrationslager erlebt. Manche sind einfach sicher, dass es so nicht weitergehen kann. Wir müssen zusammenarbeiten. Und gleichzeitig muss man sich selbst schützen, damit die Liebsten und überhaupt alle, die von einem abhängen, nicht der Grausamkeit des Regimes ausgesetzt werden.«

Ruth sah den Mann an, der so ruhig und verständnisvoll mit ihr sprach. Poelchau war groß, blond und etwa in ihrem Alter. »Es freut mich, Sie kennenzulernen«, sagte sie aufrichtig.

»Mich freut es auch. Peters erzählt nicht viel, das dürfen Sie also selbst übernehmen. Aber damit das Eis erst mal gebrochen ist, fange ich vielleicht an.« Er machte eine kleine Pause, und Ruth merkte, dass sie sich entspannte. Zweifellos hatte dieser Mann viel Erfahrung mit nervösen Menschen.

»Ich bin Pfarrer, das hat Peters ja schon gesagt. Ich arbeite in den Gefängnissen von Tegel und Plötzensee. Dort gibt es viele Leute, die große Pläne für die Zukunft haben. Und das ist gut, denn das gibt Hoffnung. Und was wären wir ohne Hoffnung?«

Ruth nickte. Hoffnung. Ja. Das war es doch, was sie und die anderen tun ließ, was sie taten. Die Hoffnung darauf, dass es bald vorbei sein musste. Dass es danach ein Leben gab, das es wert war, dafür durchzuhalten und zu kämpfen. Sie hatte noch Mühsams Worte im Ohr: Vielleicht muss es erst ganz schlimm werden, bevor es besser werden kann. Beim Gedanken an ihn zog es ihr den Magen zusammen.

Poelchau lächelte sie mit einem Ausdruck an, als wüsste er, was sie dachte. »Ich freue mich zwar auch auf diese Zukunft, bin aber doch tagtäglich mit den ganz aktuellen Problemen konfrontiert. Ursprünglich bin ich Pfarrer und Theologe geworden, um den Menschen zu helfen. Ich habe mich schon immer für die Arbeit im Gefängnis interessiert, weil das dort so eine Ausnahmesituation für die Menschen darstellt. Damals, als ich nach Berlin gekommen bin und die Stelle in Tegel angenommen habe, habe ich nicht im Entferntesten geahnt, wie meine Arbeit heute aussehen würde. Nun bin ich oft der letzte Mensch, mit dem die Verurteilten sprechen können und der ihnen Zuspruch und Trost geben kann. Und der Nachrichten und das ein oder andere ins Gefängnis hinein- oder herausschmuggeln kann.«

Er hatte das ganz beiläufig gesagt, aber Ruth wurde sofort die Tragweite dieses Satzes klar: Er war der ideale Kontakt für den Fall, dass jemand erwischt wurde.

Nun erzählte Ruth, wie sie gerade für ein kleines Netzwerk aus Untergetauchten sorgten und wie sich das immer schwieriger gestaltete, weil abgesehen von den Jakobs alle zu ihrer eigenen Sicherheit und der ihrer Helfer immer nur ein paar Tage irgendwo bleiben konnten.

Dann verstummte ihre private Unterhaltung, und Ruth begann die Diskussion der Anwesenden zu verfolgen. Sie hielt sich zunächst zurück, zog es vor, die anderen erst einmal zu beobachten, um sie einschätzen zu lernen. Es dauerte nicht lange, da waren sich alle einig, dass nur ein verlorener Krieg den Nazis ein Ende setzen konnte.

Moltke hatte wenig zur Diskussion beigetragen, aber wenn, waren es kluge und überlegte Worte gewesen. Er sprach sich vehement dagegen aus, die Naziherrschaft mit Gewalt zu beenden.

Ruth fand ihn und seine Art sehr angenehm und vielverspre-
chend.

Als sie Stunden später nach Hause radelte, fühlte sie sich auf-
geladen mit neuer Zuversicht – und unendlicher Erleichterung.
Es tat so gut, zu wissen, dass es noch andere auf ihrer Seite gab.

## · 32. Kapitel ·

Ende Dezember 1942

Ruth grüßte die Nachbarin aus dem dritten Stock höflich, doch die Frau rümpfte nur die Nase und lief weiter nach oben. Das war nicht gut. Besser war es, wenn die Nachbarn freundlich grüßten, weil sie kein Misstrauen hegten. Noch immer herrschte ein Kommen und Gehen in der Wohnung, hin und wieder übernachtete einer der Jakobs im Wohnzimmer, um sich einmal im Warmen auf einem Sofa ausschlafen zu können. Unter solchen Umständen konnten misstrauische Nachbarn zur Lebensgefahr werden.

Vielleicht sollte sie Karin nach oben schicken mit irgendeinem Gastgeschenk? Oder erregte das erst recht Aufmerksamkeit? Andererseits konnte man es als verspätetes Weihnachtsgeschenk tarnen ...

Sie schloss die Wohnungstür auf, brachte die Einkäufe in die Küche und stellte fest, dass Karin schon von ihrem Rundgang zu Hause war. Zwischen den Jahren war kein Unterricht, und bald würde Karin ihr Abitur bestehen, und dann war ihre Schulzeit auch schon vorüber. Es war ganz unglaublich, wie schnell die Zeit vergangen war. An Kindern war das am augenfälligsten. Karin war vom hübschen blondlockigen Kind zu einer schönen jungen Frau geworden. Einer Frau, die ausgehen, tanzen, Freunde treffen sollte! Stattdessen las sie Bücher, spielte Theater und verteilte unter Lebensgefahr Lebensmittelkarten.

Und nun stand sie neben Ruth in der Küche.

»Mama, ich weiß, wir haben Weihnachten schon gefeiert. Aber mir ist was eingefallen. Könnten wir nicht die Jakobs zum Weihnachtsessen einladen? So ganz offiziell?«

Ruth überflog die Vorräte. Leo war noch bei seiner Schwester. Wenn sie die Jakobs einluden, waren sie sieben Personen. Allesamt keine großen Esser. Sie nickte. »Eine schöne Idee, mein Schatz. Das schaffen wir. Ich fange an zu kochen, und du gehst und sagst den Jakobs Bescheid.«

»Danach könnte ich auch noch in der Konditorei vorbeilaufen und um ein wenig Gebäck bitten.« Karin war Feuer und Flamme.

»Mach das. Und würdest du den Bauers von oben ein kleines nachträgliches Weihnachtsgeschenk bringen? Ich weiß noch nicht genau, was … Eine von den Schnapsflaschen vielleicht, die Leo mitgebracht hat?« Das würde die Nachbarn ein wenig besänftigen.

Ein paar Stunden später duftete die ganze Wohnung nach einem Eintopf, den Ruth aus Steckrüben, Möhren und ein paar Kartoffeln gemacht hatte. Sie hatte sogar noch ein paar Knochen gefunden, die sie auskochen konnte, so dass die Suppe noch nahrhafter wurde. Und als Karin mit vier kleinen Brötchen und zwei Birnen nach Hause kam, da konnte sie sogar noch einen Nachtisch für sie alle zaubern. Wieder einmal wurde ihr klar, wie wichtig es war, in schlimmen Zeiten zusammen zu essen. Es schuf Verbindung und spendete Trost.

Als die Jakobs dann im Wohnzimmer saßen, wusste sie, dass es die richtige Entscheidung gewesen war. Die kleine Evelyne saß zwischen ihren Eltern mit großen Augen auf dem Sofa. Sie aß brav die Suppe, als sie aber den ersten Bissen des Birnenkuchens kostete, den Ruth gebacken hatte, verzog sich ihr Gesicht zu einem hingerissenen Lächeln. Sie sah so glücklich aus, dass es ein paar Minuten lang ganz still war, während alle anderen dieses vollkommene Kinderglück genossen.

Schließlich zuckte Emily fast entschuldigend mit den Schultern. »Die Kleine hat noch nie eine Birne gegessen. Und ich glaube nicht, dass sie sich an Kuchen erinnern kann.« Sie sah Ruth dankbar an. »Dieser Abend ist einfach wundervoll. Ich glaube, die Erinnerung daran wird mir die Kraft geben, auch die nächsten Tage und Wochen zu überstehen. Danke.« Und sie drückte Ruths Hand.


Am nächsten Tag bat Ruth Walter am Telefon, bei Gelegenheit einmal bei den Jakobs vorbeizuschauen; deren Gesundheitszustand bereitete ihr Sorgen.

»Das kann ich machen. Aber für mich ist es natürlich einfacher, wenn du nur ein Attest brauchst. Vor Kurzem ist mein alter Studienkollege Wolfgang Kühn nach Berlin gekommen. Er hat eine lange Leidenszeit in jugoslawischen Gefängnissen hinter sich, weil er Kommunist ist. Jetzt arbeitet er wieder, illegal, versteht sich. Sein Kreis ist ein anderer als unserer, aber ich weiß, er wird nicht Nein sagen, wenn du ihn um Hilfe bittest.«

Ruth wand sich. Zum einen war sie nicht glücklich darüber, dass Walter so frei am Telefon über die Weltanschauung seines Freundes sprach. Außerdem kannte sie diesen Wolfgang Kühn doch überhaupt nicht. Konnte man ihm wirklich vertrauen?

»Ruth? Bist du noch da?«

»Ja, ich ...«, sie brach ab. Sie konnte den Widerwillen in ihrer Stimme nicht verbergen.

»Ich verstehe. Ich kümmere mich um unsere Freunde.«

Als sie auflegten, merkte Ruth, wie sie aufatmete.

## · 33. Kapitel ·

Ende Januar 1943

Sprachlos sah Karin die fünf Menschen mit Koffern in der Hand vor der Wohnungstür an. Im nächsten Moment erwachte sie aus ihrer kurzen Erstarrung, warf einen Blick ins Treppenhaus, das zum Glück ganz ruhig war, und riss dann die Tür weit auf. »Kommt rein. Schnell.«

Und eine Minute später saßen die fünf Jakobs im Wohnzimmer, mitsamt ihrem verbliebenen Gepäck. Was in aller Welt sollte sie nun machen? So viele Gedanken prasselten auf sie ein, dass sie gar nicht auf die Idee kam, die Familie zu fragen, was passiert war. Sie war allein zu Hause und konnte niemanden um Rat bitten. Sie spürte, wie das Blut in ihren Adern pulsierte. Fünf Personen mit Reisegepäck. Das war nicht gerade unauffällig. Wahrscheinlich sogar gefährlich. Was würde ihre Mutter tun?

Karin entschied sich, erst einmal Tee zu kochen. Gerade als sämtliche Jakobs, inklusive der alten Schwiegereltern mit Tee versorgt waren, kam Ruth nach Hause. Karin stürzte zur Tür und zog ihre Mutter in die Küche. Hastig erklärte sie, was passiert war.

Ruth strich ihr beruhigend übers Haar. »Du hast alles richtig gemacht.« Dann ging sie hinüber ins Wohnzimmer, und Karin folgte ihr.

»Was ist passiert?«, wandte sich Ruth besorgt an Dr. Jakob.

»Der Schuppen ist beschlagnahmt worden. Sie brauchen ihn als Werkstatt.«

Ruth seufzte. Das war eine schlimme Sache. »Das sind keine guten Nachrichten. Was wollen Sie tun?«

»Wir müssen uns natürlich weiter verstecken. Aber wir werden zusammenbleiben.«

»*Zusammen*?« Ruth Stimme überschlug sich fast.

Karin ließ sich auf die Lehne des Sessels sinken, in dem Ruth saß. Wie sollte das denn gehen? Eine oder zwei Personen konnte man immer mal unauffällig in eine Wohnung schmuggeln oder auch auf dem Sofa übernachten lassen. Aber eine ganze Familie?

»Ja«, erwiderte Dr. Jakob schlicht, und die fünf schmalen Menschen auf dem Sofa fassten einander an den Händen.

Karin und Ruth sahen sich an. Und nickten.


Ein paar Tage konnten sie hierbleiben. Dann hatte Dr. Brandt ein Zimmer frei, danach die von Bergmanns. Reimanns konnten ein Quartier für drei Wochen besorgen.

Aber dann kehrte Dr. Jakob von einem Gang zu einer Apotheke nicht zurück. Karin konnte Emily keine besseren Nachrichten bringen, als dass er verhaftet worden war. Emily nahm die Nachricht mit unglaublicher Gefasstheit auf. Jetzt war sie allein für ihr Kind und ihre Eltern verantwortlich. Karin konnte sehen, wie Emily die Schultern straffte und mit hoch erhobenem Kopf zurück in die Kellerwohnung ging, in der sie gerade hausten. Karin schnürte der Anblick die Kehle zu. Sie berührte Ruth am Arm. »Wäre es nicht gut, wenn sie einen anderen Unterschlupf hätten?«, flüsterte sie.

Ruth nickte. »Ich werde rumtelefonieren. Aber es wird nicht leicht.«

Noch bevor Ruth diesen Plan in die Tat umsetzen konnte, erfuhr Karin am nächsten Tag in der Konditorei Reimann, dass alle vier verbliebenen Jakobs zusammen in ihre alte Wohnung gegangen waren, um frische Wäsche zu holen. Dort waren sie sofort von einer Nachbarin denunziert und nach zwei Stunden Belagerung durch die Gestapo verhaftet worden. Angeblich waren sie ins jüdische Krankenhaus gekommen. Karin erbleichte und musste sich zusammenreißen, um sich nicht mitten im Café zu verraten. Ihr Puls raste. Charlotte Reimann brachte ihr mit einem mitfühlenden Lächeln einen Kakao an den Tisch, und Karin bezahlte ihn sofort. Sie bemühte sich, ihn in kleinen Schlucken zu trinken und die Tasse immer wieder abzusetzen. Dabei wäre sie am liebsten sofort aufgesprungen und geflohen. Es fühlte sich an, als könnten die Gäste an den anderen Tischen ihre Gedanken lesen. Wie nebenbei schaute sie sich um. Sahen diese Leute dort zu ihr her? Es wurde ihr ganz warm, und Schweiß stand ihr auf der Stirn. Sie tupfte sich unauffällig das Gesicht und trank den Kakao aus.

Karin eilte, von den Reimanns mit Gebäck und ein paar Äpfeln versorgt, ins jüdische Krankenhaus. Dort fand sie nur die Schwiegermutter des Doktors, die nicht aufhören konnte zu weinen, mit Evelyne in ihren Armen. Karin konnte kaum verstehen, was sie unter Schluchzen stammelte. Die kleine Evelyne sprach überhaupt nicht, sondern starrte nur vor sich hin. Nicht einmal die Aussicht auf einen Apfel konnte sie aus ihrer Lethargie reißen. Karin zog sich derart das Herz zusammen, dass sie nur die Lebensmittel dalassen konnte und mit schweren Schritten nach Hause ging.

Als sie am nächsten Tag wieder ins jüdische Krankenhaus kam, waren weder die alte Frau noch das Kind zu finden. Karin wusste nicht, ob sie jemals wieder aufhören können würde zu weinen.

## · 34. Kapitel ·

### März 1943

Kommilitoninnen! Kommilitonen!

Erschüttert steht unser Volk vor dem Untergang der Männer von Stalingrad. 330 000 deutsche Männer hat die geniale Strategie des Weltkriegsgefreiten sinn- und verantwortungslos in Tod und Verderben gehetzt! Führer, wir danken dir! Es gärt im deutschen Volke. Wollen wir weiter einem Dilettanten das Schicksal unserer Armeen anvertrauen? Wollen wir den niedrigsten Machtinstinkten einer Parteiclique den Rest der deutschen Jugend opfern? Nimmermehr!«

Ruth ließ das Blatt Papier sinken, auf dem sich die Buchstaben drängten. Es ging noch lange so weiter. Ihre Augen glänzten, und sie musste tief Luft holen. Was für ein Mut gehörte dazu, diese Worte zu schreiben!

»Wer hat das geschrieben?« Sie musste sich anstrengen, die Stimme nicht zu erheben. Leo, Karin, Walter und Hans Peters standen in ihrem Wohnzimmer, sie mussten leise sein, auch wenn sie noch so sehr danach gierten, endlich Neuigkeiten zu erfahren. Sie reichte das Flugblatt an Walter weiter.

Hans Peters, der das Flugblatt mitgebracht hatte, nickte in Richtung Plattenspieler, und Leo legte sofort Musik auf. Nur leise, aber das würde genügen, damit niemand von außerhalb der Wohnung sie hören konnte.

Sie setzten sich eng zusammen, und Peters begann leise zu berichten.

»Das Flugblatt ist das letzte, was vom Aufstand der Münchner Studenten übriggeblieben ist. Am 19. Februar hat ein neuer Gauleiter in der Universität gesprochen, es gab einen Tumult, und dann wurden Flugblätter von der Empore geworfen. Noch bevor die Polizei da war und eingreifen konnte, stand überall *Es lebe die Freiheit* an den Wänden. Wenn nicht der Pedell ein paar Studenten beobachtet hätte, die eine Aktentasche versteckten, hätte es wohl lange gedauert, bis die Schuldigen identifiziert worden wären. Doch dann wurden drei Studenten verhaftet. Hans Scholl und Christoph Probst, beides Frontkämpfer, die für ein Medizinstudium beurlaubt waren, und Scholls Schwester Sophie, Naturwissenschaftlerin. Sie haben Richter Freisler geholt, und schon am nächsten Tag verurteilte er sie alle zum Tode. Am 22. Februar wurden sie hingerichtet.«

Ruth spürte, wie ihr eine Gänsehaut mit eisigem Griff in den Nacken fuhr.

»Die Studenten haben noch mehr Flugblätter geschrieben. Jedes endet mit der Aufforderung, es weiterzuverteilen. Und ...«

Ruth legte ihm eine Hand auf den Arm. »Genau das müssen wir machen.«

Walter starrte sie einen Moment lang an, dann sprang er auf. »Wo ist die Schreibmaschine? Wer tippt?«

Sie beschlossen, das erste Blatt hier auf Ruths Schreibmaschine abzutippen, anschließend verschwanden Karin und Leo mit der ersten Kopie nach oben in seine Wohnung, um ebenfalls zu tippen.

Walter hatte ihr den Text mehr als dreißigmal diktiert, als Ruth die Hand hob und ihm Einhalt gebot. »Ich kann nicht mehr. Wir machen morgen weiter.«

Walter nickte. »Ich werde diese Worte mein Lebtag nicht mehr vergessen. Lass uns noch was trinken.« Er reichte ihr eine Hand, und Ruth stand auf. Sie goss ihnen zwei Gläser Whiskey ein. Sie überlegte kurz, dann füllte sie zwei weitere Gläser. Und wirklich kamen Leo und Karin ein paar Minuten später mit einem Stapel Papier zurück in die Wohnung. Sie stießen auf ihre Arbeit an. Nun galt es, die Botschaft weiterzuverbreiten.

Am nächsten Tag fingen sie mit dem Verteilen an.

# · 35. Kapitel ·

## März 1943

Karin hatte nur wenig geschlafen und auch noch schreckliche Alpträume gehabt. Aber es war der Tag ihrer letzten mündlichen Abiturprüfung, also war sie früh aufgestanden und hatte sich auf den Weg in die Heesestraße gemacht. Es war kalt, sie schlug den Kragen ihres Mantels hoch. Der Weg war nicht weit, aber er führte an einigen zerstörten Wohnhäusern vorbei. Die Bomben hatten auch Teile des Gymnasiums getroffen, so dass die Aula nicht benutzbar war. Deswegen hatte irgendjemand beschlossen, dass es in diesem Jahr ausreiche, die mündliche Prüfung zu bestehen, um das Abiturzeugnis zu bekommen. Karin kletterte ein wenig umständlich über einen Haufen Steine auf der Straße.

Die Studenten in München waren nicht viel älter als sie selbst gewesen, und sie waren für die Freiheit gestorben. Für ihre Freiheit, Karins und ihrer Mitschüler und so vieler anderer Menschen. Immer wieder war Karin heute aus dem Schlaf geschreckt. Freislers schnarrende Stimme hatte sie angeschrien, sie beleidigt und beschuldigt, an den Flugblattaktionen beteiligt gewesen zu sein. Nun wunderte sie sich darüber, dass dieser Traum sie nicht dazu gebracht hatte, mehr Angst vor den Nazis zu haben. Im Gegenteil!

Karin betrat den unversehrten Teil des Backsteingebäudes. Wie viele Jahre war sie hierhergekommen! Und heute war der letzte

Tag, abgesehen vom Mittwoch nächster Woche, wenn sie das Abiturzeugnis abholen würde.

Sie stieg in den ersten Stock hinauf und ging den Flur hinunter bis zu dem Klassenzimmer, wo Fräulein Raak die Deutsch-Prüfungen abnahm. Der Gang war leer bis auf ihren Klassenkameraden Egil Pastor, der nervös von einem Fuß auf den anderen trat. Karin mochte den rothaarigen Jungen gern, auch wenn sie sich bisher immer geweigert hatte, sich mit ihm zu verabreden. Mama fand ihn sehr nett und hatte sie mehrmals verständnislos angestarrt, wenn sie ihm am Telefon freundlich, aber bestimmt abgesagt hatte.

»Hallo Egil«, sagte sie jetzt und lächelte.

»Karin. Schön, dich zu sehen.« Egil blinzelte nervös, seine Wangen waren gerötet.

»Du bist gleich dran, oder?«

Er nickte nur und biss sich auf die Lippe.

»Hättest du Lust zu warten, bis ich auch durch bin, und was trinken zu gehen? Oder einen Spaziergang zu machen?«

Egil riss die Augen auf. Er öffnete den Mund – doch just in diesem Moment öffnete sich die Tür hinter ihm und Fräulein Raak blickte heraus.

»Herr Pastor? Sie sind dran.« Fräulein Raak lächelte Karin zu, dann schloss sie die Tür hinter Egil.

Hoffentlich hatte sie ihn nun nicht zu sehr verwirrt. Es wäre sehr unangenehm, an einer verpatzten Prüfung schuld zu sein, nur weil sie ihre Meinung geändert hatte.

Nachdem sowohl Egil als auch kurz darauf Karin die Prüfung bestanden hatten – Karin mit Auszeichnung –, trafen sie sich in der

Eingangshalle des Gymnasiums. Egil hielt einen Umschlag in der Hand, der ganz ähnlich aussah wie der, den Fräulein Raak ihr mit entschuldigender Miene in die Hand gedrückt hatte. Es war die Verpflichtung zum Kriegsdienst als Technische Zeichnerin im Marienfelder Werk von Rheinmetall und Borsig. Keine Stelle, die Karin freiwillig angetreten hätte. Sie wollte und würde Schauspielerin werden. Aber vorerst hatte sie wohl keine Wahl.

Sie wedelte mit ihrem Umschlag. »Hast du auch eine Einberufung?«

Egil, der viel entspannter aussah als vorhin, verzog den Mund zu einem schiefen Grinsen. »Allerdings. Ich muss schon übermorgen in ein Luftwaffenausbildungslager.«

Karin war für einen Moment sprachlos. Es war, als hätte sie einen Blick zu Boden geworfen und plötzlich gemerkt, dass sie dicht an einem Abgrund stand. Sie war nicht so naiv, dass sie gedacht hatte, Egil und sie würden vom Krieg verschont, aber es nun schwarz auf weiß vor sich zu haben ... Schon in ein paar Tagen würde er fort sein.

»Was ist mit dir?«, fragte Egil. Er deutete auf den Ausgang, und sie gingen los.

»Borsig, Technisches Zeichnen«, antwortete Karin kurz. Sie beschleunigte ihren Schritt, denn sie wollte mit einem Mal so schnell wie möglich raus aus dem Gymnasium. Fräulein Raak war zwar vielleicht eine Lehrerin gewesen, der man vertrauen konnte; zu viele der anderen aber waren stolze Nazis, das hatte Karin mehr als einmal erfahren dürfen, und manchmal, wenn sie den Mund nicht hatte halten können, war ihr ein Malus in Betragen ins Klassenbuch eingetragen worden.

Wenn sie ihn dann zu Hause von Ruth hatte abzeichnen lassen

müssen, hatte sie natürlich gemerkt, dass Ruth im Grunde auf ihrer Seite war. Trotzdem hatte sie jedes Mal Karins Hand genommen und sie eindringlich gebeten, besser achtzugeben und nicht wieder unangenehm aufzufallen. Und Karin hatte sich auch bemüht, niemand wusste schließlich genau, welche Konsequenzen zu befürchten standen. Aber nun war die Schulzeit endlich vorbei. Jetzt würde sich alles ändern. Das konnte doch nur besser sein, oder?

Auf der Straße empfing sie ein eisiger Wind, der den Staub aus den Trümmern auf der Straße aufwirbelte. Karin zog sich den Schal hoch über Mund und Nase und hakte sich bei Egil unter. Sie merkte, dass er sie überrascht ansah, aber sie gab ihm keine Erklärung. Irgendwie war er ihr in den letzten Minuten ans Herz gewachsen, und das bestärkte sie nur noch darin, ihren Plan umzusetzen. Sie spazierten schweigend in Richtung Schloßstraße. Eine ruhige Straßenecke davon entfernt blieb sie stehen, und Egil musterte sie fragend.

»Hast du Angst davor, zur Luftwaffe zu gehen?«

Egil wiegte den Kopf hin und her. »Ein bisschen. Ich versuche, mehr daran zu denken, dass ich vielleicht ein Held sein werde. Obwohl ich nicht sehr viel Heldenhaftes daran finden kann, in diesen Krieg zu ziehen.«

Karin drückte seinen Arm und rückte etwas näher an ihn heran. Dass Egil so frei vor ihr redete, war ein gutes Zeichen.

Sie zog den Umschlag aus der Manteltasche – und gleichzeitig eines der abgetippten Flugblätter. Sie hielt es so, dass ein Beobachter das Blatt nicht von dem Umschlag hätte unterscheiden können. Niemand war in der unmittelbaren Umgebung zu sehen, und wie sie geplant hatte, wirkten Egil und sie wohl aus einiger

Entfernung wie ein Liebespaar. Sie drückte sich noch etwas näher an ihn und erklärte leise, was es mit dem Flugblatt der Weißen Rose auf sich hatte. »Ich weiß, dass es gefährlich ist. Aber vielleicht könntest du das Flugblatt mitnehmen und noch mehr Auszubildende bei der Luftwaffe darauf aufmerksam machen?« Sie hatte hastig gesprochen und wartete nun angespannt auf seine Reaktion. Wenn Mama wüsste, was sie hier tat, bekäme sie vermutlich einen Herzinfarkt.

Egil schlang einen Arm um ihre Schulter, so dass sein Körper und ihrer sie vor den Blicken der wenigen Passanten schützte. Mit der anderen Hand nahm er behutsam das Flugblatt und steckte es in die Innentasche seiner Jacke.

Karin lächelte, und Egil lächelte zurück. Dann lösten sie sich voneinander und schlenderten Hand in Hand weiter zu einem Café in der Schloßstraße, wo sie mit einem Glas Tee auf das Abitur anstießen. Egil würde nächste Woche nicht da sein, um sein Zeugnis abzuholen, es würde ihm nach Hause geschickt. Vermutlich würden sie sich nie wiedersehen.

Egil bestand darauf, sie nach Hause zu bringen, aber Karin wollte sich schon an der Bergstraße verabschieden. Es wäre komisch gewesen, so direkt vor der Haustür. Also gingen sie die Straße auf und ab und redeten. Egil erzählte davon, wie viel Angst er hatte, schon von der Ausbildung nicht zurückzukommen. Und Karin gestand ihm, dass sie das Gefühl hatte, mehr tun zu müssen, sich wehren zu müssen. Und vor allem, mehr zu helfen.

Je länger sie redeten, desto näher fühlte sich Karin Egil. Aber er konnte sich unmöglich so geändert haben – immerhin waren sie zusammen aufgewachsen, sie kannte ihn doch. Sie mochte ihn, mehr war das nicht. Oder?

Als es schließlich langsam Nachmittag wurde und Karin endlich nach Hause musste, wollte Egil sie nicht gehen lassen.

»Karin, ich ... ich ... am liebsten würde ich nicht weggehen. Niemals. Stell dir vor, es wäre kein Krieg, du würdest auf der Bühne stehen, und ich würde im Publikum sitzen und dir jeden einzelnen Abend applaudieren.« Er flüsterte es fast.

Sie stellte sich auf die Zehenspitzen, zog Egil näher zu sich und küsste ihn. Dann drehte sie sich um und eilte den Hünensteig hinunter bis zur Wohnungstür. Bevor sie hineinging, drehte sie sich noch einmal um, mit klopfendem Herzen. Egil stand da und hob die Hand zu einem letzten Gruß.

## · 36. Kapitel ·

### Mai 1943

Nach dem Essen fuhr Ruth mit der U-Bahn in den Verlag. Von der Kurfürstenstraße aus lief sie zu Fuß, um einen freien Kopf für das Gespräch mit ihrem Chef zu bekommen. Die Seitenzahl der *Jungen Dame* war in den letzten Wochen immer mehr reduziert worden. Hans war bis auf wenige Fronturlaube nicht im Verlag gewesen und steuerte abgesehen von einigen Artikeln nur wenig bei. Zudem wurde es immer schwieriger, genügend Papier aufzutreiben. Was, wenn John Jahr ihr mitteilte, dass die Zeitung eingestellt wurde?

Sie lief das Großadmiral-von-Koester-Ufer entlang, ihre Schritte wurden langsamer. Zwar arbeitete Karin nun als Technische Zeichnerin bei Borsig, aber trotzdem war Ruth auf ihre Arbeit angewiesen. Und schließlich konnte sie im Verlag schreiben, also immer noch das tun, was sie liebte, ohne sich allzu sehr verbiegen zu müssen.

Mit einem Grummeln im Magen betrat sie das Haus und stieg die Treppen nach oben. In ihrem Büro legte sie Mantel und Hut ab, und dann klopfte es auch schon an der Tür.

»Herein.«

Die Tür schwang auf, und John Jahr stand im Zimmer. »Liebe Ruth, ich freue mich, dass Sie sich Zeit für mich nehmen.« Er kam mit ausgestreckter Hand auf sie zu. Ruth hatte ihn noch nie zuvor persönlich getroffen. Es war ein Mann um die vierzig mit einem breiten Lächeln und zurückgekämmtem Haar. Er wirkte wie ein Staatsmann oder ein Geschäftsmann. Nun, zumindest Letzteres war er ja auch.

»Ich freue mich, Sie endlich mal kennenzulernen. Schön, dass Sie uns in Berlin besuchen. Bitte nehmen Sie doch Platz.« Ruth zeigte auf die beiden Stühle und den kleinen Tisch am Fenster. Dieses kleine Arrangement hatte sie gestern erst hereinbringen lassen. Normalerweise brauchte sie keinen besonderen Platz für Besprechungen.

Sie nahmen Platz, und Ruth sah ihn erwartungsvoll an.

»Nun, liebe Frau Andreas-Friedrich, oder darf ich doch Ruth sagen?« Er wartete ihre Antwort erst gar nicht ab. »Sie wissen, wie es um die wirtschaftliche Lage der Zeitungsverlage steht. Sie ist im Moment ein wenig angespannt. Wir haben die Pflicht, unser Land zu unterstützen.«

Ruths Magen zog sich schmerzhaft zusammen, und sie versuchte, sich das nicht anmerken zu lassen. Natürlich, die Pflicht fürs Vaterland. Sie wusste, dass Jahr in der NSDAP war. Allerdings war das für Männer in seiner Position Pflicht. Er war immerhin mit Hans befreundet und Hans war in Ordnung.

Jahr räusperte sich, als mache ihr aufmerksamer Blick ihn nervös. »Was ich sagen will ... Wir müssen *Die junge Dame* leider einstellen.«

Ruth zog scharf die Luft ein, ihr wurde jäh übel. Also doch.

Jahr beugte sich rasch über den Tisch und legte eine Hand auf die ihre. »Nein, nein. Machen Sie sich keine Sorgen; ganz so, wie es klingt, ist es nicht. Ich möchte diese Redaktion, soweit es geht, erhalten. Wir müssen die Belegschaft ein wenig reduzieren, aber wir werden *Die junge Dame* fortführen, wenn auch unter anderem Namen. Natürlich müssen wir die Linie, die Themen ein wenig anpassen an die aktuelle Lage. Und wir werden den Namen ändern: *Kamerad Frau*.« Er lehnte sich in seinem Stuhl zurück und lächelte. »Und Sie, liebe Ruth, werden Hauptschriftleiterin!«

Ruth klappte unwillkürlich der Mund auf, und sie schloss ihn schnell. Eine Beförderung! Der Klumpen in ihrem Magen löste sich auf, dafür wurde ihr Mund ganz trocken. Sie räusperte sich. »Das ist ... das ist großartig. Danke. Ich freue mich.« Sie bemühte sich um ein natürlich wirkendes Lächeln. Hoffentlich gelang es ihr.

Jahr blickte sie nicht ohne Verständnis an. »Ruth, ich weiß, das ist nicht, wofür Sie Journalistin geworden sind. Sie sind eine gute Redakteurin und eine der wenigen Frauen, die ich fördern kann. Aber sehen Sie, die Frauen da draußen brauchen Ihre Unterstützung. Sie brauchen Zuspruch, weil zusätzliche Aufgaben auf sie warten. Wir müssen ihnen zeigen, wie sie ihren Haushalt unter den gegenwärtigen Bedingungen führen können. Wie sie aus einer Schuhsohle ein schmackhaftes Mahl für vier Personen zubereiten können. Und wir müssen sie motivieren, kriegswichtige Aufgaben zu übernehmen. Dafür sind Sie einfach die Beste.«

»Danke. Ich danke Ihnen«, sagte Ruth. »Ich weiß das. Und ich werde es machen. *Kamerad Frau* also. Gibt es ein Papier, das die Anweisungen genau auflistet?«

Jahr zuckte entschuldigend die Schultern. »Nein. Sie müssen sich auf mein Wort verlassen. Aber es wird Kontrollen geben. Und Sie werden verantwortlich sein.«

Ruth nickte und holte tief Luft. »Das ist mir bewusst.«

»Natürlich«, bestätigte Jahr. »Haben Sie Lust, was trinken zu gehen? Lassen Sie uns auf Ihre neue Aufgabe anstoßen.«

## · 37. Kapitel ·
### Anfang August 1943

*Bamm, bamm, bamm.*

Getrommel.

Ruth knurrte unwillig. Sie hasste es, wenn sie aus dem Schlaf gerissen wurde. Wer trommelte denn da so laut am frühen Morgen? Es gab genügend wichtige Gründe, warum man aus dem Bett geworfen wurde. Aber Trommeln?

*Bamm, bamm, bamm.*

Sie tastete auf die andere Seite des Bettes, wo Leo sich nun auch regte. Das Trommeln hörte einfach nicht auf, und zu guter Letzt krabbelte Ruth aus dem Bett, um das Fenster zu schließen. Zuerst spähte sie aber hinunter. Im Hof standen der Blockwart und seine Frau; sie hatte eine Trommel in der Hand. Der Mann hatte die Hände an den Mund gelegt und schrie jetzt: »Achtung, Achtung. Es gibt eine Anweisung, der Folge zu leisten ist. Mütter und Kinder werden evakuiert! Rentner und alle, die keine kriegswichtige Arbeit leisten, sollen sich in weniger luftgefährdete Gebiete begeben. Verlassen Sie Berlin! Verlassen Sie Berlin! Befehl von Minister Goebbels!«

Leo war neben Ruth ans Fenster getreten und sah sie an. »Vermutlich eine Reaktion auf die schweren Bombenangriffe auf Hamburg. Da sind Tausende gestorben.«

Ruth nickte. Natürlich hatte auch sie davon gehört. Und schließlich mussten sie sich selbst mehrmals in der Woche in den Keller oder einen Bunker flüchten. Aber deshalb gleich weg aus Berlin? Ihren Arbeitsplatz und die Freunde im Stich lassen?

»Wir bleiben, oder?«, sagte Ruth.

Leo nickte. Er berührte mit der Hand leicht ihre Schulter.

Ruth schloss das Fenster. »Ich mach Kaffee.« Sie zog sich an und ging hinunter in ihre Wohnung. Sie füllte den Kessel mit Wasser und entzündete die Gasflamme. Solange Wasser und Gas zur Verfügung standen, gab es für sie keinen Grund, Berlin zu verlassen. Sie hatte Arbeit, sie hatte eine Position, die sie dazu verpflichtete, anderen zu helfen. Und auch, wenn es hier gelegentlich gefährlich wurde, war Berlin doch der einzige Ort, wo sie sein wollte.

Sie hörte, wie sich in der Wohnung etwas regte. Karin. Bei ihr war es allerdings etwas anderes. Wenn ihr etwas zustoßen sollte, dann ... Nein, Ruth konnte darüber nicht nachdenken. Karin durfte sich nicht dieser Gefahr aussetzen, wenn es eine gute Möglichkeit gab, ihr zu entgehen. Karin musste in Sicherheit gebracht werden.

Das Wasser war heiß, und sie goss den Malzkaffee auf. Ihre Hand zitterte ein wenig.

Karin kam in die Küche. »Was machst du denn schon hier?« Sie hatte recht. Normalerweise stand Ruth nicht so früh auf, wenn sie nicht musste.

»Hast du den Lärm nicht gehört?«

Karin rieb sich über die Augen. »Doch, aber ich dachte nicht, dass du dich davon beeindrucken lässt. Kann ich auch eine Tasse haben?«

Ruth nahm eine Tasse und füllte sie. »Setz dich, Liebes, ich möchte kurz mit dir sprechen.«

Sie setzten sich an den Küchentisch. Wurden nicht alle großen Probleme am Küchentisch gelöst? Karin blinzelte sie halb verschlafen, halb erwartungsvoll an.

Ruth trank einen Schluck. Der Malzkaffee war bitter und schmeckte nicht einmal annähernd wie der echte. Wie lang war es her, dass sie richtigen Kaffee getrunken hatte? Drei Jahre, vier? Irgendwann vor dem Krieg natürlich.

»Ich nehme an, du hast gerade auch gehört, dass es Evakuierungen gibt, weil es zu gefährlich ist, weiter in Berlin zu bleiben. Ich finde, du solltest dich in Sicherheit bringen. Auf dem Land.« Nun war es heraus, und ein heißer Stich durchfuhr sie. Wie würde sie Karin vermissen! Plötzlich wünschte sie, sie hätte nichts gesagt.

Karin blinzelte ungläubig. »Ich? *Nur* ich?«

Ruth musterte sie ernst. »Ja, nur du. Ich kann nicht weg. Ich muss arbeiten. Außerdem bin ich alt, und du bist jung. Ich will nicht, dass dir was passiert.«

Karin starrte sie entrüstet an. »Ich will aber auch nicht, dass dir was passiert. Wenn überhaupt, solltest du mitkommen. Wir sollten zusammenbleiben.« Sie sprang auf. »Ich bin doch kein kleines Kind, das man irgendwohin schickt. Ich kann schon auf mich aufpassen.«

»Das ist doch Unsinn. Mir passiert nichts. Ich bin erwachsen.«

Karin funkelte sie böse an. »Als würde Erwachsenen nichts passieren. Ich bin achtzehn Jahre alt. Also praktisch erwachsen.« Sie stampfte mit dem Fuß auf. Keine sehr erwachsene Geste. »Ich geh nirgendwohin.«

Ruth erhob sich ebenfalls. »Du solltest fahren.« Sie sagte es leise, jetzt war es eine Bitte.

»Nein, Mama. Das werde ich nicht!« Karin knallte die Tasse auf den Küchentisch und verließ den Raum.

Ruth sah ihr nach. Diesen Kampf hatte sie verloren, so viel war klar.

## · 38. Kapitel ·

Mitte August 1943

Es war ein warmer Sommerabend, und Karin radelte von der Arbeit nach Hause. Sie war nicht wirklich müde, nur so erschöpft von dieser Arbeit, die sie hasste. Gern hätte sie alles Mögliche getan. Gern auch hart gearbeitet. Aber doch nicht etwas, womit sie diesen entsetzlichen Krieg auch noch unterstützte! Sie wollte, nein, sie musste da weg.

Nur wie sollte sie das anstellen? Trotz ihrer Erschöpfung trat sie kräftig in die Pedale, um möglichst schnell möglichst weit von dieser verfluchten Fabrik wegzukommen. Sie wollte nur noch nach Hause.

Auf dem Weg musste sie mehrmals Trümmerhaufen umfahren, die auf der Straße lagen. Die Leute räumten zwar immer wieder auf, aber sie kamen einfach nicht mehr hinterher. Alle, die gesund genug waren, mussten ja tagsüber irgendwelche kriegswichtigen Aufgaben erfüllen. Karin spürte in ihrem Bauch die Wut über all die Ungerechtigkeit brodeln. Sie empfand eine solche Machtlosigkeit ... Man hatte einfach keine Wahl.

Oder?

Zu Hause am Hünensteig sprang sie vom Rad und schob es an der Häuserzeile entlang. Ein paar Meter vor dem Haus traf sie auf Walter Seitz.

181

»Was für eine Laus ist dir denn über die Leber gelaufen, Karin? Du siehst ja aus, als wolltest du jemanden erwürgen!« Walter hielt in gespieltem Entsetzen schützend die Hände vor sich.

Karin musste lachen. »Sieht man mir das so sehr an? Dann bin ich wohl eine schlechtere Schauspielerin, als ich dachte.«

»Oder eine bessere. Was ist denn los? Ist was passiert?« Walter machte ein mitfühlendes Gesicht.

»Ach, ich will dir nicht die Ohren volljammern«, wehrte Karin ab. »Du hast doch selber genug zu tun.«

Walter zwinkerte. »Du weißt aber, dass du bei mir alles loswerden kannst, oder? Arztgeheimnis, ich dürfte nicht mal was verraten, wenn ich wollte.«

Irgendetwas in seinem Lächeln öffnete bei Karin die Schleusen. »Es ist die Arbeit. Ich fahre jeden Morgen hin und komme jeden Tag zurück, und ich will mich gar nicht vor der Arbeit drücken, das nicht. Aber der Gedanke, dass ich mit jeder Sekunde, die ich da verbringe, den Krieg vielleicht verlängere, weil ich daran mitarbeite, ihn zu führen, dieser Gedanke lässt mich nicht mehr los. Ich träume sogar schon davon.« Sie stöhnte.

Walter wiegte den Kopf. »Na komm, lass uns eine Runde drehen und darüber sprechen. Vielleicht fällt uns was ein.«

Mit einem Seufzer stellte Karin das Fahrrad ab, und sie gingen über den Friedhof durch die Schrebergärten, in denen geschäftiges Treiben herrschte, weil jeder Kleingärtner versuchte, so viel wie möglich an Essbarem aus seinem kleinen Fleckchen Erde zu gewinnen. Zum Glück waren hier in Steglitz bisher nur wenige Häuser zerstört worden.

Gemächlich schlenderten sie den Weg entlang, und Karin berichtete Walter von ihrem Arbeitsalltag, von den Kollegen, die sie nicht besonders mochten, und auch von den Bauchschmerzen, die sie seit ihrem ersten Tag dort begleiteten, sie manchmal sogar nachts aus dem Schlaf weckten. Er hörte aufmerksam zu; es fehlte nicht viel, und sie hätte ihm auch noch davon erzählt, wie oft sie an Egil denken musste. Ob er wohl das Flugblatt seinen Kameraden weitergegeben hatte? Er war ja noch viel mehr als sie in einer Arbeit gefangen, von der sie wusste, dass er sie verabscheute. Wie sollte man diese Ausweglosigkeit nur aushalten?

Das fragte sie Walter laut.

Er stieß den Atem aus. »Ach Karin, ich versteh dich nur zu gut. Wir alle würden uns anders verhalten, anders arbeiten, anders reden, wenn wir könnten. Weder deine Mutter noch ich oder Leo können von uns behaupten, dass wir das System der Nazis *nicht* unterstützen mit dem, was wir tun. Wir sind nur kleine Rädchen, sehr entbehrlich, aber wir müssen eben auch arbeiten und unsere Kraft nebenbei nutzen, um anderen zu helfen.«

»Aber dazu komm ich ja schon fast gar nicht mehr. Seit die Jakobs nicht mehr da sind ...« Sie musste einen Moment innehalten, weil ihr immer noch Tränen in die Augen stiegen, wenn sie an die kleine Evelyne und ihre Familie dachte. Sie holte tief Luft. »Also, seitdem haben wir zwar fünf Personen weniger durchzufüttern, aber du weißt doch selbst, dass ständig neue Menschen auftauchen, die Unterstützung brauchen. Bloß wenn ich aus Lankwitz wieder nach Hause geradelt bin, habe ich kaum noch Zeit, zum Ku'damm zu fahren, um Brot bei Reimanns abzuholen. Und ganz abgesehen davon ist meine Arbeit doch ganz anders als eure. Ich arbeite in einem *Rüstungsunternehmen*!« Karin merkte selbst, dass ihre Stimme zu laut geworden war, und verzog das Gesicht.

»Gut, Karin. Du hast mich überzeugt. Ich werde dir helfen.«

Überrascht und verständnislos starrte sie Walter an, aber als er schon am nächsten Tag mit einem Attest erschien, auf dem stand, dass sie gesundheitlich nicht in der Lage war, weiter bei Rheinmetall zu arbeiten, wäre sie ihm am liebsten um den Hals gefallen.

## · 39. Kapitel ·

24. August 1943

Ruth hatte es sich auf ihrer Truhe im Keller des Hauses am Hünensteig so bequem wie möglich gemacht. Es war spät, sie war müde nach dem langen Tag im Büro und hatte gegen elf schon ins Bett gehen wollen. Doch dann hatte die Sirene losgeplärrt, und sie war mit Karin und Leo, Gasmaske, Wolldecke und dem übrigen Luftschutzgepäck in den Keller gestolpert. Im Koffer waren Getränke, Obst und Brot, noch nie hatten sie etwas davon gebraucht, immer war die Entwarnung früh genug gekommen. Trotzdem nahm sie den Koffer jedes Mal brav mit nach unten, schließlich konnte jederzeit ein Blockwart vorbeischauen und sie kontrollieren. Viele Hausbewohner waren der Aufforderung gefolgt und hatten Berlin verlassen. Aber nicht alle.

Karin neben ihr drehte sich von einer Seite zur anderen.

»Was ist los?«, wisperte Ruth, um nicht die anderen Hausbewohner zu stören. »Kannst du nicht schlafen?«

»Keine Ahnung, was heute los ist. Ich bin so unruhig.«

Leo brummte. Sie hatten ihn aufgeweckt.

Er rappelte sich auf und gähnte. »Ich geh rauf. Wenn sie bis jetzt nicht geschossen haben ...«

In diesem Moment brach die Hölle los. Erst Flakgeschütze. Ein unheilverkündendes Grollen. Dann war es minutenlang totenstill. Ruth hörte nur den Atem der anderen im Kellerraum, Karin,

Leo, sie selbst. Dann heulte es unvermittelt auf, so laut und nah, als stünde die Sirene direkt neben Ruths Ohr. Adrenalin fuhr ihr wie ein Stromstoß durch die Adern.

»Bomben!«, schrie Leo. Er riss Ruth und Karin hoch, stürzte mit ihnen zum Pfeiler an der Treppe. Dem Pfeiler, der das Haus trug. Ruth gelang es noch, die Decke um sich und Karin zu legen, da knallte es entsetzlich laut, und im gleichen Moment spritzten die Fensterscheiben auf sie zu. Schwarzer Staub wirbelte um sie her, Rauch, Feuerschein. Schwefelgeruch. Leo umklammerte Ruth, die die bebende Karin im Arm hielt. Die Welt schrumpfte auf diese zwei Körper, die sie zitternd an sich presste.

Aus einer anderen Ecke des Kellers wehte eine brüchige Stimme heran, die das Ave-Maria betete. »Heilige Maria, bitte für uns!«

Noch ein Knall, wieder spritzten Steine, und es regnete Feuer. Eine Frau kreischte. Karin rang krampfhaft nach Luft, Ruth zerrte ein Taschentuch heraus und hielt es ihr hin. »Hier, vor den Mund!« Dann versuchte sie selbst gleichmäßig und möglichst flach zu atmen, um nicht so viel von dem giftigen Schwefel in die Lunge zu bekommen. Wie lange würden sie das aushalten können? Ihre altbekannten Magenschmerzen meldeten sich, Galle stieg ihr bitter in den Mund. Das Rauschen, das Krachen, die spritzende brodelnde und brennende Erde. Eine Stunde, zwei? Drei?

Irgendwann hörte es auf.

Der Staub hatte endlich Zeit, sich zu legen, und Ruth bettete die immer noch schwer atmende Karin auf eine Matratze an der Kellerwand. »Mir ist so schlecht«, stöhnte sie schlotternd.

Ruth tastete nach ihrem Puls. Er hetzte stolpernd dahin, und Ruth wurde es ganz kalt ums Herz.

»Sie hat eine Rauchvergiftung«, sagte Leo sorgenvoll. »Hast du ein Herzmittel in deinem Koffer?«

Ruth zog hastig das Gepäckstück heran, öffnete es und durchwühlte den Inhalt. »Nichts, nur ein Stück Zucker.« Sie steckte es Karin in den Mund. Vielleicht besser als nichts.

»Danke«, krächzte diese mit einem schwachen Lächeln. »Wird schon besser.«

Ruth glaubte ihr kein Wort. Aber sie konnte nichts tun, als ihr ein wenig Ruhe zu gönnen. Der Keller leerte sich, die Nachbarn stiegen hustend und keuchend wieder an die Oberfläche, die Gesichter schwarz vom Staub. Nur hinauf, raus aus dem Loch. Ruth wartete, bis sich auch dieser Tumult gelegt hatte. Karin atmete inzwischen ruhig und gleichmäßig und schien zu schlafen.

Also wagte sie sich widerstrebend mit Leo nach oben, um den Schaden zu begutachten.

In den nächsten Stunden versuchten sie, Feuer zu löschen, irgendwie das Haus zu retten, traten Funken aus, bargen Hausrat. Liefen die Treppen hinauf und hinunter. Wie ihr dabei zumute war, hätte Ruth nicht zu sagen gewusst; sie fühlte sich wie betäubt, tat einfach, was getan werden musste. Als der Morgen dämmerte, standen sie auf der Straße und blickten auf die sie überall umgebende schwefelgelbgraue Wolkenhölle aus Staub und Rauch, in der es an vielen Stellen loderte.

»Meinst du, es sieht in den anderen Vierteln genauso aus?« Ruth fröstelte, dabei war es geradezu unnatürlich warm.

»In Hamburg sind sie nach vier Stunden wiedergekommen«, rief jemand, lief vorbei und verschwand in der Verzweiflung.

Der Tag wurde heller, doch dank dem Staub blieb es düster und grau. Viele Häuser brannten noch. Ruth und Leo räumten Schutt und wechselten sich damit ab, nach Karin zu sehen. Die Arbeit schien kein Ende zu nehmen. Irgendwann stand Karin auf der Straße, noch blass um die Nase, aber aufrecht.

Plötzlich war es Ruth, als komme sie nach dieser chaotischen und katastrophalen Nacht endlich wieder zur Besinnung. Für einen Moment barg sie das Gesicht in den Händen und schloss sie die Augen, lauschte den Geräuschen ringsumher, dem Fauchen und Knacken der Flammen, einem einsamen fernen Martinshorn, dem Schlurfen müder Füße und dem Gemurmel und vereinzelten Aufschluchzen vorüberziehender Menschen, dem Krachen, wenn irgendwo etwas zusammenbrach. Dann richtete sie sich auf und sah ihre beiden liebsten Menschen an.

»Wir verschwinden«, sagte sie knapp, dann packten sie das Nötigste und reihten sich in den Strom der Flüchtlinge zum nächsten Bahnhof ein.

## · 40. Kapitel ·

30. August 1943

Unglaublicherweise war bereits nach wenigen Tagen wieder so etwas wie Routine eingekehrt. Dass es ihren neuen Alltag überhaupt so geben konnte, war paradox und, wie er aussah, anstrengend, aber sie waren am Leben und machten weiter.

Die Arbeit im Verlag, dann die endlose Fahrt aufs Land, beim ersten Mal hatte Ruth sieben Stunden gebraucht, weil der Zug so überfüllt gewesen war, dann der Fußweg bis nach Neudorf, schließlich das Spießrutenlaufen an den Wirtsleuten vorbei, die sich weigerten, Karin zu pflegen, und sie, Ruth, misstrauisch betrachteten ... Sie hatten nur ein Zimmer zu dritt bekommen, mit einem klammen Bett, in dem sie sich abwechselnd hinlegten. Ruth war sowieso zu müde und erschlagen, um zu schlafen, und schließlich fuhr sie ja jeden Morgen wieder zurück in die Stadt, um zu arbeiten und darüber nachzudenken, wie sie die Wohnung am Hünensteig wieder bewohnbar machen konnten.

Ruth legte den Laib Brot, den sie im Dorf hatte ergattern können, auf dem Fensterbrett ab und ließ sich auf den einzigen Stuhl im Zimmer fallen. Karin lag auf dem Bett, und Leo saß auf der Kante.

»Das ist kaum auszuhalten«, sagte sie seufzend.

»Und doch hältst du durch«, sagte Leo, neigte sich zu ihr und legte ihr die Hand aufs Knie. »*Wir* halten durch.«

In den nächsten Tagen fuhren die beiden anderen mit. Diesmal ging Ruth nicht in den Verlag, der wie durch ein Wunder unversehrt geblieben war. Sie fuhren zum Hünensteig, räumten auf, schleppten Schutt, entfernten zersplittertes Glas aus der Wohnung, vernagelten Fenster und versuchten, einen Glaser zu kontaktieren. Abends kehrten sie zurück in den Gasthof und tranken unter den missbilligenden Blicken der Dörfler literweise Malzkaffee.

Leo ahnte, warum sie so feindselig waren: »Wir bringen nichts mit, keine Hamstergüter, nichts zum Tauschen. Das ist unser Fehler. Kein Schmuck, keine Seidenstrümpfe gegen ein Stück Speck.«

Am zweiten September hatten sie genug von alldem. Sie packten morgens ihre Sachen, bezahlten, ließen die Wirtsleute mit »Heil Hitler« grüßen, ohne sie zurückzugrüßen, packten die Rucksäcke und kehrten alle drei in den Hünensteig zurück. Ruth hatte hin und her überlegt, ob sie nicht besser weiter pendeln sollten, schon Karin zuliebe. Aber es war einfach nicht zu machen. Sie gehörten nicht in diese Welt.

Als sie das Haus betraten, wischte Ruth jeden aufkeimenden Zweifel beiseite. Sie würden hier leben, egal, wie es jetzt aussah. Sie würden weitermachen.

»Hallo? Frau Friedrich? Sind Sie das?« Das war die Stimme der Nachbarin, Frau Krause, die auf der gleichen Etage wohnte wie Ruth. Sie steckte den Kopf aus der Wohnungstür und lächelte erleichtert. »Wie schön, dass Sie wieder hier sind. Sie haben mir schon richtig gefehlt.«

Leo trat freundlich auf sie zu. »Brauchen Sie Hilfe? Sollen wir irgendwas reparieren?«

Frau Krause schüttelte den Kopf. »Ach nein, in der Wohnung ist alles in Ordnung. Vielleicht könnten wir hier im Treppenhaus die Fenster vernageln, das würde sich ganz gut anfühlen, was meinen Sie?«

Leo nickte. »Natürlich. Das erledigen wir gleich.«

»O nein. Zuerst feiern wir Ihre Rückkehr. Ich hab noch ein bisschen Bohnenkaffee. Ich komme mit der Kanne rüber.«

Ein paar Minuten später, Ruth und Karin hatten ihre Rucksäcke gerade geleert, stand Frau Krause mit echtem, duftendem Kaffee vor der Tür. Sie tranken ihn in der Küche. Ruth hatte zur Feier des Tages eine Tischdecke ausgegraben und über den staubigen Tisch gebreitet. Ein paar trockene Kekse zum Kaffee, und das Festmahl war perfekt.

Als es klopfte, zuckten sie alle zusammen. Frau Krause blickte sich nervös um, rutschte auf dem Stuhl nach vorn und schien sich bereit zur Flucht zu machen. Aber Karin sprang auf und öffnete. Im nächsten Moment hörte man sie glücklich lachen, und eine Männerstimme antwortete ihr. Ruth stand auf.

Dann erschien Otto, Karins Vater, in der Küche. Er hatte einen Korb in der Hand und grinste über das ganze Gesicht. »Wie schön zu sehen, dass ihr alle wohlauf seid. Ich dachte, ich schau mal nach euch.« Er hob den Korb, aus dem ein Laib Brot und eine Flasche Milch lugten.

Was für ein Empfang zurück in Berlin!

## · 41. Kapitel ·

7. September 1943

Du willst mich einschläfern, Ferdinand – willst meine Augen von diesem Abgrund hinweglocken, in den ich ganz gewiss stürzen muss. Ich seh in die Zukunft – die Stimme des Ruhms – dein Vater – mein Nichts. Ferdinand! ein Dolch über dir und mir! – Man ...«

Es klingelte. Ausgerechnet jetzt. Karin wollte beim Vorsprechen die Rolle der Luise perfekt können, und dafür musste sie noch einiges üben. Leo hatte ihr den Kontakt zu einer Schauspielerin vermittelt, die ihr Privatstunden geben würde. Allerdings nur, wenn sie gut genug war. Sie legte den Schillerband weg, stand auf und öffnete die Wohnungstür.

Vor ihr stand ein dünner junger Mann, mit dunklen Haaren und sehr blauen Augen, die von dichten Wimpern umrahmt wurden. Ein Unbekannter.

»Ja bitte?«, fragte sie.

Der Besucher starrte sie verwirrt an. »Entschuldigen Sie, ich ... äh ... also ich suche eigentlich den Herrn Borchard. Man hat mir gesagt, ich soll mich hier melden.«

Karin zögerte nur einen Moment. Dann wandte sie sich um und warf einen Blick ins Wohnzimmer, wo Leo im Sessel eingeschlafen war. Er trug, wie meist, einen dreiteiligen Anzug, und es sah ein wenig unbequem aus, wie er da so saß. Er würde nicht böse sein, wenn sie ihn weckte. Sie drehte sich wieder zu dem Besucher, reckte ein wenig das Kinn und fragte: »Wen soll ich anmelden?«

Der Mann wurde mit einem Schlag rot im Gesicht. »Mein Name ist Konrad, Konrad ... Bauer«, stammelte er.

Karin warf ihm einen scharfen Blick zu. Keine Sekunde glaubte sie, dass er gerade seinen echten Namen verraten hatte. Aber vielleicht hatte er ja gute Gründe dafür. »Warten Sie einen Moment hier, bitte.«

Konrad Bauer trat nervös von einem Fuß auf den anderen, sah sich im Treppenhaus um und nickte hastig.

Karin lehnte die Wohnungstür an, ging zu Leo und berührte ihn leicht an der Schulter. Das reichte, um ihn aufzuwecken. Leise informierte sie ihn darüber, wer da war.

Kurz wirkte Leo verwirrt, dann glätteten sich seine Züge, und er nickte. »Ja, natürlich. Lass ihn rein. Er ist mir von Gottfried von Einem empfohlen worden.«

Karin tat wie geheißen und bat Konrad ins Wohnzimmer. Dann kochte sie Tee in der Küche und ging damit hinüber. Drei Tassen standen auf dem Tablett; sie hatte nicht vor, sich später alles aus zweiter Hand erzählen zu lassen.

»... bin sehr arm, wegen einer Nierenkrankheit vom Wehrdienst zurückgestellt. Im Moment arbeite ich als Organist, aber viel lieber will ich dirigieren«, erklärte der Schönling gerade.

Leo sah ihn scharf an. »Wissen Sie, Herr Bauer, um zu unterrichten, braucht man Vertrauen. Sie müssen mir vertrauen und ich Ihnen. Ohne Vertrauen können wir nicht zusammenarbeiten.« Seine Stimme klang ungewöhnlich kalt.

Karin runzelte die Stirn. Was meinte Leo denn? Er wirkte, als wüsste er ganz genau, dass Bauer ihn belogen hatte. Aber warum?

Bauer wurde wieder rot. »Ich ... also ...« Plötzlich ließ er die Schultern hängen und holte tief Luft. »Ich habe in Breslau Orgelunterricht genommen, solange es ging. Wir mussten dann fliehen, meine Eltern und ich. Seit Ende Februar sind wir in Berlin, mal hier, mal dort. Ich arbeite als Organist im Krematorium. Pro Leiche verdiene ich eine Mark fünf. Meist sind es zweiundzwanzig Leichen am Tag.«

Karin stieß die Luft aus. »Und wie schaffen Sie es, nicht erwischt zu werden?«

Konrad sah sie an. »Ich passe sehr gut auf. Und ich habe einen guten Freund, der mir hilft. Doktor Tegel.«

Vom Flur her hatte man leises Klappern und das Zugehen der Tür gehört. Ruth, die von der Arbeit kam. Nun trat sie ein, und bei diesen Worten hielt sie in der Bewegung inne. »Doktor Tegel? Sie meinen Harald Poelchau? Den Gefängnispfarrer?«

Konrad stand auf und zog seine Jacke zurecht. Vermutlich wollte er Ruth ordentlich begrüßen. Die klopfte ihm jedoch freundschaftlich auf die Schulter und setzte sich. Da nahm auch Konrad wieder Platz. »Ja, genau. Herr Poelchau ist ein ganz wunderbarer Mensch. Er hat mir einen Einberufungsbescheid verschafft, den ich vorzeigen kann, wenn ich kontrolliert werde. Und nun möchte ich nur lernen. Denn ich muss ja für mich und meine Eltern sorgen.«

»Gut, junger Mann.« Leo stand auf und reichte Konrad eine Partitur. »Arbeiten Sie die durch. Wir sehen uns morgen Nachmittag.«

Ab diesem Tag kam Konrad regelmäßig zu Leo. Und Karin und Ruth sorgten dafür, dass er sich jedes Mal satt essen konnte.

## · 42. Kapitel ·

18. September 1943

Es war gegen elf Uhr, als Ruth über einem Artikel für die nächste Ausgabe der *Kamerad Frau* an ihrem Schreibtisch im Verlag saß. Die Sonne schien freundlich durch das geöffnete Fenster herein, der Himmel tat so, als wäre kein Krieg. Ruth hatte Schwierigkeiten, sich zu konzentrieren. Sie kaute nachdenklich auf ihrem Bleistift.

Es klopfte an der Tür, im nächsten Moment schwang sie auf. Zwei unbekannte Männer in Anzügen standen im Türrahmen. Ruth runzelte die Stirn. Sie kannte sie nicht, und Besuch war im Verlag selten. Dann merkte sie, wie ihr das Blut ins Gesicht stieg. Die beiden sahen nicht so aus, als wollten sie etwas Gutes.

»Wir suchen Oskar Fischer.«

Ruth gefror das Blut in den Adern. Sie setzte ein gezwungenes Lächeln auf. »Oh, der ist gerade sehr beschäftigt mit dem Layout der neuen Ausgabe. Kann ich Ihnen irgendwie helfen?«

Ein doppelter böser Blick. In Ruths Magen zuckte es. Sie gab nach. »Die Grafikabteilung ist ein Stockwerk höher. Dort werden Sie ihn finden.«

Die beiden verschwanden ohne ein weiteres Wort, und Ruth hörte ihre schweren Schritte das Treppenhaus hinaufhallen. Am liebsten wäre sie ihnen nachgelaufen, um mitzukriegen, was passierte. Aber es war besser, wenn sie so tat, als sehe und höre sie nichts. Wenige Minuten später kamen sie die Treppe wieder herunter, begleitet von einem leichteren Tritt. Es war, als hielte das ganze Haus mit Ruth den Atem an und lauschte. Dann fiel die Haustür krachend ins Schloss, ein Geräusch, das sie nie zuvor von ihrem Büro aus vernommen hatte.

Einen Moment blieb Ruth an ihrem Platz und versuchte, wieder Luft zu bekommen. Oskar Fischer war als Grafiker angestellt. Er war Maler, jedoch waren einige seiner Werke wohl als entartete Kunst beschlagnahmt worden. Seither leistete er hier als Grafiker gute Arbeit. Er war nicht mehr ganz jung, vermutlich hatte er Familie.

Ruth stand auf und lief die Treppen in die Grafikabteilung hinauf. Fischers Kollegen – es waren wegen des Stellenabbaus nur noch zwei übrig – saßen mit erschrockenen Gesichtern an ihren Arbeitsplätzen.

Ruth zog sich einen Stuhl heran und setzte sich. »Was ist passiert?«, fragte sie leise.

Der eine der beiden – Zimmermann hieß er – musterte sie prüfend. Dann holte er Luft. »Sie haben die Männer gesehen?«

Ruth nickte.

»Gestapo. Sie haben Fischer verhaftet. Ohne zu erklären, warum. Es ging ganz schnell, vermutlich weil er gar nicht versucht hat, sich zu wehren oder zu diskutieren. Er ist einfach aufgestanden und mitgegangen.«

»Hat er noch was gesagt?«

»Wir sollen seiner Frau ausrichten, dass alles in Ordnung kommt.«

Ruth nickte besorgt. »Ich übernehme das. Oder kennt ihr sie?«

Beide Grafiker schüttelten den Kopf.

»Könnt ihr fürs Erste Fischers Aufgaben mit erledigen? Vielleicht kommt er ja wirklich bald wieder.« Man durfte die Hoffnung nicht aufgeben. Ruth nickte den beiden ermutigend zu und ging dann hinüber ins Büro, wo sie sich Fischers Adresse geben ließ.

Eine Stunde später klopfte Ruth an die Tür einer Dachwohnung im Wedding, nur um zu bemerken, dass die Tür offen stand. Sie drückte sie ein wenig weiter auf. »Frau Fischer? Sind Sie zu Hause? Ist alles in Ordnung?«

Sie glaubte, ein unterdrücktes Schluchzen zu hören. Nun gut, dann würde sie eben nachsehen. Ruth machte mit klopfendem Herzen die Tür weit genug auf, dass sie in die Wohnung schlüpfen konnte. Dann schaute sie sich um. Sie befand sich in einem kleinen Vorraum, in dem Jacken und Mäntel wild auf dem Boden verteilt waren. Vom Flur ging eine weitere offene Tür ab, dort schienen die Geräusche herzukommen.

»Frau Fischer?« Ruth drang weiter in die Wohnung vor, musste aber über alle möglichen Dinge steigen. Kleider, Porzellan, Bücher. Die Wohnung war komplett verwüstet worden. Auf dem Sofa entdeckte sie die wimmernde Frau. Sie hatte sich zusammengerollt wie ein kleines Kind. Ruth trat zu ihr und legte ihr vorsichtig eine Hand auf die zuckenden Schultern.

Frau Fischer schrak auf und starrte sie aus rot geweinten Augen an.

»Ganz ruhig, ich bin Ruth Friedrich, Hauptschriftleiterin in dem Verlag, wo Ihr Mann arbeitet. Sie sind doch Frau Fischer?«

Die andere nickte zaghaft und richtete sich auf. Dann suchte sie nach einem Taschentuch und versuchte, die Tränen zu trocknen. Ruth rückte ein Stück ab, so dass sie nun nebeneinander auf dem Sofa saßen. Frau Fischer war eine Frau in ihrem Alter, aber sehr blond und ätherisch, was sie jünger wirken ließ, wenigstens wenn man nicht direkt neben ihr saß.

»Ich gehe davon aus, Sie wissen, dass Ihr Mann von der Gestapo abgeholt wurde?« Ruth sah bedeutungsvoll auf das Chaos in der Wohnung.

Frau Fischer folgte ihrem Blick, schluckte schwer und nickte. »Ja, das haben sie mir gleich gesagt, als sie hereinkamen. Und dann haben sie nach irgendwas gesucht.«

»Nach Beweisen, vermutlich«, sagte Ruth. »Sind Sie befragt worden?«

Frau Fischer schluchzte kurz auf. »Ja, natürlich. Aber wenn man diesen Kerlen das blonde Dummchen vorspielt, sind sie nur zu geneigt, einem zu glauben. Ich habe ihnen versichert, dass ich von nichts wüsste, nie einen versteckten Menschen gesehen hätte und vor allem keine Juden. Und dass wir mit unseren Marken gerade so selbst auskämen, wir sind schließlich keine zwanzig mehr.« Sie schwieg einen Moment, als bedauerte sie diese Tatsache. »Dann haben sie alles durchsucht, aber Oskar hat immer darauf geachtet, nicht zu Hause zu arbeiten. Es war ihm ja gar nicht erlaubt. Wie hätte er hier Flugblätter entwerfen sollen oder irgendwelche Ausweise fälschen?«

Ruth schluckte. Plötzlich spürte sie den Drang, nach Hause zu fahren, um nachzusehen, ob es Karin und Leo gut ging. Und den anderen. Die Verantwortung, die das von Frau Fischer preisgegebene Geheimnis mit sich brachte, lag ihr zusätzlich schwer im Magen.

»Angeblich stand sein Name auf einer Liste, die sich ›Europäische Union‹ nennt. Aber wer wäre denn so unvorsichtig, im Untergrund zu arbeiten und dann so eine Liste zu machen?«

Ruth war sich nicht sicher, ob Frau Fischer einfach vor sich hin plapperte oder ob sich hinter diesen vielen Worten ein glasklarer Verstand verbarg. Sie hob eine Hand. »Also wissen Sie, was ihm vorgeworfen wird?«

»Nein, nicht genau, ich kann es nur aus diesen Fragen schließen.«

»Als Ihr Mann verhaftet wurde, hat er Ihnen noch sagen lassen, dass Sie sich keine Sorgen machen sollen. Das klang, als wäre er unschuldig, was immer ihm auch vorgeworfen wird.«

Frau Fischer lächelte wehmütig. »Ja, so ist er. Dabei weiß er genau, dass ich mir trotzdem Sorgen machen werde. Glauben Sie, dass ich ihn wiedersehe? Werden sie ihn umbringen?« Sie starrte Ruth flehentlich an.

Was sollte sie sagen? Wenn er Glück hatte, musste er nur für eine Zeit ins Gefängnis. Wenn er allerdings Pech hatte ... »Ich weiß es nicht, Frau Fischer. Wir können nur das Beste hoffen.«

Einige Minuten saßen sie ganz still da. Nur der Horror in ihren Gedanken dröhnte laut wie ein Bombenangriff. Ruth drückte Frau Fischers Hand.

Die stöhnte und sah sich um. »Ich glaube, ich muss hier aufräumen.« Sie stand zitternd auf und wirkte ganz verloren dabei.

»Ich helfe Ihnen.« Ruth legte ihren Mantel ab und arbeitete zwei Stunden mit der Frau daran, wenigstens ein bisschen Ordnung zu schaffen. Dabei erfuhr sie, dass Oskar Fischer wirklich ein Mitglied der »Europäischen Union« gewesen war – er kannte die Herren Großkurth, Havemann und Richter. 1937 waren fast alle Kunstwerke von Fischer – und nicht nur einige, wie Ruth geglaubt hatte – als »entartete Kunst« beschlagnahmt worden. Daher arbeitete er seither als Grafiker, obwohl seine Leidenschaft woanders lag.

Tatsächlich gab es in der ganzen Wohnung kein einziges Bild von Fischer. Wie schrecklich musste es sein, wenn einem derart die Identität entzogen wurde.

Als sie sich schließlich verabschiedete, hielt Frau Fischer sie am Arm fest. »Danke für Ihre Hilfe. Ich weiß das zu schätzen. Wenn Sie allerdings irgendwas von dem, was ich heute gesagt habe, weitererzählen, werde ich jedes Wort leugnen.« Damit schob sie Ruth aus der Tür.

Ruth unterdrückte das spontane Gefühl der Kränkung, das bei der implizierten Unterstellung, sie könnte zur Verräterin werden, in ihr aufgewallt war; Frau Fischer stand einfach unter fürchterlichem Druck, da durfte man nicht alles auf die Goldwaage legen. Mit einem Seufzer stieg sie die vielen Treppen nach unten. Sie verspürte immer noch das Bedürfnis, so schnell wie möglich Karin in die Arme zu schließen, aber sie musste zuerst etwas anderes erledigen.

Also fuhr sie in den Verlag zurück, der schon verlassen war, und durchsuchte Fischers Arbeitsplatz sowie die ganze Grafikabteilung. »Oskar arbeitet nie zu Hause.« Die Worte seiner Ehefrau hallten ihr noch in den Ohren. Abgesehen von einigen mit Bleistift hingeworfenen Skizzen, die man für die Studien zu einem Stempel halten konnte, fand sie nichts. Die Skizzen verbrannte sie im Kamin, bevor sie endlich nach Hause fuhr.

Oskar Fischer kehrte in den nächsten Wochen nicht in den Verlag zurück. Der Gruppe »Europäische Union« wurde am Volksgerichtshof der Prozess gemacht, doch Fischers Name fand sich nicht in der Liste der Verurteilten. In der Begründung des Urteils des Volksgerichtshofs gegen die vier Hauptangeklagten Havemann, Grosskurth, Rentsch und Richter hieß es: »Wie schamlos die Gesinnung der Angeklagten ist, ergibt sich auch daraus, dass sie geradezu systematisch illegal lebende Juden unterstützten, ja sogar mästeten; aber nicht nur das, sie verschafften ihnen sogar falsche Ausweise, die sie vor der Polizei tarnen sollten, als wären sie nicht Juden, sondern Deutsche. Alle Angeklagten haben durch ihr Verhalten gezeigt, dass sie nicht gebildet sind. Zur Bildung gehört nämlich nicht nur Wissen und fachliches Können. Voraussetzung und Grundlage wahrer Bildung jedes Menschen ist seine Treue in der Volksgemeinschaft zu Führer und Reich. Sie sind Verräter an Volk, Führer und Reich geworden. Für immer ehrlos werden sie mit dem Tode bestraft.«

Als sie das Urteil gelesen hatte, wurde Ruth derart übel, dass sie sich übergeben musste.

## · 43. Kapitel ·

14. Oktober 1943

Seit Konrad Latte erzählt hatte, dass Harald Poelchau ihm und seiner Familie geholfen hatte, besuchte Ruth den Pfarrer und seine Frau Dorothee regelmäßig in ihrer Wohnung im Wedding. Zunächst war es ein vorsichtiges Abtasten gewesen, dann aber hatte sich schnell herausgestellt, dass sie gut zusammenarbeiten konnten. Poelchau bekam über Kontakte zu einem großen Gut außerhalb Berlins immer wieder Säcke mit getrockneten Erbsen und war nur zu gern bereit, auch für Ruths Schützlinge etwas abzugeben.

An diesem Donnerstag klingelte Ruth nach der Arbeit an der Wohnungstür in der Afrikanischen Straße. Dorothee öffnete und begrüßte Ruth herzlich. »Kommen Sie rein, meine Liebe. Harald hat sich schon gefragt, wann Sie uns wieder besuchen.« Sie führte Ruth in ein gemütliches Wohnzimmer, das von einem vollkommen mit Papieren und Büchern überladenen Schreibtisch dominiert wurde. Dahinter saß Poelchau, der freundlich lächelte und sich erhob, um Ruth die Hand zu schütteln.

»Wie schön, Sie zu sehen, Frau Friedrich. Wie geht es Ihnen?«

Sie tauschten ein, zwei höfliche Sätze, Dorothee servierte Kaffee, dann kamen sie zu den wichtigen Dingen.

»Wir können diesen Monat drei Milchkarten abgeben, außerdem Marken für fünf Brote.«

»Sehr gut, ich habe mehr als genug Abnehmer dafür. Außerdem habe ich eine Stellung gefunden für das jüdische Waisenmädchen, von dem Sie mir berichtet haben. Es geht dabei darum, einer älteren Dame den Haushalt zu führen, ich weiß, sie ist Laborantin, aber etwas Besseres konnte ich in den wenigen Tagen nicht erreichen.«

»Nicht doch, das sind hervorragende Nachrichten. Hätten Sie vielleicht auch Verwendung für einen geflüchteten Schlosser?«

Ruth runzelte die Stirn und ließ sich Details zu dem Mann geben. Sie wiederholte alles leise, um es sich merken zu können. Schon bevor Oskar Fischer verhaftet worden war, hatte sie abgesehen von ihrem Tagebuch keine Aufzeichnungen gemacht. Solche Informationen behielt man besser nur im Gedächtnis, um alle Beteiligten zu schützen.

Dann kam Ruth zu dem Punkt, der ihr unter den Nägeln brannte. »Haben Sie etwas von Konrad Latte gehört? Er ist schon ein paar Tage nicht zum Unterricht erschienen. Wir machen uns Sorgen, Leo ist ganz außer sich. Ich habe ihn selten so erlebt.«

Poelchau warf seiner Frau einen kurzen Blick zu, bevor er antwortete. »Wir haben leider keine guten Nachrichten.«

Dorothee sprach weiter: »Die Wirtin der Pension, in der wir ihn und seine Eltern untergebracht hatten, hat wohl gegenüber einer Freundin ausgeplaudert, wen sie beherbergt. Sie sind alle drei abgeholt worden. Leider weiß ich noch nicht, wohin.«

Einen Moment war es ganz still. Unter Ruth geriet das Sofa ins Wanken. *Konrad!* O nein. Nicht Konrad. Sie spürte, dass ihr Tränen in die Augen stiegen, sie langte mit zitternden Fingern nach der Tasse mit dem Malzkaffee und starrte in die Flüssigkeit, als könnte sie so die aufsteigende Verzweiflung in den Griff bekommen. Sollte das denn immer so weitergehen? Was für einen Sinn hatte all ihr Bemühen um Hilfe, wenn die Nazis am Ende immer gewannen?

Poelchau schien ihr anzusehen, was sie dachte. Sanft legte er ihr die Hand auf die Schulter. »Geben Sie die Hoffnung nicht auf, solange wir nicht wirklich wissen, was ihnen zugestoßen ist. Ich werde versuchen, mehr zu erfahren, und vielleicht haben auch Sie eine Möglichkeit. Es ist unwahrscheinlich, dass er in Tegel oder Plötzensee auftaucht, eher in einem Lager für den Weitertransport. Wenn wir herausfinden, wo sie sind, können wir versuchen zu helfen. Und, liebe Frau Friedrich, verzweifeln Sie nicht. In Zeiten wie diesen erleuchten auch kleine Taten die Dunkelheit. Wir können nicht alle retten, wir können die Naziherrschaft nicht einfach beenden, sosehr wir uns das auch wünschen. Aber wir können für andere da sein, anderen ein Vorbild sein. Und in der Summe ändert das dann doch etwas.«

Auf dem Heimweg in der Straßenbahn nach Hause wäre Ruth beinahe eingeschlafen. Trotz oder gerade wegen der Nachrichten über Konrad. Die langen Tage forderten ihren Tribut. Sie stand meist früher auf, als sie es gewohnt war, löste vor der Arbeit Marken ein, in immer unterschiedlichen Geschäften, damit nicht auffiel, dass sie mehr hatte als andere. Dann brachte sie die Lebensmittel dorthin, wo sie gerade am dringendsten gebraucht wurden, zu Brandt oder den Bergmanns, zu Walter Seitz oder in ein Versteck in einer Laubenkolonie. Zu Hause bei sich hatten sie immer wieder Gäste für ein oder zwei Tage, bis man sie an einem anderen Ort unterbringen konnte. In der kleinen Wohnung war mehr einfach zu gefährlich. Dann ging es natürlich jeden Tag in den Verlag, wo es glücklicherweise keine weiteren Verhaftungen gegeben hatte. Dort, aber auch oft zu Hause, schrieb sie feurige Artikel darüber, wie sich »Kamerad Frau« an der Heimatfront zu verhalten habe: Lächeln beim Anstehen für Lebensmittel, gut gelaunt zur Arbeit in die Fabrik, danach mit einem lustigen Liedchen auf den Lippen die Hausarbeit und abends dem Liebsten an der Front einen sehnsuchtsvollen, aber aufmunternden Brief schreiben, weil der Sieg ja schließlich nicht mehr fern sei. Ihre Leserinnen waren genauso erschöpft und kriegsmüde wie sie, das wusste Ruth.

Jetzt, zu Hause angelangt, machte Ruth sich sofort ans Kochen. Nicht nur ihr eigener Magen knurrte. Leo war schon von der Arbeit an einem Libretto aus seiner Wohnung heruntergekommen und wanderte ruhelos im Wohnzimmer auf und ab. Als sie ihn begrüßte, fehlte Ruth das freudige Lächeln in seinem Gesicht, wahrscheinlich war seine Sorge um Konrad zu groß. Karin lag in ihrem Zimmer schlafend auf dem Bett, mit einer Ausgabe von Schillers »Kabale und Liebe« auf der Brust. Ein friedliches Bild, das Ruths Herz voll machte. Ruth schloss leise die Tür zum Zimmer ihrer Tochter und beorderte Leo zu sich in die Küche.

Während er Kartoffeln schälte und Möhren schabte und Ruth Hirsebrei andickte, erzählte sie ihm, was sie von Poelchaus über Konrad erfahren hatte. Mit verzweifelter Miene ließ er Gemüse und Messer sinken, und Ruth spürte, dass auch ihn die Frage nach dem Sinn ihres Tuns überkam. Wie der Pfarrer ihr legte nun sie ihm eine Hand auf die Schulter. »Wir dürfen nicht aufgeben, mein Lieber. Wir werden gebraucht, wir tun das Richtige.«

Leo schüttelte ihre Hand ab, knallte das Küchenmesser auf den Tisch und stand auf. In seinen Augen stand eine Mischung aus

Schmerz und Wut. »Ja? Tun wir das?« Sein Ton war höhnisch. »Du bist so blauäugig! Wir arbeiten, wir bringen uns und andere in Gefahr, nur um dann doch immer wieder Freunde zu verlieren! Die verdammten Nazis haben alles kaputt gemacht! Meine Arbeit, mein Leben, meine Freunde. Wofür soll ich jetzt noch kämpfen? Warum soll ich aufstehen, jeden Tag, nur um zu erfahren, dass sie wieder jemanden verhaftet haben? Dass wieder jemand nicht entkommen ist. Dass es bald uns erwischen wird. Dich und mich und Karin und den Rest unserer spärlichen Truppe an Freunden.«

Er war laut geworden. Zu laut. Wenn sie jemand hörte! Ruth wurde ganz schlecht bei dem Gedanken.

»Leo …«, sagte sie, doch mehr fiel ihr nicht ein. Er hatte ja ganz recht damit, wütend zu sein.

»Ach, lass mich.« Leo stampfte aus der Küche, und sie hörte, wie die Wohnungstür ins Schloss krachte.

Ruth seufzte traurig, und obwohl auch ihr der Appetit vergangen war, wandte sie sich wieder den Vorbereitungen fürs Abendessen zu. Essen musste man, sonst wurde alles nur noch schlimmer.

Als es klingelte, hörte sie, wie Karin leise aus ihrem Zimmer schlüpfte, um zu öffnen. Die arme Kleine. Streit war sie nicht gewohnt. Gleich darauf kam Karin mit Walter in die Küche, in der gerade die Gemüsepuffer brieten. Ruth lächelte schief zur Begrüßung.

»Was ist denn das für eine Leichenbittermiene?« Walter zog Ruth in den Arm, wirbelte sie einmal herum und stellte sie wieder ab, um ihr einen Kuss auf die Wange zu drücken.

Ruth musste gegen ihren Willen lachen. »Du bist unmöglich, Walter Seitz. Was soll denn das?«

Ihr Freund betrachtete interessiert den Inhalt der Pfanne und schnupperte übertrieben. »Mmmm. Wo ist denn der Hausherr? Ist seine Portion zu vergeben?«

Karin lachte.

»Er ist noch oben, aber er kommt bestimmt zum Essen. Ich glaube, er ist ziemlich hungrig«, sagte Ruth. »Aber wir kriegen sicher auch noch einen zusätzlichen Esser satt – sofern er sich benimmt.«

Auch beim Essen schien Walter nicht aufhören zu können, Scherze zu machen, aber gegen Leos Miene half das auch nicht. Schließlich zog er einen mit Bleistift beschrifteten Briefbogen hervor und reichte ihn Leo. »Hier, lies! Es gibt noch andere Schicksale, das darf man nicht vergessen.«

Leo nahm widerstrebend den Brief und las laut vor:

*Lieber Freund. Nun also die angekündigte Kriegsgerichtsverhandlung. Aber keine Sorge, ich bin glimpflich davongekommen. Vier Monate Gefängnis. Wie der Anklagevertreter geredet hat, habe ich schon mit allem gerechnet. Aber so konnte die Anklage nur beweisen, dass ich in Gesellschaft von Kameraden mit einem gefangengenommenen »Terrorflieger« bei Wein und Cognac gesessen habe. Dass es eigentlich darum ging, unseren jungen Fliegern ein Bild der Lage zu geben und ihnen die Aussichtslosigkeit zu zeigen, ist glücklicherweise im Verborgenen geblieben. Auch dass der englische Leutnant unbewacht im Krankenrevier untergebracht war und dass dergleichen schon mehrmals vorgekommen ist.*

Leo ließ das Blatt sinken. »Das ist doch Wahnsinn!«

»So was schreibt jemand in einem Feldpostbrief?« Karin schüttelte ungläubig den Kopf.

»Natürlich nicht!« Walter stieß den Atem aus. »Den Zettel hat mir sein Bursche zugesteckt. Das ist alles mit Bleistift in Druckbuchstaben geschrieben und ohne Unterschrift. Es handelt sich um einen alten Freund und Kollegen aus der Charité. Josef Schunk.«

»Von dem hast du schon berichtet«, erinnerte sich Leo, »Den würde ich gern mal kennenlernen.«

»Das wirst du, mein Freund, das wirst du«, versicherte Walter. »Schließlich müssen Freunde zusammenhalten, bis alles gut wird.«

## · 44. Kapitel ·

24. November 1943

Ruth stieg mit einigen anderen aus dem Keller im Verlag und trat vorsichtig auf die Straße. Das Großadmiral-von-Köster-Ufer lag direkt am Landwehrkanal, normalerweise ein Anblick, den sie gern mochte. Als sie heute Morgen angekommen war, hatte sie sich noch über die karge Schönheit der entlaubten Bäume gefreut. Jetzt brannte es. Auf der anderen Seite des Ufers, aber auch hier, ein paar Häuser weiter. Einer der Drucker schrie: »Los, wir müssen helfen, das sind Wohnhäuser!« Ein anderer rannte zurück in den Verlag, um Eimer zu holen. Das Verlagshaus war glücklicherweise unbeschädigt geblieben – was nicht so bleiben würde, wenn die Flammen sich den Straßenzug entlangfraßen. Ein paar Minuten später fand sich Ruth mitten in einer Eimerkette wieder, mit der Wasser aus dem Kanal zum brennenden Haus geschafft wurde. Die Eimer waren schwer und die Griffe schnitten in die Finger, die Luft war voller Rauch und Staub, das Atmen fiel ihr schwer. Aber das ging ihren Genossen in der Kette nicht anders. Wie konnte man in dieser von Schrecken erfüllten Realität denken, dass der Sieg nahe wäre? Wie viele der Menschen in dieser Reihe, die gerade nur eines im Sinn hatten, nämlich einen Brand zu löschen, glaubten wirklich noch, was die Nazis versprachen?

Der Abend wurde dunkel und kalt, aber Ruth machte einfach weiter, reichte Eimer in die eine und die andere Richtung weiter,

Stück um Stück. Sie schwitzte, obwohl sie gar nicht weit genug vorn in der Kette stand, um noch die Hitze des Brandes zu spüren.

Und dann war es plötzlich geschafft. Gerade als in Ruth die Überzeugung gereift war, dass ihr gleich die Arme abfallen würden, kam die Eimerkette zum Erliegen.

»Danke. Geht nach Hause!«, brüllte jemand.

Ruth holte ihren Mantel, den sie oben in ihrem Büro vergessen hatte, und machte sich schleppenden Schritts auf den Heimweg. Die Straßenbahn fuhr natürlich nicht, der eigentlich klare Himmel war durch die Staub- und Schwefelwolken verschleiert, doch dafür beleuchteten die brennenden Häuser ihren Weg in grotesker Perversion. Sie kam nur langsam voran, viele Straßen waren mit Trümmern übersät. Aber je weiter sie in den Süden der Stadt vordrang, desto leichter wurde es. Anscheinend hatte sich der Angriff auf die Innenstadt konzentriert, und Steglitz war ja fast noch ein Vorort. Am Innsbrucker Platz sah sie eine einsame Radfahrerin stehen. Blonde Locken schimmerten unter dem Hut hervor. Karin!

Als sie Ruth sah, ließ sie das Fahrrad fallen und stürmte auf sie zu. Dann zog sie Ruth in eine heftige Umarmung. »O Gott, Mama! Als ich gehört habe, dass die Innenstadt getroffen wurde, hab ich die größten Ängste ausgestanden.« Sie schluchzte und wischte sich die Tränen aus den Augen.

Ruth hätte ihr gern etwas Tröstendes gesagt, doch alles, was sie fühlte, war eine bleierne Erschöpfung. Und Dankbarkeit, dass Karin da war. Sie drückte Karin fest an sich und küsste sie auf die Wange.

Schließlich löste sich Karin von ihr und schniefte. »Komm, Mama, du bist von oben bis unten schwarz und voller Staub. Meine Güte, du kannst dich ja kaum auf den Beinen halten.« Fürsorglich brachte sie Ruth zum Fahrrad, stieg auf und wartete, bis Ruth sich auf den Gepäckträger gesetzt hatte. Dann trat sie in die Pedale und brachte Ruth nach Hause.

Gerade als sie die Haustür aufschließen wollte, löste sich ein Schatten aus der Hausecke. Ein schmächtiger Schatten.

## · 45. Kapitel ·

24. Norvember 1943

*Konrad!* Karin traute ihren Augen kaum. »Mensch, Konrad, wo kommst du denn her? Das ist ja eine tolle Überraschung!«

»Das ist es allerdings«, sagte Ruth mit undeutbarem Ausdruck, und schob Konrad vor sich ins Haus.

Karin stürmte die Treppen hoch, klopfte mit dem vereinbarten Zeichen an Leos Wohnungstür, dann rannte sie wieder hinunter und war rechtzeitig da, um sowohl Konrad als auch ihre Mutter in die Wohnung zu lassen. Wie wunderbar, Konrad lebte! Karins Wangen glühten vor Freude darüber, dass der verloren geglaubte Freund zurück war. Aber dann in der schwachen Beleuchtung der Wohnung bemerkte sie plötzlich, wie Konrad wirklich aussah. Hohle Augen, die Wangenknochen wie spitze Grate, das Kinn unrasiert, die Kleidung dreckig und kaputt. Du lieber Himmel, was war mit ihm passiert?

Karin traf eine Entscheidung. »Konrad, ich wärme dir Badewasser auf. Danach gibt's Abendessen. Und dann reden wir.« Sie sah Ruth entschuldigend an, aber die lächelte und nickte.

Es klopfte an der Wohnungstür, Leo kam herein und blieb wie angewurzelt stehen, als er Konrad sah. Im nächsten Moment erdrückte er ihn fast mit seiner Umarmung. Schließlich ließ er von ihm ab, schenkte ein kleines Glas Cognac ein und reichte es Konrad. »Trink, das wärmt schon mal von innen.«

Karin brauchte nicht lang, um das Bad vorzubereiten. Sie war so froh, Konrad etwas Gutes tun zu können.

Ruth holte sich derweil ihre Sachen aus dem Badezimmer und ging nach oben in Leos Wohnung, um sich Staub und Rauch abzuwaschen. Währenddessen wärmte Karin den Eintopf auf, den sie heute Nachmittag noch vor dem Bombenalarm vorbereitet hatte. Was für ein Glück, dass das Essen für eine Person mehr reichte, wenn sie es mit etwas Wasser streckte.

Als sie warm und satt zusammen im Wohnzimmer saßen, begann Konrad stockend zu erzählen.

»Eine Wehrmachtstreife fand mich verdächtig und hat mich verhaftet. So bin ich im Lager an der Großen Hamburger Straße gelandet. Meine Eltern wurden auch dorthin gebracht. In meinem Zimmer in der Pension fand man den Koffer eines gesuchten Deserteurs, Wolfgang Harich, also wurde ich ... unter seinem Namen zum Tode verurteilt. Meine Eltern haben sie, das konnte ich in Erfahrung bringen, am 14. Oktober mit dem vierundvierzigsten Osttransport nach Auschwitz geschickt ...« Er brach ab.

Karin unterdrückte den Impuls, ihn in den Arm zu nehmen und zu halten; vielleicht würde er dann nicht weitersprechen können. Natürlich musste er nicht erklären, was das hieß. Inzwischen wussten sie, dass aus Auschwitz niemand zurückkam. Sie warf einen Blick auf Ruth. Heute hatte sie solche Angst um ihre Mutter gehabt wie noch nie zuvor. Und hier saß ein Mann vor ihr, der seine Eltern verloren hatte. Sie versuchte, ihre Tränen wegzublinzeln.

Konrad trank noch einen Schluck von dem Cognac, den Leo ihm neu eingeschenkt hatte, räusperte sich und fuhr fort: »Im Gefängnis habe ich Ludwig Lichtwitz kennengelernt. Er ist Buchdruckermeister und ein wirklich dufter Kerl. Vorgestern hatten wir Arbeitseinsatz im Kohlenkeller. Und als es draußen schon dunkel war, haben wir die Hauptsicherung rausgedreht. Wie wir uns ausgerechnet hatten, war das ganze Haus in wildem Aufruhr, alles stürmte zum Vordereingang, um ihn zu sichern. Wir sind erst zum Schlüsselbrett und dann zum Hinterausgang geschlichen, haben ihn leise aufgesperrt, genauso wie das Tor zum Hof und das zur Straße. Und dann waren wir frei. Zuerst sind wir in den Tiergarten gerannt, haben verabredet, uns in zwei Wochen zu treffen, und uns dann getrennt, um ja nicht aufzufallen.«

Karin empfand eine wilde Mischung aus Erschütterung und Bewunderung. Wie tapfer war dieser junge Mann, der da wie ein Häufchen Elend, blass und mit hungrigen Augen vor ihnen saß! In den Filmen und Theaterstücken, die sie so liebte, waren die Helden immer kräftige Männer. Aber in Wirklichkeit sahen Helden aus, als wären sie eben erst von der Schulbank aufgestanden.

»Das war wirklich ziemlich waghalsig von dir«, sagte Ruth in einem fast tadelndem Ton. Karin starrte sie verwundert an. Was hatte sie denn?

Konrad zuckte die Achseln, als wollte er sagen: Was sollte ich denn machen? Und Karins Meinung nach hatte er vollkommen recht. »Eine Nacht konnte ich bei Tatjana Gsovsky unterkommen, die ich aus der Oper kenne. Länger ging es bei ihr nicht. Und jetzt bin ich hier.«

»Du bleibst natürlich erst mal bei uns.« Leo war es, der zum Ausdruck brachte, was Karin dachte.

Ruth allerdings schüttelte den Kopf. »Ich weiß nicht, ob das eine gute Idee ist, Konrad. Ich meine, natürlich werden wir dir helfen. Aber du musst dich dann auch wirklich versteckt halten und hier in der Wohnung bleiben. Wenigstens für einige Tage. Alles andere ist zu gefährlich. Für dich und für uns. Hörst du?« Ihre Stimme war eindringlich, und sie fixierte Konrad.

Der wollte sich unter ihrem strengen Blick zunächst in ein Lächeln flüchten, doch dann wurde er ernst und nickte. »Versprochen.«

»Wenn du also losziehen und arbeiten willst, was ich verstehe, dann brauchst du zuerst eine andere Bleibe. Verstanden?«

Wieder nickte Konrad.


Später, als Leo mit Konrad nach oben verschwunden war, stellte Karin ihre Mutter zur Rede. »Was war denn eben mit dir los, Mama? Warum bist du Konrad so angegangen? Ich finde, er ist ein Held. Wie er ausgebrochen ist! Das war doch toll!«

Ruth musterte sie. Dann lächelte sie Karin ebenso liebevoll wie traurig an. »Ja, dass er ausgebrochen ist, ist natürlich sehr gut. Aber mit seiner leichtsinnigen Art, einfach durch Berlin zu spazieren und allen eine lange Nase zu zeigen, bringt er uns womöglich in Gefahr. Dich, mich und Leo.«

Karin begriff. Sie schloss Ruth in die Arme. »Ach, Mama, Konrad ist doch ein Glückspilz. Mach dir keine Sorgen.«

Ruth löste sich von ihr und wandte sich ab. »Ja, er vielleicht. Aber wir?«


Karin kümmerte sich in den nächsten Tagen vor allem darum, Konrad wieder aufzupäppeln. Dennoch versäumte sie nicht ihre Schauspielstunden. Fräulein Julie von Strindberg und Wedekinds Lulu waren die Rollen, die sie derzeit Tag und Nacht begleiteten. Wenn sie sich in ihre Rollen flüchtete, konnte sie alles ausblenden. Die Zerstörung, die Bomben, die Nazis und auch die Gefahr. Wenn sie nur intensiv genug übte, waren die Rollen für sie genauso real wie die schreckliche Wirklichkeit.

Konrad nahm Kontakt zu Harald Poelchau auf, der ihm eine Kellerschlafstelle in einer Bank besorgte, wo er auch als Nachtwächter arbeiten konnte. Und als Karin mit Ruth am Weihnachtsabend in Steglitz in der Kirche saß, spielte er die Orgel so schön, wie Karin es nie zuvor gehört hatte.

# · 46. Kapitel ·

13. Januar 1944

Im Kaffeehaus sitzen und dünnen heißen Kakao schlürfen. Was
für ein Luxus!

Ruth war mit Walter ins Kaffeehaus der Reimanns gegangen, das wie durch ein Wunder auch von den schweren Bomben-
angriffen über den Jahreswechsel verschont geblieben war. Walter hatte vorgeschlagen, bei Reimanns Gebäck abzuholen und das
Ganze mit einem netten Nachmittag zu verbinden.

»Danke für die Einladung! Das war wirklich eine gute Idee.
Ich weiß gar nicht mehr, wann ich das letzte Mal hier war.« Ruth
schaute sich fast staunend um.

Walter grinste. »Manchmal muss man eben die Arbeit ruhen
lassen und sich was Schönes gönnen. Du hattest sehr viel zu tun
in den letzten Wochen. Zweimal kurz nacheinander ausgebombt
werden, das ist ...« Er beendete den Satz nicht.

Ruth erschien das nur folgerichtig, denn es gab keine Worte
dafür. So lange schon wurden sie von diesem entsetzlichen Krieg
beherrscht. Manchmal erinnerte sie sich daran, was sie zu Anfang
gedacht hatte, nämlich dass sie sich nichts mehr wünschte, als
dass Deutschland diesen Krieg verlöre, damit die Nazis endlich
verschwanden. Fast fünf Jahre waren seitdem vergangen, aber
kein Bombenangriff hatte an ihrer Einstellung etwas ändern können. Das sagte sie Walter jetzt.

Der seufzte. »Wusstest du, dass die Engländer den Wiederaufbau, der nach jeder Bombardierung einsetzt, als Zeichen strammer Nazigesinnung verstehen? Habe ich jedenfalls ... gehört.« Er sah sich verstohlen um, aber Ruth hatte seine Andeutung, er habe den englischen Sender abgehört, auch so verstanden.

»Nun ja«, sagte sie. »Ich glaube nicht, dass es an der strammen Gesinnung liegt. Wenigstens nicht nur. Jeder Treffer nah an unserem Haus kostet gute zehn Tage Aufräumarbeiten. Dann ist das Notwendigste repariert, wir haben wieder Wasser, Strom, vernagelte Fenster.«

»Zehn Tage? Das ist doch Wahnsinn. Warum macht man das? Warum geht man nicht weg, irgendwohin, wo es nicht so viele Luftangriffe gibt?«

»Ich habe sehr lange darüber nachgedacht, beim Schuttschleppen die letzten Tage. Und ich glaube, es liegt daran, dass wir alle ein Zuhause brauchen. Wir können nicht leben, wenn man uns unser Zuhause wegnimmt. Wenn der Wohnraum zerstört wird, zieht man in die Küche, liegt die Küche in Trümmern, richtet man sich im Keller ein. Und wenn man ganz aus dem Haus muss, hat man das Kopfkissen unterm Arm, das letzte Stückchen Zuhause.«

»Und aus diesem Gedanken nimmt man die Kraft, das eigene Haus immer wieder aufzubauen, auch wenn es nur noch ein Trümmerhaufen ist?« Walters Stimme klang zweifelnd.

»Ja«, sagte Ruth nur. Nach einer Pause sprach sie weiter: »Weder das Kopfkissen noch das Schuttschleppen hat was mit Nazigesinnung und einem ... irgendwie abstrakten Willen zum Durchhalten zu tun. Wenn man das Küchenfenster vernagelt, dann denkt man nicht an Hitler. Man denkt daran, dass man es warm haben muss. Man denkt, dass man einen Platz braucht, wo man abends sein Haupt hinbetten kann. Einen Platz, über den man selbst bestimmt. Sonst denkt man nichts. Man arbeitet einfach.«

Walter nickte. »Und mit jedem Luftangriff wird die Wohnungsnot schlimmer.« Er verengte die Augen. »Was hältst du davon, wenn wir zu Brandt spazieren?«

Ruth folgte seinem Blick und bemerkte die Uniformierten, die gerade hereingekommen waren.

»Zweitausend Abgänge die Woche! Sowohl Theresienstadt als auch Auschwitz sind so überfüllt, dass es über zweitausend Abgänge in der Woche braucht. Wahrscheinlich sogar mehr.« Die Männer gaben sich keine Mühe, leise zu sein.

Entsetzt und zutiefst angewidert wandte Ruth den Blick ab. Nein, hier konnten sie ihr Gespräch nicht fortsetzen, das war klar.

»Du zahlst, ich hol das Brot, und wir treffen uns draußen.« Ruth stand auf.

Walter winkte einem Kellner.


Ein paar Minuten später standen sie draußen in der Kälte. Walter bot Ruth den Arm, und sie nahm ihn gern. So spazierten sie wie ein Liebespaar vom Ku'damm in Richtung Wilmersdorf. Ja, das war viel besser, so konnten sie reden. Und mit Walter konnte sie besonders gut reden.

»Zweitausend Tote in der Woche, das sind mehr als hunderttausend Menschen, die im Jahr in einem einzigen Lager ermordet werden«, rechnete Walter vor. »Ich habe gehört, dass die Menschen ihre eigenen Gräber schaufeln müssen. Man nimmt ihnen alles weg, Kleider und Schuhe und schickt sie nackt in Gaskammern.«

Ruth schüttelte sich. Schon wieder wurde ihr übel. Als sie zum ersten Mal gehört hatte, dass sich Menschen ihre eigenen Gräber schaufeln mussten, war sie vor Grauen ein paar Minuten wie erstarrt gewesen. Und es schien immer noch schlimmer zu werden. Plötzlich musste sie würgen und brauchte einen Moment, bevor sie weitergehen konnte.

»O Walter, es ist nicht auszuhalten«, sagte sie mit schwacher Stimme. »Heinrich Mühsam darf einfach nicht so gestorben sein, nicht Margot Rosenthal und erst recht nicht die kleine Evelyne Jakob. Wie kann es sein, dass Menschen, mit denen wir gegessen und getrunken haben, die wir in die Arme genommen haben und um die wir uns gesorgt haben, so qualvoll sterben müssen?«

Noch immer ging ihr Atem rasch, und Walter strich ihr über die Hand wie zum Trost – dabei konnte es doch keinen geben. »Und warum unternimmt niemand etwas dagegen? Warum sind wir so alleingelassen? Warum dürfen die Nazis das tun?«

Ruth hatte keine gute Antwort. »Hat es womöglich etwas damit zu tun, dass man glaubt, wir wären alle einverstanden?«

Walter zuckte die Achseln. »Vielleicht. Vielleicht müssten aber auch *wir* mehr tun. Du und ich und unsere Clique.«

»Und was? Wir sind keine Kämpfer. Wir haben keine Waffen – und würden sie ohnehin nicht einsetzen.«

»Alles, was wir tun können, ist Menschen helfen, damit sie nicht abtransportiert werden. Sie verstecken und versorgen. Also sollten wir vielleicht einfach mehr Menschen helfen. Mehr von dem tun, was wir schon machen.«

Ja, das war vermutlich wirklich das Einzige, was möglich war.

Nach kurzem Schweigen setzte Walter noch einmal an. »Ruth, ich wollte dir noch etwas sagen. Ich muss weg. Ich habe einen

Einberufungsbefehl bekommen, ich soll nach Osten. Vorsorglich habe ich mich im Auguste-Victoria-Klinikum anstellen lassen und bei Schering gekündigt, daher hoffe ich, dass sie mich bald zurückfordern. Aber erst mal muss ich los. Ich wollte, dass du das weißt.«

Ruth starrte ihn an. »Du ... musst weg? Das ist doch Wahnsinn.«

Walter drückte sie kurz. »Ich habe ja keine Wahl.«

Ruth konnte nicht antworten, die Angst saß ihr im Hals. Angst um diesen Freund, der ihr so sehr ans Herz gewachsen war. Sie räusperte sich mühsam. »Versprich mir, dass du zurückkommst«, sagte sie ernst.

Ein schmales Lächeln spielte um seinen Mund. »Das werde ich, schöne Ruth, das werde ich.«

## · 47. Kapitel ·

### 4. Februar 1944

Es war herrliches Wetter, die Sonne strahlte von einem stahlblauen Himmel. Zwar war es klirrend kalt, aber Karin fand es wunderbar. Am liebsten wäre sie wieder acht Jahre alt gewesen und hätte den ganzen Nachmittag über den Schlitten den Berg nach oben gezogen, um ihn jauchzend hinabzusausen. Sie beschloss, sich ein paar Stunden von all ihren üblichen Pflichten freizunehmen und den Tag zu genießen.

Karin stand schon in Mantel und Mütze an der Tür, als das Telefon klingelte. Sie griff zum Hörer. »Karin Friedrich?«

»Ruth? Sind Sie das? Nein, äh ... Karin? Sie?« Eine Männerstimme, sehr aufgeregt, aber Karin kannte sie doch von irgendwoher ...

»Mit wem spreche ich denn, bitte?«

»Wie? Ach so. Brandt. Günter Brandt. Karin, sind Sie das? Ist Ihre Mutter nicht da?« Der Jurist wirkte sehr durcheinander.

»Es tut mir leid, Ruth ist nicht zu Hause. Kann ich Ihnen helfen?«

»Ich ... ach, ich weiß nicht. Ich brauche Hilfe, fürchte ich. Einen Arzt. Aber ...«

Karin begriff, dass er am Telefon nicht sagen wollte, was passiert war. »Herr Brandt. Ganz ruhig. Ich komme zu Ihnen, was halten Sie davon? Und dann sehe ich, was ich für Sie tun kann.

Ich bin gleich bei Ihnen. Und ich versuche, einen Arzt zu erreichen.«

Das schien Brandt zu beruhigen, und er legte mit einem »Danke« auf. Karin versuchte es am Telefon bei Dr. Bergmann. Der ging ran und versprach, so schnell wie möglich nach Wilmersdorf zu kommen. Dann machte sie sich auf den Weg.

Als sie bei Brandt klingelte, öffnete er schnell die Tür, ließ sie aber nicht eintreten.

»Warten Sie einen Moment.« Er verschwand wieder und kam gleich darauf mit Hut und Mantel zurück. »Lassen Sie uns ein paar Schritte gehen.«

Sie stiegen die Treppe hinunter und verließen das Haus. Karin war nun richtig neugierig geworden.

»Ich habe eine junge Dame aus Breslau aufgenommen«, fing Brandt mit gedämpfter Stimme an. »Es sollte nur um eine Nacht gehen, sie ist nämlich auf der Durchreise von Schlesien nach Frankfurt. Ich habe also am Bahnhof gewartet, um die Kleine abzuholen. Sie klagte gleich über Halsschmerzen, Fieber, Schüttelfrost. Und jetzt liegt sie in meinem Ehebett. Kranker als krank. Sie sieht ... ansteckend aus.«

Ach herrje, eine Kranke. Das war nicht gut. Glücklicherweise entdeckte sie in diesem Moment Dr. Bergmann, der sich ihnen mit raschem Schritt näherte. Sie winkte ihm, dann erklärten sie kurz die Lage, und Brandt ließ Dr. Bergmann in die Wohnung.

Nach nur ein paar Minuten kam der Arzt wieder heraus.

»Sie hat Scharlach«, konstatierte er ruhig. »Drei, vier Wochen Bettruhe, dann sehen wir weiter.«

Brandt riss die Augen auf. »Dauert Scharlach nicht sechs Wochen?«

»Und muss man nicht danach die Wohnung desinfizieren lassen?«, fragte Karin.

Dr. Bergmann nickte. »Stimmt. Beides. Ich kann Ihnen ein paar Medikamente dalassen, Brandt. Ansonsten bitte ich Sie, die junge Dame zu pflegen. Dann hat sie eine gute Chance, wieder ganz gesund zu werden.«

Brandt nickte ergeben. »Natürlich. Das ist unangenehm, weil sie in meinem Bett liegt, aber kein Problem. Ich schlafe auf dem Sofa. Und ich habe ja Zeit.«

»Ich bringe Ihnen regelmäßig etwas für Ihren Gast vorbei.« Karin überlegte, was sie noch tun konnte. »Und wir werden auch einen Kammerjäger auftreiben.«

Nach sechs Wochen hatten sie es geschafft. Das Mädchen konnte weiter nach Frankfurt reisen, und ein vertrauenswürdiger Kammerjäger, ehemals KPD-Mitglied, hatte Brandts Wohnung ausgeräuchert und von den letzten Bakterien befreit. Karin war stolz auf sich, weil sie die ganze Sache so gut und selbstständig gemeistert hatte.

## · 48. Kapitel ·

07. März 1944

Es war grau und regnerisch, als Ruth aus dem Verlagsgebäude trat. Zusätzlich zum Alltag, der von der Sorge um Bekannte und die Liebsten, von Beschränkungen und dem Schrecken der Bombardierungen geprägt war, drückte auch dieses Wetter sie nieder. Heute hatten sie wieder den längsten Teil des Arbeitstages im Keller verbracht. Bombenalarm. Allerdings waren andere Teile von Berlin dran gewesen, hier war es ruhig geblieben. Und nachdem Ruth sich telefonisch versichert hatte, dass auch ihre Wohnung noch unversehrt – sofern man von unversehrt sprechen konnte – und vor allem Karin wohlauf war, hatte sie sich wieder auf die Arbeit konzentriert. Von Ausgabe zu Ausgabe fiel es Ruth schwerer, die Propaganda und die antisemitischen Parolen zu verbreiten, wie es nun ihre Pflicht war. Sie träumte davon, Bücher zu schreiben, Ratgeber für junge Damen, wie Karin eine war. Wie gern hätte sie Karin viel mehr Ratschläge gegeben. Aber sie war klug genug, um zu wissen, dass Karin ihren eigenen Kopf hatte. Sie wollte nicht mit Jungs in ihrem Alter ausgehen, hatte den Kopf ständig in ihren Büchern. Ruth hatte in diesem Alter alles daran gesetzt, auszugehen, etwas zu erleben. Leute kennenzulernen, Männer, zu tanzen, zu feiern.

Ruth wandte sich nach rechts, um mit Glück vielleicht einen Teil des Weges mit dem Bus fahren zu können. Wenn sie wirklich ein Buch schrieb und Karin bat, es Korrektur zu lesen, dann wäre das doch ein guter Weg, um ihr einige Dinge aufzuzeigen ...

Aus einem Hauseingang löste sich eine Gestalt, als Ruth vorbeiging. Ein schlanker Mann in einem staubigen Anzug schloss zu ihr auf. Ruth hielt inne. Es war Konrad.

»Was machst du denn hier? Ich dachte, du hast jetzt in der Bank eine gute Stelle? Hat was nicht funktioniert?«

Konrad verzog den Mund zu einem schiefen Lächeln und klopfte auf seinen Mantel. »Mich hat das gleiche Schicksal ereilt wie so viele. Ausgebombt. Die Bank ist hinüber, die Schlafstelle auch.«

»O nein, Konrad. Das ist ja schrecklich. Du kommst natürlich erst mal mit zu uns.« Das war ja wohl keine Frage. Wie immer.

Zu Hause versorgte Ruth Konrad mit etwas zu essen und telefonierte nach Schlafplätzen für die nächsten Tage. Konrad war mittlerweile so bekannt, dass es besser war, wenn er immer nur eine oder zwei Nächte irgendwo blieb. Zu ärgerlich, dass die sichere Stelle bei der Bank weg war.

Einige Tage später hatten sie Gottfried von Einem zu Gast, jenen Freund Leos, der auch mit Konrad schon gut bekannt war. Konrad selbst war ebenfalls gekommen, schon allein um sich satt zu essen. Von Einem war ein junger Mann Anfang zwanzig, dem man die vornehme Herkunft ansah. Und anmerkte, stellte Ruth fest. Er war ausgesucht höflich und nonchalant. Und er war für Konrad ein echter Freund, wie sich zeigen sollte.

Sie saßen nach dem Essen im Wohnzimmer zusammen, als von Einem seine Brieftasche aus dem Jackett zog und ihr ein Papier entnahm, das er Konrad überreichte.

Dessen Augen wurden groß. »Mensch, Gottfried, du bist eine Wucht, wie hast du das denn angestellt?«

Ruth beugte sich zu ihm. Ein Ausweis der Musikkammer, ausgestellt auf den Namen Konrad Bauer und mit Konrads Foto versehen. Das war Gold wert! »Ja, wie haben Sie den denn organisiert?« Einerseits war sie begeistert. Andererseits kannte sie Konrad und seine waghalsige Art. War das wirklich eine gute Idee?

Von Einem lachte schelmisch. »Die Musikkammer ist ebenso ausgebombt worden wie einige andere Leute. Also bin ich hingegangen und habe behauptet, das sei mir und meinem Freund Konrad auch geschehen. Der guten Ordnung halber bräuchten wir aber natürlich neue Ausweise. Gottfried von Einem, Mitgliedsnummer 2045, und Konrad Bauer, Mitgliedsnummer 3743. Wissen Sie, habe ich gesagt und die Dame im Büro angelächelt«, er machte sein Lächeln vor, und es war in der Tat sehr verführerisch, »unser Korrepetitor. Kennen Sie doch. Bilder habe ich gleich mitgebracht. Würden Sie so freundlich sein?« Von Einem machte eine Pause und brach in herzliches Lachen aus.

Es war ansteckend, und Ruth merkte, wie unglaublich gut es tat, einfach mal wieder freiheraus zu lachen. Wann hatte sie das zuletzt getan?

Von Einem zwinkerte ihnen zu. »Sie hat also unsere Ausweise ausgestellt, die Fotos hineingelocht, unterzeichnet und gestempelt. Ich muss schon sagen, ich habe selten so etwas Gutes gemacht in meinem Leben.«

»Das können Sie laut sagen«, stimmte Leo ihm zu.

Konrad hatte die Stunden bei Leo wieder aufgenommen. Und das war auch gut so, weil Konrad es mit dem neuen Ausweis tatsächlich bis zu einer Anstellung an der Oper brachte. Als Korrepetitor Bauer leitete er ab sofort die Bühnenmusik hinter den Kulissen der Staatsoper. Von Einem deckte ihn dabei in der Öffentlichkeit, bestätigte die neue Identität jedem, der es hören wollte.

Was für ein Glück, dass Joseph Goebbels so viel Wert auf Kultur und besonders auf die Oper legte. Nicht nur im Ausland, wo es in den besetzten Gebieten Kulturreferenten gab, die unter anderem Leo als Dirigenten für die örtlichen Orchester anheuerten, sondern auch in Deutschland und besonders in Berlin. Konrad erzählte, dass er eine diebische Freude daran hatte, vor der Nase des Reichspropagandaministers in der Oper herumzuspazieren. »Es tut richtig gut, Görings Tempel der Kunst, sein persönliches Geburtstagsfesthaus durch meine Gegenwart zu entehren. Es entschädigt wenigstens ein bisschen für das Unrecht, dass meine Eltern getrennt von mir sind.«

*Zweitausend Abgänge die Woche*, dachte Ruth mit einem Aufwallen von Grauen und schwieg.

Leo aber sah seinen Schützling scharf an. »Mach keinen Quatsch, Konrad. Der Krieg ist noch nicht vorbei und dein Leben in höchster Gefahr.« Und nicht nur seines. Wenn er doch nur vorsichtiger wäre!

Konrad grinste nur.

# · 49. Kapitel ·

## 30. März 1944

Immer wenn im Verlag das Telefon klingelte, befürchtete Ruth eine Hiobsbotschaft. Wie lang würden sie noch weiterarbeiten können? Alle Rohstoffe wurden knapp, Papier genauso wie Farbe und alles andere.

»Andreas-Friedrich. Mit wem spreche ich?«

»Peters. Wir müssen miteinander reden, Ruth. Es geht um unseren gemeinsamen Freund M.«

M.? »Heute Nachmittag? Um vier? In Steglitz?« Man war so daran gewöhnt, in kurzen und möglichst kryptischen Sätzen zu sprechen, dass sie es kaum mehr bemerkte.

Ebenso knapp fiel die Antwort aus. »Ja.« Peters legte auf.

Auf dem Heimweg versuchte Ruth vergeblich, eine Flasche Wein zu erstehen. Es war einfach nichts mehr zu bekommen. Man musste ja froh sein, wenn man keinen Hunger litt. Dennoch hatte Ruth sich schon angewöhnt, weniger zu essen als früher, um immer mal wieder von den eigenen Lebensmittelmarken einige abgeben zu können. Es gab so viele hungrige Mäuler, und den jungen Leuten fiel es doch viel schwerer, wenig zu essen.

Wie auch immer, heute kochte sie nun ein Drei-Gänge-Menü aus verschiedenen Wurzelgemüsen und Äpfeln, bei dem Peters mitessen konnte – ansonsten blieb eben genug für den nächsten

Tag übrig. Etwas Gutes hatte es doch, dass sie sich beruflich ständig mit Kochrezepten befassen musste. Sie war gerade fertig, als es klingelte.

Peters kam herein, begrüßte sie und zog eine Flasche aus seiner Manteltasche. »Ich habe etwas mitgebracht, aber bitte sehen Sie sich nicht in der Pflicht, ihn zu öffnen.«

»Danke, Dr. Peters. Ich weiß ja noch nicht, welche Neuigkeiten Sie haben.« Ruth nahm die Flasche an, es war ein Cognac, der vermutlich schon ein paar Jahre in Peters' Keller verbracht hatte.

Leo war aus seinem Arbeitszimmer heruntergekommen, er freute sich, Peters zu sehen. Und auch Karin gesellte sich dazu.

Sie setzten sich ins Wohnzimmer und stellten wie immer den Plattenspieler an, damit man ihre Worte in den Nachbarwohnungen nicht verstehen konnte.

»Moltke ist verhaftet worden.« Peters kam gleich zur Sache, und Ruth erstarrte im ersten Moment.

»O nein«, sagte Karin.

»Mein Gott, was ist passiert?« Ruth war der Schreck in alle Glieder gefahren. Moltke?

»Genaues weiß ich nicht, bei Denunziationen hält man sich ja immer bedeckt.«

Leo sprang mit rotem Gesicht auf. »Er ist denunziert worden? Von wem?«

Peters nickte grimmig. »Er hat Generalkonsul Kiep vor einer Verhaftung gewarnt. Hat aber nichts genutzt, Kiep wurde ebenfalls einkassiert. Und nun auch Moltke selbst.« Er ließ den Kopf hängen. »Ich habe keine Nachricht von ihm.«

Ruth atmete tief ein und aus. Der Schock saß tief. Nicht etwa weil sie fürchtete, Moltke könnte sie verraten. Dieser Mann würde das niemals tun. Nein, sie musste vielmehr gegen die Hoffnungslosigkeit ankämpfen, die plötzlich auf ihre Brust drückte. »Das ist gar nicht gut. Können wir irgendwas tun?«

Peters zuckte mit den Schultern. »Wir können nur die Ohren offen halten. Das ist ja das Schreckliche heutzutage: Menschen verschwinden – und man weiß nicht, warum. Jemand sitzt im Gefängnis, und bevor man erfährt, wieso, liegt er vielleicht schon unter der Erde. Man ist allein auf Gerüchte angewiesen, und man weiß ja, was man von Gerüchten zu halten hat. Und meist erfährt man erst, was passiert ist, wenn es die Rechnung gibt.«

»Die Rechnung? Im übertragenen Sinn, oder ...« Karin zog die Stirn kraus.

Peters sah sie an, blickte dann zu Ruth und sprach weiter. »Dachten Sie, eine Hinrichtung gebe es gratis? Falsch gedacht. Erst kürzlich hat mir eine Bekannte davon erzählt. Ein Beamter hat sie aufgesucht und ihre eine Rechnung präsentiert – mit den Kosten der Unterbringung und des Verfahrens. Hier ist sie.« Er zog ein Blatt Papier aus der Tasche.

*Rechnung*

| | |
|---|---|
| *Verpflegungskosten täglich* | *RM 1,50* |
| *Überführung ins Zuchthaus Brandenburg* | *RM 12,90* |
| *Vollstreckung des Urteils* | *RM 158,18* |
| *Gebühr für Todesstrafe* | *RM 300,00* |
| *Postgebühren* | *RM 1,84* |
| *Porto für Übersendung der Kostenrechnung* | *RM 0.42* |

# · 50. Kapitel ·

## 15. Mai 1944

Ruth hastete die Stufen in den zweiten Stock hinauf; es gab da ein Problem mit einer der Grafiken, die nicht genehmigt worden war. Sie musste das schnellstens lösen, denn der Drucktermin war heute Nachmittag. Dabei wäre sie um ein Haar auf der Treppe mit jemandem zusammengestoßen. Verdutzt sah sie auf. Es war Oskar Fischer!

»Mann Gottes! Sie leben!«

Fischer verzog den Mund zu einem schiefen Lächeln. »So könnte man es nennen. Was eben noch von einem übrig ist, wenn man direkt gegenüber dem Schuppen, wo die Hinrichtungen vollzogen werden, haust.« Er senkte seine Stimme. »An das Kopfabschlagen gewöhnt man sich, so unglaublich es sich anhört. Aber das makabre Drumherum ...«

Ruths Herzschlag setzte einen Augenblick lang aus. Sie zog Fischer in die Ecke des Treppenabsatzes und flüsterte: »Erzählen Sie, was ist mit den anderen? Wieso hat man Sie rausgelassen?«

»Die anderen aus der Gruppe wurden alle zum Tode verurteilt und hingerichtet. Keine Ahnung, warum sie mich gehen ließen. Ich habe stur geleugnet, Tag und Nacht: *Nein, ich kenne keinen sonst, nein, ich weiß sonst nichts.* Immer *nein, nein, nein.* Bis sie es aufgaben.«

»Das ist unglaublich – was müssen Sie durchgemacht haben!«, stieß Ruth atemlos hervor.

Als Fischer weitersprach, klang seine Stimme monoton, fast distanziert, und er starrte an ihr vorbei, als sehe er nicht sie, sondern das, was er beschrieb. »Auf der anderen Seite des Hofs ist die Autogarage, darin die Todesmaschine. Links eine Toreinfahrt. Wenn man genug Material für den Henker hat, verhängt man das vordere Gitter mit einem schwarzen Tuch. Heute wird gestorben, soll das heißen. Und dann kommen sie aus den Todeszellen. Einer nach dem anderen. Nackt bis auf die Unterhose. Wenn es kalt ist, zittern sie. Sie zittern, weil sie frieren, nicht weil sie Angst haben.« Plötzlich schüttelte es ihn, und Ruth spürte eine heftige Gänsehaut am ganzen Körper. Ihr Magen verknotete sich.

»Den Henker nur für einen kommen zu lassen, ist wohl zu teuer, deswegen warten sie, bis es mehrere sind. Wenn der Erste den Todesschuppen betritt, muss der Nächste die Unterhose ausziehen. Ordentlich falten und auf einen Stapel legen. Man braucht sie ja als Spinnstoff. So läuft es, bis der Letzte in der Garage verschwunden ist. Es geht nie vor zwölf Uhr mittags los, und sie geben den Betroffenen die Hinrichtung erst eine Stunde vorher bekannt. Wenigstens haben sie auf die Art keine so schlimme letzte Nacht.«

Ruth fühlte das Grauen in ihrem Magen rumoren angesichts der Bilder, die vor ihrem inneren Auge aufstiegen. Sie wusste längst, dass das Rauben der Würde zu den Strategien dieser Nazi-Ungeheuer gehörte, dennoch erschütterte Fischers Bericht sie in ihren Grundfesten.

Jemand kam weiter oben die Treppe heruntergepoltert. Ruths Herz stolperte erneut. Rasch richtete sie sich auf und sagte laut: »Also, Herr Fischer, wegen der Zeichnungen ...«

Fischer blickte sie eine halbe Sekunde lang völlig ausdruckslos an, dann begriff er. »Ich verstehe, natürlich. Wird gemacht.«

Ruth nickte, drückte noch einmal kurz seinen Arm und ging dann mit wackeligem Schritt weiter die Treppe hinauf.

# · 51. Kapitel ·

07. Juni 1944

Also habe ich beschlossen, dass es das Einfachste ist, wenn ich auf Tournee gehe.«

Karin starrte Konrad an. Er wollte *was*? Sie merkte, dass Leo und Ruth genauso verblüfft waren wie sie selbst.

»Ich habe mich beim Hessischen Volkstheater als Kapellmeister beworben und bin genommen worden.«

Sollte man ihm nun gratulieren oder ihm den Kopf abreißen? Karin tendierte zur Gratulation. Wie mutig er war!

Ruth dagegen schüttelte ungläubig den Kopf. »Nein, Konrad. Das darfst du nicht. Das *kann* nicht gut gehen.«

Konrad lächelte nur.

Leo machte den Mund auf, dann wieder zu. Dann stand er auf und verließ ohne ein Wort das Zimmer und die Wohnung. Wenig später hörten sie, wie er einen Stock darüber rastlos auf und ab lief. Karin konnte ihn durchaus verstehen – aber trotzdem …

»Ich habe einen Anzug und ein weißes Hemd von einem Freund bekommen, und ich bin gut ausgebildet. Auch dank Leo. Ich werde nie vergessen, was ihr für mich getan habt.«

Das Telefon klingelte, und Ruth stand kopfschüttelnd auf, um abzuheben.

Karin wandte sich ihm mit leuchtenden Augen zu. »Mensch,

Konrad. Also, *ich* bin stolz auf dich. Ich finde, du tust das Richtige. Wie toll wird das sein, auf Tournee zu gehen!«

Er grinste. »Ich freu mich auch schon. Und zwar gleich in zweifacher Hinsicht. Einerseits werde ich noch mehr lernen, und andererseits werde ich das gleichzeitig tun, indem ich ihnen eine unsichtbare lange Nase zeige.« Sie lächelten sich verschwörerisch zu.

Draußen im Flur beendete Ruth das Gespräch. Dann kam sie wieder ins Wohnzimmer. Auf ihrem Gesicht wechselten sich Freude und Unglaube ab.

»Mama?« Karin war neugierig, was war passiert?

»Das war Peters. Ich habe ihn, glaube ich, selten in so aufgeräumter Stimmung erlebt. Er hat gesagt, das Paket ist angekommen. Wisst ihr, was das heißt?«

Warum machte sie es denn so spannend? »Mama, nun sag schon!«

»Die Alliierten sind in der Normandie gelandet. Jetzt ist es bald vorüber.« Ruth lächelte. Das hatte sie in der letzten Zeit nur selten getan.

Karin brauchte einen Moment, um zu begreifen. »Du ... du meinst, der Krieg ist bald vorbei?«

Ruth nickte.

Konnte das wirklich wahr sein? Würden diese Tage, in denen sie von einer Bombardierung zur nächsten lebten, in denen sie atemlos und übermüdet ihr Schützlinge versorgten, schliefen, wenn es gerade günstig war, und aßen, was Ruth auftreiben konnte, bald vorbei sein? Würden bald Zeiten anbrechen, in denen sie ganz normal Schauspiel lernen konnte und sogar ganz offen Schauspielerin sein? In denen sie ihre Träume leben konnte?

Sie blickte Konrad an und sah in seinen Augen dieselbe ungläubige Hoffnung schimmern, die sie empfand. Er würde ein normales Leben leben und die Karriere haben, die ihm gebührte. »Wie lange, glaubst du, dauert es noch?«

Ruth atmete aus. »Ich weiß nicht genau. Vielleicht ein paar Wochen.«

Sie verabschiedeten Konrad an der Bushaltestelle, von der aus er ein paar Stationen in Richtung seiner aktuellen Schlafstätte fuhr.

»Bitte schreib. Komm bald wieder und pass um Himmels willen auf dich auf.«

Nachdem Ruth ihm alldas zum Abschied mitgegeben hatte, blieb Karin nur noch übrig, Konrad kurz an sich zu drücken. »Viel Glück.« Sie spuckte in Schauspielermanier über seine Schulter.

Dann hakte sie sich bei ihrer Mutter unter, und sie spazierten nachdenklich hinunter zur Schlosstrasse.

»Alle, die heute mit einem zufriedenen Gesichtsausdruck herumlaufen, sind Nazigegner«, raunte Ruth.

»Ich kneif dich in den Arm, wenn ich einen sehe«, antwortete Karin und kicherte unterdrückt.

»Und ich dich!«

## · 52. Kapitel ·

20. Juni 1944

Die Alliierten lassen sich ganz schön Zeit«, sagte Ruth leise zu Hans Huffzky, der Fronturlaub hatte und sie im Verlag besuchte.

»Nun, es ist ja nicht so, als würden wir uns nicht wehren müssen«, flüsterte Hans zurück. »Wir brauchen einfach noch mehr Geduld.«

Ruth verdrehte die Augen. »Natürlich, was bleibt uns auch anderes übrig? Ach, Hans, ich bin diese auferlegte Propaganda so leid. Manchmal glaube ich, dass ich platzen muss, wenn ich diese Artikel mit der Vorgabe vergleichen und abzeichnen muss. Was ist nur aus unserer *Jungen Dame* geworden?«

»Du willst doch jetzt nicht aufgeben?« Hans sah sie prüfend an.

Ruth schüttelte den Kopf. »Nein, Unsinn, ich träume nur. Davon, schreiben zu dürfen, was ich will. Ohne Sprachregelung und ohne verbotene Themen. Ich will alles, was passiert ist, was wir tun und wie wir denken, aufschreiben, damit die Welt versteht, dass wir nicht alle ... so sind.«

Hans lachte mitfühlend auf. Dann wandten sie sich den Artikeln zu, die Hans für die nächsten Ausgaben von der Front aus schreiben sollte. Sie hatten schließlich den Auftrag, die deutschen Frauen aufzumuntern und ihnen die Zuversicht zu geben, dass der Krieg noch gewonnen werden konnte, wenn sie nur klaglos alle Aufgaben vor Ort übernahmen und ihre Männer an der Front mit Liebesbriefen motivierten. Manchmal kam es Ruth vor, als schriebe sie einen Roman oder eine Satire.

Als sie abends zu Hause ankam und es tatsächlich nach einem weiteren Tag ohne Bombardierung aussah, klingelte es, kaum hatte sie die Jacke abgelegt. Während Ruth sich frisch machte, öffnete Karin die Tür. Und als Ruth kurz darauf ins Wohnzimmer kam, stand da ein Mädchen in Karins Alter. Sie knickste höflich und reichte Ruth die Hand.

»Guten Abend, Frau Friedrich. Ich bin Ursel Reuber. Konrad hat mir geraten, mich an Sie und Herrn Borchard zu wenden.«

Ruth gefiel das Mädchen, denn sie machte einen offenen und ehrlichen Eindruck. Andererseits war Konrad zurzeit nicht in Berlin – wie hätte er sie also empfehlen können?

»Kommen Sie, setzen Sie sich. Erzählen Sie ein bisschen von sich.« Es erschien Ruth sicherer, Fragen zu stellen, ganz offen, als selbst allzu viel preiszugeben. Grundsätzlich war es besser, erst einmal misstrauisch zu sein.

Karin kochte Tee in der Küche und schmierte ein paar Brote, während Ruth mit Ursel Reuber sprach. Und was sie hörte, ließ sie staunen.

»Ich habe Konrad vor einigen Monaten in der Kirche St. Annen kennengelernt, wo er Orgel spielte. Es war im Winter, Sie erinnern sich vielleicht. Er wurde auf mich aufmerksam, weil ich immer in der Empore saß und bei der Predigt des Pfarrers stenografieren übte. Das ist nämlich mein Traum, wissen Sie, ich möchte gern Stenotypistin werden.« Das Mädchen blickte Ruth vertrauensvoll an. »Wir haben uns angefreundet, ich fand ihn sehr zuvorkommend und charmant. Eines Tages, als wir uns wieder mal auf der Empore sahen, war er ganz bekümmert, weil sein Schnürsenkel gerissen war. Er war wirklich ganz unglücklich und erklärte mir, wie gefährlich es sein konnte, wenn er kontrolliert würde und es war nicht alles so, wie es sein sollte. Er hatte Sorge, verhaftet zu werden. Das konnte ich natürlich nicht zulassen.« Wieder sah sie Ruth an, und ihr Blick war so offen und ehrlich, dass Ruth nicht anders konnte, als ihr zu glauben. Und natürlich sah sie auch, dass das Mädchen sich in Konrad verliebt hatte.

Karin kam mit dem Tee und den Broten herein und setzte sich zu ihnen.

»Ich gab ihm also meine Kleiderkarte, damit er sich Schnürsenkel besorgen konnte. Und ich habe sie auch nicht gleich zurückverlangt, weil er ja viel dringender Kleidung brauchte als ich. Leider hat sich das als ungünstig für mich erwiesen.«

»Warum das?«, fragte Karin gespannt und reichte ihrem Gast eine Stulle.

Ursel biss ab und kaute eine Weile. Dann sprach sie weiter: »Als Konrad verhaftet wurde, fand man meine Kleiderkarte bei ihm. Und so wurde ich ebenfalls verhaftet und, weil ich einen Juden unterstützt hatte, zu sechs Monaten Haft verurteilt.« Sie biss wieder von ihrer Stulle ab. »Seit gestern bin ich raus.«

Ursel hatte das so lapidar hinzugefügt, dass Ruth sich fast am Tee verschluckt hätte. »Mädchen! Wie hast du das nur überlebt?«

Ursel lächelte. »Ich hab's überlebt, das ist das Wichtigste. Und nun gilt es, in die Zukunft zu schauen. Leider habe ich keine Familie mehr und durch die Haft sowohl meine Stellung als auch meine Unterkunft verloren. Deshalb … Sie hätten wohl nicht zufällig einen Tipp für mich? Ich kann alles Mögliche arbeiten – und leidlich stenografieren.« Sie lächelte schief.

Karin und Ruth beschlossen, dass Ursel erst einmal eine Nacht hier auf dem Sofa verbringen sollte. Morgen würde man weitersehen.

»Ich rufe auf jeden Fall Papa an und frage ihn wegen einer Stellung«, sagte Karin.

Das war eine hervorragende Idee, fand Ruth. Otto war nicht nur in Zehlendorf gut vernetzt; außerdem gab es dort noch einige Familien, die trotz des andauernden Kriegs weiterhin Interesse daran hatten, ein Hausmädchen einzustellen.

»Ich danke Ihnen beiden sehr! Konrad hat mir schon erzählt, dass Sie großherzig helfen. Er hatte recht. Aber sagen Sie mir, gibt es eine Möglichkeit, Orgel spielen zu lernen? Ich denke, wenn man Bach spielen kann, kann man kein schlechter Mensch sein, was meinen Sie?«

Ruth versicherte ihr, dass sie bei Leo ein gutes Wort für sie einlegen würde. Und sie spürte ein seltsames Glück dabei, dieser jungen Frau helfen zu können.

Am nächsten Morgen schon konnten sie Ursel Reuber weiter nach Dahlem schicken, wo sie sich bei einer Familie vorstellen sollte. Danach saß Ruth mit Karin am Küchentisch und trank noch einen Morgenkaffee. Draußen war himmelblauer Sommer.

»Heute lassen sie uns bestimmt in Ruhe«, sagte Karin hoffnungsvoll.

Das Telefon klingelte. Eine raue Männerstimme, die keinen Namen nannte. »Schwere Kampfverbände im Anflug. Alarmstufe dreißig. Stellen Sie den Drahtfunk ein.« Ruth legte auf, ihr Herz raste, würde man sich denn nie daran gewöhnen? Hastig stellte sie das Radio ein, aber da spielte noch Musik. Dreißig Sekunden später auch dort die Nachricht: »Anflüge aus dem Westen.«

O nein. »Vielleicht drehen sie ab und kommen gar nicht nach Berlin«, meinte Karin unsicher.

Ruth zündete sich eine Zigarette an, vielleicht half das ja, sich ein wenig zu beruhigen.

Doch dann ging die Sirene los. Ein lang gezogenes Auf und Ab. Das war keine Vorwarnung, das war Vollalarm.

Sofort drückte sie die Zigarette wieder aus. Schnell ein paar Geschirrtücher nass machen und unter den Arm klemmen. Wasser in die Badewanne laufen lassen. Das Gas abstellen. Draußen wurde es laut, man hörte, wie die Leute rannten. Koffer und Kinderwagen in den Händen. Der Verkehr stand still, alles stürzte in den nächsten Bunker. Auch Ruth und Karin stürmten jetzt hinunter, klemmten noch die Fußmatte in die Wohnungstür, damit die nicht durch die Erschütterungen verkanten konnte, sodass sie sie nicht mehr aufbekämen. Karin schleppte den schweren Koffer mit ihren Büchern, Ruth den Luftschutzkoffer, im Treppenhaus trafen sie auf Leo, auch mit einem Koffer in der Hand.

Sie stolperten in den Keller unter den bellenden Kommandos des Luftschutzwarts. Ein dumpf grollendes Brummen. Sie stellten die Koffer in ihre Ecke des Kellers, sahen sich nach den Nachbarn um. Manche hatten Stahlhelme auf dem Kopf, einige hatten bereits die Gasmasken angelegt. Karin und Ruth hatten die nassen Tücher vor dem Gesicht. Dann ging es auch schon los. Sie waren direkt über ihnen. Die Bomben pfiffen auf unheilverkündende Weise. Jetzt schlug es ein. Und wieder. Und wieder. Der Boden bebte. Wieder schlug es ein. Beißender Rauch. Hat es das Haus getroffen? Die Nachbarn?

Da brüllte der Luftschutzwart: »Alles Antreten zum Löschen. Feuer im dritten Stock!«

Ruth sprang auf, Karin und Leo folgten ihr. Sie reihten sich ein in die Eimerkette. Sand in den Eimern. Offenbar war das Wasser abgestellt. Ruth rannte an der Eimerschlange vorbei, schöpfte Wasser aus ihrer Badewanne. Frau Krause, die Nachbarin, war genauso vorausschauend gewesen. Nun konnten sie einige Eimer Wasser in den dritten Stock bringen. Als der Wasservorrat erschöpft war, hetzte Ruth die Treppen hinauf. Es war nicht Leos Wohnung, sondern die der Nachbarn. Das Wasser war aus, aber da fraßen sich noch grünliche Phosphorflammen unter dem Sofa durch. Schnell mit Sand löschen.

Kaum war das Feuer gelöscht, brüllte der Luftschutzwart plötzlich: »Aufpassen!« Prompt nahm auch Ruth wieder das Bellen der Flak wahr und das Brummen der Bomber über ihnen. Rasch wieder runter in den Keller! Neue Einschläge. Zum Glück nicht mehr so nah, mehr stadteinwärts. Sie saßen im Keller auf ihren Koffern, Ruth umklammerte Karin, die es mit sich geschehen ließ, sogar leise weinte. Ihre tapfere kleine Karin. Wenn ihr nur nichts passierte. Wenn sie nur übrig blieben, sobald das alles vorbei war.

Und dann war es vorbei. Vollentwarnung. Mit den feuchten Tüchern vor dem Gesicht stiegen sie nach oben. Draußen war die Luft voller Staub, und wo das Nachbarhaus gestanden hatte, türmte sich nur noch ein Trümmerhaufen. Eine Frau lief schreiend vorbei. Sie presste sich einen Koffer vor die Brust, schien aber nichts mehr wahrzunehmen. War noch gefangen im Angriff. Ruth blickte ihr für einen Moment voller Mitgefühl nach. So viel

Leid. Man war entsetzt für die anderen – und doch unendlich erleichtert, wenn es einen nicht persönlich traf. Wenn das eigene Haus noch stand oder wenigstens wieder aufzubauen und nicht nur ein Haufen Schutt war.

Ruth stieg mit Karin zusammen hinauf in ihre Wohnung. Sie hatten es geschafft. Sie lebten. Wieder hatten sie einen Tag überstanden.

## · 53. Kapitel ·

### 3. Juli 1944

Es gab Kartoffeln, einen riesigen Haufen Bratkartoffeln, als Konrad von der ersten Wehrmachtstournee zurück war. Ruth hatte kein großes Festmahl organisieren können, obwohl ihr danach gewesen war. Dass er das tatsächlich überlebt hatte!

»Es ist nur ein kurzer Aufenthalt«, nuschelte Konrad zwischen zwei Bissen. »Nächste Woche geht es weiter nach Helgoland. Aber was für ein Tanz! Ich kann euch sagen. Jeden Abend darf ich *Heil Hitler* vor dem Vorhang schreien und alle im Namen des Propagandaministeriums begrüßen. Dann Herr Bauer hier, Herr Bauer da. Alles hängt an mir. Herr Bauer verhandelt und spielt Klavier. Herr Bauer redet und dirigiert. Manchmal war mir wirklich ganz anders.«

Ruth barg das Gesicht in den Händen. Konrad war nicht ihr Sohn, aber ihre Sorge um ihn hätte nicht größer sein können.

»Und Abend für Abend war ich zu Gast bei irgendeinem Regimentsstab. Gespräche und Saufgelage. Herr Bauer mittendrin. Einmal wollte einer einen Witz machen. Er lachte schon und stieß dann hervor: *Herr Bauer, es ist zu komisch, aber Sie sehen aus wie ein Jude.* Mir blieb nichts übrig, als den beleidigten Germanen zu markieren. *Beleidigung*, brüllte ich. *Nehmen Sie Ihre Beleidigung zurück, oder ich übergebe die Sache der Gestapo.* Danach war Ruhe. Aber meine Herren! Wenn ich das noch oft machen muss, bin ich reif für die Klapse.«

Ruths Magen rumorte wieder einmal.

Leo zog missbilligend die Stirn kraus. »Das ist wirklich zu gefährlich. Kannst du dir nicht irgendwas suchen, wo du nicht ganz so weit vorne dran bist?«

Konrad seufzte und tupfte sich den Mund ab. »Na ja, jetzt kommt erst noch mal Helgoland, und Anfang September sollen wir dann im Führerhauptquartier spielen.«

»*Was?*« Leo sprang von seinem Stuhl auf, der krachend umfiel.

»Das kannst du nicht tun«, sagte Ruth bestimmt. »Unmöglich, das ist Selbstmord. Und wenn sie *dich* erwischen, dann bleibt kein einziger Jude in Deutschland mehr am Leben. Dann nimmt er Rache.« In ihren Adern rauschte das Blut.

»Was soll ich denn tun?«, flüsterte Konrad. »Es ist einfach so gekommen.«

»Untertauchen. Fliehen, dich verkrümeln. Und zwar flott. Wenn du nicht vorhast, die Gelegenheit zu nutzen, um Hitler in die Luft zu sprengen, dann sei *ein* Mal vernünftig.«

Konrad nickte widerstrebend.

Nach dem Essen arbeitete er mit Leo an den Brandenburgischen Konzerten, und sie waren so vertieft, dass sie fast nicht gemerkt hätten, wie die Sirene losging.

## · 54. Kapitel ·

### 20. Juli 1944

Für Konrad hatten sie vor seiner Abreise noch zwei weitere Bescheinigungen organisiert. Eine davon brauchten nun viele. Das Bezirksamt Schöneberg hatte ihm bestätigt, dass der Technische Angestellte Konrad Bauer nach eigener Aussage »am 3. Juli 1944 in der Hauptstraße 87, Gartenhaus links (eine Treppe)« ausgebombt worden war und dabei sämtliche Ausweispapiere verloren hatte. »Gilt als vorläufiger Ausweis«, stand auf dem Zettel, der die erschlichene Musikkammerkarte ergänzte. Das machten viele, vor allem Illegale, aber Ruth war trotzdem beruhigt. Es war ein kleiner Schritt, damit Konrad vielleicht auch von dieser nächsten Reise zurückkehren konnte.

Poelchau hatte von seinen Schützlingen, die Ruth nicht alle kannte, Firmenbögen von Rüstungsfirmen, die es gar nicht gab, herstellen lassen. Nun fertigten sie noch eine Bestätigung an, die Konrad Bauer vorübergehend aus unabkömmlichen Kriegseinsatz beurlaubten. Und damit fuhr er nach Helgoland.

Am nächsten Tat, dem 21. Juli, raunte und rauschte es auf den Straßen. Mordanschlag auf den Führer. Umsturz, Gewalt. Und sie mittendrin.

Ruth kam mit Leo von einem Besuch in Charlottenburg nach Hause, und die Unruhe, die sie auf der Straße zu spüren glaubte, hatte auch sie ergriffen. Sie nahm Leos Hand, als sie die Treppen nach oben in den zweiten Stock stiegen. Wenn der Führer wirklich tot war, dann rückte ein Leben, ein *normales* Leben wieder in die Nähe. Dann konnte das ganze Grauen enden.

Schon als sie die Wohnungstür aufschloss, hörte sie, wie Karin über den Flur gelaufen kam. Ruth stieß die Tür auf, Karin schwenkte einen Zettel. »Hitler ist tot!«, rief sie aufgeregt.

Leo nahm ihr den Zettel aus der Hand, Ruth sah mit darauf. DNB stand groß darauf, Deutsches Nachrichtenbüro. Die Abteilung, von der sie alle Anweisungen bekamen. *Erste amtliche Meldung* war darüber zu lesen.

»Wo hast du das denn her?«, fragte Ruth.

»Huffzky war hier, er wollte eigentlich dich sprechen, aber dann hat er den Zettel hiergelassen. Ist das nicht wunderbar?« Karins Stimmer überschlug sich fast. »Gestern Mittag um eins ist es passiert, eine Bombe, heißt es. Wenn das stimmt, sind wir endlich frei!« Sie weinte und lachte gleichzeitig.

»Hier steht: Auf den Führer wurde heute ein Sprengstoffanschlag verübt«, las Leo mit ernster Stimme vor, »Außer leichten Verbrennungen und Prellungen hat er keine Verletzungen erlitten.« Er ließ den Zettel sinken. »Wenn das wahr ist, wenn er lebt …«

»Er lebt nicht! Alle sagen, dass er tot ist«, fiel Karin ihm ins Wort.

Ruth wusste nun auch nicht mehr, ob sie lachen oder weinen sollte. »Am besten, wir machen das Radio an.«

Sie setzten sich eng um das Gerät, als könnten sie damit beeinflussen, was es zu hören gab. Allerdings gab es den Badenweilermarsch zu hören. Hitlers Lieblingslied.

»Hört schon auf, schreckliche Musik!«, stieß Leo hervor. Er hatte die Hände gefaltet, die Fingerknöchel traten weiß hervor.

Dann war der Marsch zu Ende und eine Stimme sagte: »Es sprach der Führer.«

Einen Moment lang war es ganz still.

»Das kann nicht sein«, versuchte Karin ihre Hoffnung aufrechtzuerhalten. »Ein Double ...«

Leo schüttelte den Kopf. »Nein.«

»Das wird fürchterlich«, sagte Ruth.

Karin ließ in tiefer Enttäuschung den Kopf sinken.


Am nächsten Tag holte Leo sie von der Arbeit ab, um sie zu einem Kaffee auszuführen. Doch schon der kurze Weg zum Café ähnelte einem Spießrutenlaufen durch die Schlagzeilen der Extrablätter.

»Der misslungene Mordanschlag. Kleine Verräterclique sollte den Führer im Auftrag des Weltjudentums beseitigen!«

Leos Grinsen glich eher einer Grimasse, als sie die Zeile lasen. »Natürlich, die Juden. Gibt es noch einen anderen Sündenbock?«

Ruth stöhnte. »Hast du gesehen, wer ihm alles dazu gratuliert, dass er nicht gestorben ist? Es ist eine Aneinanderreihung von Ehrerbietung der übelsten Sorte.«

»Himmler scheint das zum Anlass zu nehmen, eine große Verhaftungsaktion vorzunehmen. Wenn man nur wüsste, um wen es geht.« Leo zog Ruth etwas näher zu sich.

»Ich bin nur froh, dass Moltke verhaftet ist. Im Gefängnis *muss* er ja sicher sein«, flüsterte sie.

Wenn man nur gewusst hätte, wer verdächtigt wurde. Von Peters hatte sie nichts gehört, das war kein gutes Zeichen. Und die anderen von den Kreisauern … Adam von Trott, Canaris, Goerdeler und alle anderen.

Im Café sprachen sie nicht mehr über das Thema, sondern versuchten irgendwie, den Nachmittag zu genießen. Wie man überhaupt jeden Tag genießen musste, an dem kein Luftalarm heulte, fand Ruth. Selbst wenn es sonst keinen Grund gab.

# · 55. Kapitel ·

### 31. Juli 1944

Ruths Herz hämmerte so laut in ihrer Brust, dass sie meinte, jeder müsste es hören. Sie war in die Prinz-Albrecht-Straße geladen worden, um vor der Gestapo Rede und Antwort zu stehen. Was genau ihr vorgeworfen wurde, wusste sie nicht, ihr war lediglich mitgeteilt worden, dass sie sich umgehend einzufinden hatte. Immerhin war sie nicht gleich abgeholt worden. Hoffentlich war das ein gutes Zeichen.

Sie stieß die Tür auf und meldete sich an einem Tresen, hinter dem ein grimmig aussehender Mann in Uniform stand. Eine riesige rote Reichsflagge leuchtete in dem grauen Raum wie in unheilvolles Höllenfeuer. Gleich darauf saß sie in einem weiteren kahlen grauen Raum mit Flagge an einem Tisch einem Beamten gegenüber, der ihr mit barscher Stimme erklärte, was ihr vorgeworfen wurde. Sie sollte beim Hören eines Radioberichts über den totalen Kriegseinsatz vor ein paar Tagen im Café eine »den Führer herabsetzende« Bemerkung gemacht haben. Ein Mann, der fünf Meter weiter an einem Tisch saß, wollte das gehört und gesehen haben.

Ruth überlegte blitzschnell. Der Beamte vor ihr war höchstens fünfundzwanzig Jahre alt. Vermutlich ein braver Kerl, nur fürchterlich überzeugt von der falschen Sache. Sie hatte zwei Möglichkeiten: Sie konnte lächeln und alles abstreiten, oder sie konnte …

»Sind Sie noch ganz gescheit, Mann?«, fuhr sie auf ihn los. »Wissen Sie, mit wem Sie sprechen?« Sie funkelte ihn böse an. »Ihr angeblicher Zeuge will sich auf meine Kosten profilieren? Da hat er sich aber leider die falsche Person ausgesucht. Was für ein kleiner unwichtiger Wicht ist das denn? Ich war an dem Tag im Café, ja. Allerdings um mit einem Bekannten aus einem kriegswichtigen Betrieb einen Artikel in meiner kriegswichtigen Zeitung zu besprechen. Im Auftrag des Propagandaministeriums selbst. Und *Sie* wagen es, mich hierherzuzitieren, wo ich doch jede freie Minute dafür nutzen muss, unsere tapferen Frauen an der Heimatfront in ihrem täglichen Kampf zu unterstützen? Wo es doch darum geht, dass diese Frauen nicht den Mut verlieren? Wenn sie das tun, weil ich hier mit Ihnen meine Zeit verschwende, weil Sie nichts Besseres zu tun haben, als irgendwelchen kleinen Verleumdern zu glauben, dann werde ich das wohl dem Minister persönlich mitteilen müssen!« Sie hatte laut und eindringlich gesprochen und sich am Ende um einen drohenden Unterton bemüht. Während sie zu Gott hoffte, dass ihr rasendes Herz nicht zu hören und ihre davon zitternden Hände nicht zu bemerken waren.

Der Beamte starrte sie verdattert an. Offenbar hatte er nicht mit so viel Gegenwehr gerechnet. Vielleicht ging ihr Plan wirklich auf. Also, gleich noch einen draufsetzen.

Sie beugte sich über den Tisch, die Hände auf die Platte gestemmt. »Ich möchte Ihren Vorgesetzten sprechen. Jetzt. Es wird ihn bestimmt interessieren, wie Sie Geld und Zeit verschwenden, um sich mit diesem Vaterlandsverräter gemein zu machen. Wenn ich erst Heydenreich davon berichte, was hier los ist, er wird die Hände über dem Kopf zusammenschlagen und Sie dann um Ihren erleichtern. Ich bin fassungslos, das kann ich nicht anders sagen!«

Ruth nannte in ihrer Tirade noch ein paar andere Namen von hohen Tieren in der Schrifttumskammer, drohte mit einer Beschwerde bei der Pressestelle der Reichsregierung und tat so, als speise sie regelmäßig mit Göring zu Abend. Und, o Wunder, es funktionierte.

Als sie dem Beamten endlich Gelegenheit gab, sich zu äußern, schon weil sie Luft holen musste, da entschuldigte er sich fast.

»Es scheint sich um einen Irrtum zu handeln, Frau Friedrich. Vielen Dank für Ihre Zeit. Sie können gehen.«

Ruth wagte nicht zu atmen, bis die Tür hinter ihr ins Schloss gefallen war. Mit hoch erhobenem Kopf und gemessenen Schrittes entfernte sie sich. An der Straßenecke zur Saarlandstraße wartete Leo. Nie war sie glücklicher gewesen, ihn zu sehen. Für einen Moment musste sie sich auf seinen Arm stützen, als die Anspannung von ihr abfiel.

»Sie sind in Frankreich durchgebrochen«, raunte er ihr zu. »Warte nur, jetzt geht es schnell, in drei Wochen stehen sie in Paris.«

»Hoffen wir's. Wären sie nur schon am 20. Juli dort gestanden.«

# · 56. Kapitel ·

5. August 1944

Ruth stützte den Kopf in die Hände. Sie arbeitete täglich daran, den Menschen in all dem Unglück ein wenig Hoffnung zu geben. Und Hoffnung brauchte der Mensch doch, um zu überleben, oder? War es da nicht fast unwichtig, auf was man hoffte? Sie sah auf die Nachricht aus dem DNB. »Es muss gemeldet werden: 36 000 Bruttoregistertonnen versenkt und weitere 56 000 BRT bombardiert.« Dauernd tauchten solche Zahlen auf – und wenn man nur ein bisschen nachdachte und rechnete, konnte das einfach nicht stimmen.

Auf der nächsten Mitteilung, die ebenfalls heute angekommen war, die Namen von dreiundzwanzig Wehrmachtsangehörigen, den Kämpfern des Attentats vom 20. Juli. Der Prozess würde gefilmt werden.

Ruth verstand zwar, dass Hitler zur Abschreckung ein Exempel statuieren wollte. Er wollte nicht riskieren, dass es Nachahmer gab. Trotzdem wurde ihr ganz schlecht bei der Vorstellung. Sie hätte nicht mit den Kollegen der Tageszeitungen tauschen mögen, die die Meldung auch noch groß und unter Jubel bringen mussten.

Schon am 9. August las sie in der Zeitung, dass man acht Männer gehängt hatte. Witzleben, Hoepner, Stieff, Hagen, Hase, Bernardis, Klausing und Yorck. Die Verhandlung hatte weniger als achtundvierzig Stunden gedauert, und bis zur Vollstreckung des Urteils hatte man keinen weiteren Tag verstreichen lassen. In der Wochenschau wurde ein Ausschnitt aus dem Prozess gezeigt. Sie verfolgte das schreckliche Schauspiel zusammen mit Karin, Leo und Günter Brandt im Kino.

»Sie mussten die Offiziere zuerst in einem eigens geschaffenen ›Ehrenhof der Wehrmacht‹ degradieren und unehrenhaft entlassen, sonst hätten sie sie nicht Freisler zum Fraß vorwerfen können«, berichtete Brandt noch vor der Vorführung.

Es war ein widerliches Schauspiel. Die Angeklagten waren in zivile Anzüge gesteckt worden, die ihnen nicht passten. Keinem einzigen von ihnen. Gürtel und Hosenträger waren ihnen aber verboten – alles, um sie zu demütigen. Witzleben versuchte, seine Hosen mit der Hand festzuhalten.

»Zerren Sie doch nicht dauernd an Ihren Hosen, Witzleben«, kommentierte Freisler. »Das ist ja eklig. Machen Sie sie doch fest.«

»Das kann ich nicht«, erklärte Witzleben schlicht, und das Publikum brach in schallendes Gelächter aus. Und zwar nicht nur im Gericht, auch im Kino. Ruth wurde schon wieder schlecht. Am liebsten wäre sie aus dem Lichtspielhaus geflohen, aber vielleicht wäre sie dann wieder angeschwärzt worden – und diesmal nicht so leicht davongekommen. Also beobachtete sie mit Tränen der Wut und Abscheu in den Augen, wie Freisler die Angeklagten demütigte, und stellte fest, dass Graf York selbst in dem schäbigen Anzug ehrenwerter aussah als Freisler, der an einen geifernden Schäferhund erinnerte. Zwei Stunden nach der Urteilsverkündung, so verriet der Sprecher am Ende des Beitrags, war das Urteil vollstreckt worden.

Als sie den Saal verließen, fröstelte Ruth, obwohl es ein warmer Sommerabend war. »Yorck war ein guter Freund von Moltke«, sagte sie leise. »Hoffentlich finden sie nicht doch noch irgendeine Verbindung.«

»Mach dir nicht so viele Sorgen«, sagte Leo und hakte ihren Arm bei sich ein, »Moltke sitzt schon so lange, wie soll man ihm da eine Verbindung nachweisen?«

Ruth betete, dass Leo recht behielt. Aber sie wurde das Gefühl nicht los, dass Hitler versuchen würde, alle Männer zu töten, die in der Lage waren, Deutschland nach dem Ende seiner Herrschaft in einen friedlichen Staat zu führen.

# · 57. Kapitel ·

29. August 1944

Es war schon fast Mitternacht und Ruth eigentlich auf dem Weg ins Bett, als es an der Wohnungstür klingelte. Einmal lang, zweimal kurz. Das vereinbarte Zeichen, wenn jemand in Not war. Ihr Herz schlug schneller, als sie öffnete. Sie hörte, wie jemand im dunklen Treppenhaus nach oben hastete, zwei Stufen auf einmal nehmend. Sie machte sich bereit, dem Menschen die Tür vor der Nase zuzuschlagen. Doch da erschien er am Treppenabsatz. Walter. Mit einem Schnurrbart und gefärbten Haaren, aber unverkennbar Walter.

Sie unterdrückte einen Schrei, riss die Tür auf, ließ ihn ein und schloss die Tür wieder, schnell und leise.

»Was machst du denn hier?«, flüsterte sie und zog ihn ins Wohnzimmer, wo sie eine einzelne Kerze anzündete, um weder Karin noch irgendjemand anderen zu alarmieren. »Geht es dir gut?« Sie ging an den Schrank und holte die Cognac-Flasche heraus, die sie für besondere Gelegenheiten aufgehoben hatte.

Walter ließ sich auf das Sofa fallen und stieß einen tiefen Seufzer aus. »Ich konnte da einfach nicht bleiben. Ich hätte Zwangsarbeiter gesundschreiben sollen, arme Männer, die wirklich krank waren. Einigen von ihnen habe ich eine Pause verschaffen können, aber mehr nicht. Trotzdem wurde ich denunziert. Zum Glück konnte ich untertauchen, bevor sie mich abgeholt haben.« Er grinste schief und nahm das Glas, das Ruth ihm hinhielt.

Sie schenkte sich auch selbst ein, setzte sich dann zu ihm und zog die Beine an. »Was ist passiert, erzähl.«

»Ich wusste, dass das geschehen konnte, also habe ich mich bestmöglich vorbereitet. Habe all mein Geld von meinem Konto abgehoben, mir einen gefälschten Pass und einen Binnenschifferausweis besorgt. Damit habe ich eine Karte bekommen, mit der ich überall Lebensmittelkarten kriege. Ja, und dann bin ich an einem schönen Montagmorgen abgehauen und habe mich sofort auf den Weg nach Berlin gemacht. Und hier bin ich.«

»Ich bin wirklich froh, dass du wieder hier bist. Aber das ist auch sehr gefährlich.« In Ruths Morgen rumorte es schon wieder, und ihr wurde klar, wie wichtig es ihr war, dass es ihm gut ging.

»Immer machst du dir Sorgen um mich.« Er lächelte. »Ich werde trotzdem wieder einsteigen in die Gruppe.«

Ruth stieß den Atem aus. »Ich kann dir das vermutlich nicht ausreden, oder?«

Walter schüttelte den Kopf.

Sie stießen mit dem Cognac an. Es war für einen Moment still im Zimmer, das nur von der flackernden Kerze erhellt wurde.

»Du brauchst eine sichere Unterkunft. Durchfüttern werden wir dich schon.« Ruth überlegte kurz, er war ja bei Weitem nicht der Einzige. Aber es würde schon klappen. Das musste es einfach. »Wir fragen Fritz Bergmann, was meinst du?«

»An den habe ich auch schon gedacht. Allerdings habe ich gehofft, dass ich heute Nacht hierbleiben kann.« Er legte ihr eine Hand auf den Arm, eine Berührung, die sie genoss, wie sie erstaunt feststellte. Es fühlte sich warm und heimelig an. Ein ganz anderes Gefühl als die Aufregung, die sonst ihre Tage bestimmte.

Sie sah ihm offen in die Augen, und da zog er sie ihn seinen Arm, und sie saßen lange aneinandergekuschelt im Kerzenschein.

Schon am nächsten Tag vermittelte Fritz Bergmann Walter ein Zimmer in einer Wohnung, die der evakuierten Witwe eines SS-Offiziers gehörte. Diese Witwe hatte das Zimmer an eine Sekretärin vermietet, die jedoch lieber in Zehlendorf schlief als in diesem Zimmer in Schöneberg. Walter war damit hochzufrieden und schlich sich abends oft in den Hünensteig, um alle Neuigkeiten zu erfahren.

Ruth dachte manchmal an die Nacht, die sie Arm in Arm auf ihrem Sofa verbracht hatten. Es war nichts passiert, sie hatte Leo gegenüber kein schlechtes Gewissen. Im Gegenteil, die Erinnerung erfüllte sie im einer inneren Wärme, die ihr Hoffnung gab.

## · 58. Kapitel ·

### 11. September 1944

Es hämmerte an die Haustür, an diesem Septembermorgen, als Ruth in den Verlag fahren wollte und gerade noch mit einer Tasse Malzkaffee in der Küche saß, in der Hoffnung, dass das koffeinfreie Zeug sie trotzdem wecken werde.

»Aufmachen! Kriminalpolizei!«, schrie jemand.

Ruth verschluckte sich am Kaffee, sprang aber gleichzeitig auf, um die Tür zu öffnen. Auch Karins Zimmertür ging auf.

Es waren zwei uniformierte Beamte.

»Ja, bitte?«, fragte Ruth, so ruhig sie konnte, und unterdrückte den Hustenreiz.

»Wir suchen den Fahnenflüchtigen Walter Seitz. Ist er hier?«, bellte einer der beiden.

»Nein, ist er nicht. Er ist doch in Schlesien! Er hatte versprochen, von der Front zu schreiben.« Ruth sah den grimmig dreinblickenden Beamten mit gespielter Irritation an. Dann gab sie den Weg in die Wohnung frei. »Aber bitte, ich nehme an, Sie wollen sich selbst überzeugen?«

Ohne zu antworten, betraten die beiden Männer die Wohnung, untersuchten jedes Zimmer, spähten in jeden Schrank und unter jedes Bett. Damit waren sie innerhalb kürzester Zeit fertig, die Wohnung war ja klein. Kurz darauf stürmten sie eine Etage höher zu Leo. Offenbar waren sie sehr gut informiert darüber, wer mit

Walter befreundet war. Doch natürlich wurden sie auch im dritten Stock nicht fündig, und Ruth hörte, wie Leo beteuerte, dass er Walter seit Monaten nicht gesehen habe. Gleich darauf trampelten die beiden Polizisten die Treppen wieder hinunter. Vermutlich auf der Jagd nach dem nächsten Fahnenflüchtigen. Als die Haustür ins Schloss fiel, merkte Ruth erst, dass sie den Atem angehalten hatte.

Karin kam zu ihr und streichelte ihr über den Arm. »Sie werden ihn nicht finden.«

Ruth drehte sich zu ihr und nahm sie in den Arm. Ganz fest, wohl wissend, dass sie mit ihrer Tochter das Kostbarste auf der ganzen Welt vor sich hatte. Nein, sie würden Walter nicht erwischen; diese Umarmung gab ihr die Kraft, daran zu glauben.

In den nächsten Tagen brachte Leo jemand Neues zu ihrem Treffen im Freundeskreis mit, eine junge Frau namens Maria. Sie kam so nett und elegant daher, dass sie sofort den Spitznamen »das Damchen« bekam.

»Wir brauchen auch einen Namen für Walter«, sagte Karin an diesem Abend. »Wir werden wohl noch öfter nach seinem Verbleib befragt, und da wäre es nicht gut, wenn wir in der Öffentlichkeit seinen Namen erwähnen, selbst beiläufig. Die Wände haben Ohren, das wissen wir ja zur Genüge.«

Ruth sah Walter an. Die dunkel gefärbten Haare ließen ihn ernster aussehen und blasser, als er war. Gar nicht mehr so lustig und jovial, wie sie ihn kennengelernt hatte. Mehr preußisch als bayrisch, wenn man so wollte.

Ursel, die junge Bekannte Konrads, die nun als Hausmädchen in Dahlem wohnte und arbeitete, hob schüchtern die Hand, und

Ruth nickte ihr aufmunternd zu. »Also, ihr findet es vielleicht lächerlich, aber ich finde, er sieht meinem Onkel Emil ähnlich.«

»Onkel Emil?« Walter riss in gespieltem Entsetzen die Augen auf.

»Onkel Emil! Das ist doch ein hervorragender Name, finde ich!« Karin lächelte. Nicht mehr Walter also, sondern Emil.

Da klingelte es. Einmal lang, zweimal kurz. Ruths Herz machte einen Satz. Hoffentlich suchte nicht wieder jemand nach Walter. Karin stand auf, um die Tür zu öffnen, Leo begleitete sie. Eine Minute später kamen sie ins Wohnzimmer zurück – und hatten einen völlig verstörten Konrad dabei.

Sie setzten ihn zwischen Ursel und Maria auf das Sofa, Ruth holte eilig ein Glas Tee aus der Küche und drückte es Konrad in die Hand, der nicht aufhören konnte zu zittern.

»Ich muss weg aus Berlin«, sagte er, als es ihm endlich gelungen war, einen Schluck zu nehmen. »Heute Vormittag, als ich in der U-Bahn sitze und eine Zeitung lese, schaue ich plötzlich in die Augen des Aufsehers in der Hamburger Straße.«

Nicht nur Ruth zog scharf die Luft ein.

»Ich denke schon, jetzt hat mein letztes Stündlein geschlagen. An der nächsten Haltestelle steht er auf und sagt, ich solle mitkommen. Ich habe mich schon in der Gaskammer gesehen. Aber der Mann packt mich am Mantel, zieht mich in eine stille Ecke und droht mir mit dem Finger. Mensch, sagt er, Sie müssen verduften. Man sucht Sie in der ganzen Stadt, und Sie spazieren hier herum? Danken Sie Gott, dass nur ich Sie erwischt habe! Und damit ... verschwindet er um die nächste Ecke.«

»O mein Gott.« Karin sprach aus, was alle dachten.

Ursel hatte die Hand vor den Mund gepresst.

Konrad grinste schief. Er schien sich allmählich etwas zu erholen. »Auf dem Weg hierher wäre ich dann fast gegen meinen Untersuchungsrichter gerannt, kann man das glauben?« Er stieß die Luft aus und schüttelte resigniert den Kopf. »Auch wenn alle meine Freunde hier sind, es hilft nichts – ich muss Berlin verlassen.«

Ruth nickte heftig. »Das glaube ich auch. Aber wo willst du hin, hast du eine Idee?«

»Na ja«, sagte Konrad zögerlich. »Es gibt da ein Mädchen, in der Nähe von Frankfurt. Sie würde mich wohl aufnehmen, das hat sie schon gesagt.«

»Ist das auch sicher?« Es gab wahrscheinlich in ganz Deutschland keinen wirklich sicheren Platz für Konrad. Auch Ursel runzelte die Stirn. Nur Maria schien ganz ungerührt.

»Wir brauchen also wieder Papiere für dich«, stellte Ruth fest. »Wir fragen Poelchau und Lichtwitz.«

»Ich bitte auch von Einem um Hilfe«, sagte Konrad.

»Du kannst bis zur Abfahrt bei mir oben schlafen«, schlug Leo vor, aber Ruth schüttelte den Kopf.

»Wir kriegen hier immer noch alle paar Tage Besuch von den Herren, die Onkel Emil suchen.«

»Du schläfst in meinem Zimmer«, mischte sich Ursel ein. »Ich kann für ein paar Nächte bei Maria bleiben, oder, Maria?«

Maria nickte, und damit war es beschlossen.

Zwei Tage später setzten sie den mit allen notwendigen Papieren ausgestatteten Konrad in ein Schlafwagenabteil nach Frankfurt.

# · 59. Kapitel ·

### 24. November 1944

Karin nahm den Hörer des klingelnden Telefons ab. »Hallo?«

»Hallo Karin? Bist du das?« Es war Ursel Reubers Stimme.

»Ja. Ist etwas passiert?«

»Ja. Nein. Ach, ich wollte nur kurz was loswerden. Weißt du noch, dass wir über die Kiste Obst gesprochen haben? Die mit den Äpfeln und den Birnen? Jedenfalls hat mir Hermann versprochen, dass er mir Bescheid sagt, wenn sie abgeholt werden soll. Und ich sage es euch dann, damit ihr alles vorbereiten könnt.«

Karin verstand. Äpfel, Birnen, abholen, Bescheid sagen – das war ein Code. Aber worum ging es? Egal. »Ja«, sagte sie schnell, »sehr gut, ich glaube, es wäre Mama lieb, wenn du uns rechtzeitig sagen könntest, wann es losgeht. Meinst du, es ist noch diese Woche so weit?«

»Ach, ich glaube eher, nächste Woche. Oder ist es dringend?«

»Nein, nein. Es ist gar nicht eilig.«

»Da hast du allerdings recht«, sagte Ursel. Dann verabschiedete sie sich und legte auf.

Karin stand noch einen Moment beim Telefon. Gerade an einem der vorangegangenen Abende hatten sie darüber gesprochen, dass jetzt angeblich auch die »Privilegierten« – also jüdische Männer, die mit arischen Frauen verheiratet waren und Kinder hatten – abgeholt werden sollten. Ursel hatte einen Bekannten bei der Gestapo und mit ihm vereinbart, dass er sie informieren werde, wenn die Verhaftungen starteten. Mit diesem Anruf hatte sie nun bestätigt, dass sie die Nachricht weitergeben würde. Wenn es nur noch möglichst lange dauerte. Länger als dieser Krieg am besten.

Karin warf einen Blick in die Küche, aber die war leer. Sie erinnerte sich, dass Ruth gesagt hatte, sie wolle sich mit Pfarrer Poelchau treffen und darüber sprechen, was sie tun konnten, wenn die Verhaftungen losgingen. Just dafür hätte sie bestimmt gern gewusst, dass sie vielleicht ein oder zwei Stunden Vorwarnung haben würden. Aber sie würde sich auch nach ihrer Rückkehr über die Nachricht freuen.

Karin sah aus dem Fenster. Es dämmerte schon, jetzt im November wurde es immer so schnell dunkel. Sie konnte gerade noch so erkennen, dass der Wind ein paar bunte Blätter über den Hof fegte. Dann bemerkte sie eine Bewegung auf der Einfahrt, die zur Straße führte. Da kam doch jemand. Karin trat einen Schritt vom Fenster weg und versuchte zu erkennen, ob der Besucher ins Nachbarhaus ging. Nein. Er kam näher ... Moment, sie kannte die Gestalt doch. Das musste Walter sein. Onkel Emil.

Karin wartete an der Tür, bis es klingelte, und ließ ihn dann schnell herein. Anschließend versorgte sie ihn mit einer Tasse heißem Pfefferminztee und machte sich daran, das Abendessen zu kochen. Bald darauf kam auch Leo herunter und setzte sich zu Walter ins Wohnzimmer. Sie brachten die Verdunkelung an und hofften, dass auch diese Nacht ruhig blieb. Für Walter waren die Luftangriffe natürlich ein Problem, weil er nicht mit in den Keller konnte. Der Luftschutzwart kannte ihn und war vermutlich angewiesen worden, nach ihm Ausschau zu halten. Zum Glück war bisher alles ruhig, und Karin schnippelte Karotten für den Eintopf. Während sie noch dabei war, kam Leo herein und fing unaufgefordert an, die Kartoffeln zu schälen. Und dann, wohl weil es im Wohnzimmer allein zu langweilig war, kam auch Walter, und Karin drückte ihm ein Messer in die Hand. So bereiteten sie einträchtig das Abendessen vor.

»Hast du jetzt eigentlich was unternommen, damit du nicht eingezogen werden kannst, Leo?«, fragte Walter. »Ich glaube nicht, dass der Volkssturm so einfach auf dich verzichten wird.« Er warf eine Handvoll ziemlich ungleich geschnittener Karottenstücke in den Topf.

Leo neigte sich zu Karin. »Ich habe mir von einem Kollegen von Walter ein Attest besorgt. Ich leide nämlich unter einem schwachen Herzen, wie du vermutlich noch nicht weißt.« Leo zwinkerte ihr zu. »Und mein Blutdruck ... der sprengt alle Erfahrungswerte. Ich tauge nicht, das ist schon mal klar.«

»Dein Wort in Gottes Ohr, mein Lieber«, antwortete Walter. »Wenn ich dich so ansehe, dann könnte man durchaus auf den Gedanken kommen, dass du prima Kanonenfutter abgeben würdest. Es gibt für jeden die passende Aufgabe, stimmt's?« Er bemerkte, wie betroffen Karin und Leo dreinschauten. »Oh, entschuldige, alter Freund. Ich wollte dich nicht beleidigen. Aber ich bin der Meinung, dass du dich lieber darauf vorbereiten solltest, ebenfalls unterzutauchen. Nicht dass sie am Ende doch noch Verwendung für dich finden.«

Leo warf ihm einen undeutbaren Blick zu, nickte dann jedoch. »Ich werde darüber nachdenken.«

Da klingelte das Telefon erneut.

»Könntest du bitte abheben?«, bat Karin Leo. Ihm würde

ein bisschen Ablenkung guttun, und sie hatte die Hände voller Schmutz von den Kartoffelschalen.

Leo nickte und ging hinaus. Kurz darauf hörten sie, wie er im Flur sprach. »Ja ... Nein ... O Gott. Natürlich ... Ja, ich sag es ihr ... Bleiben Sie stark ... Sie meldet sich.« Damit legte er auf und kehrte mit hängenden Schultern in die Küche zurück.

»Das war Freya von Moltke. Moltke wird wegen des Attentats vom 20. Juli angeklagt. Sein Prozess soll im Januar stattfinden.«

Karin fiel der Kochlöffel aus der Hand. »Was? Er *kann* doch gar nicht beteiligt gewesen sein. Er war doch da schon lange in Haft!«

Walters Blick war finster. »Das ist wohl nicht wichtig. Wenn er verdächtig ist, an der Goerdeler-Affäre beteiligt gewesen zu sein, dann ist Logik nicht gefragt.« Er rieb sich übers Gesicht. »Hört das denn niemals auf?«

Zwei Stunden später kam Ruth nach Hause. Auch sie hatte Neuigkeiten. »Peters ist nach Hamburg versetzt worden, was gut für ihn ist, so ist er aus der Schusslinie. Ich konnte von Poelchaus aus mit ihm telefonieren, und er wusste schon von Moltke. Er wird vor den Volksgerichtshof kommen.«

»Vor Freisler?« Karin stockte der Atem.

Ruth nickte traurig. »Ja, so scheint es. Poelchau meinte, das einzig Gute daran ist, dass er entweder nach Tegel oder Plötzensee gebracht werden wird. So kann Poelchau ihn besuchen. Aber Peters sagte auch, nur Freisler selbst könnte ihn retten. Wir müssten ihn irgendwie erreichen.«

Schweigen machte sich breit. Freisler kontaktieren, ausgerechnet? Wie sollten sie das denn anstellen?

# · 60. Kapitel ·

### 19. Dezember 1944

Zwischen zwei und drei Uhr nachts, das war die Zeit, um mit Peters in Hamburg zu telefonieren. Mehrmals in den letzten Tagen hatte Ruth mit ihm geredet und von ihren vergeblichen Versuchen erzählt, Kontakt zu Freisler zu bekommen. Doch niemand, den sie ansprach, hatte den Mut, ihnen zu helfen. Es war zum Verrücktwerden. Peters konnte unmöglich selbst etwas tun, er hätte das vielleicht mit dem Leben bezahlen müssen. Und herumzufragen, das war auch nicht gerade ungefährlich.

Sie saß am Küchentisch und träumte davon, welche Themen sie in der ersten Zeitschrift in Friedenszeiten bringen wollte. Wenn es endlich Zeit war, wieder *echte* Hoffnung zu verbreiten. Die folgenden Monate würde sie unter keinen Umständen auch nur ein einziges Kochrezept verfassen. Abgesehen von einem Festmahl zur Feier der Beendigung der Naziherrschaft, das vielleicht.

Neben ihr hockte Walter, der mit einem Zettel, den Karin ihm gegeben hatte, Atteste fälschte. Für den Fall einer Kontrolle hatte er sich einen komplizierten Fluchtplan ausgedacht, der über das Dach und das Nachbarhaus führte; auch eine Regenrinne spielte dabei eine Rolle. Ruth dachte lieber nicht darüber nach, wie wahnwitzig dieser Plan war, selbst für einen geübten Kletterer wie Walter.

»Karin?« Walter wedelte mit zwei Attesten. »Hierfür brauchen die Patienten noch EKGs, damit es anerkannt wird. Du müsstest also damit zu Bergmann und ihn bitten, was zu organisieren.« Karin nickte und nahm die Zettel an sich.

»Dann will ich mal lieber los; ich kann auch gleich nach Lebensmitteln schauen. Damit bin ich auf jeden Fall den Nachmittag über beschäftigt.«

»Ich gehe und besorge die passenden Medikamente. Hast du dafür auch Verschreibungen, Walter?« Ruth erklärte ihre Zukunftsplanungen wohl oder übel für beendet. »Ich frage mich wirklich, wie lange wir noch aushalten müssen. Die Alliierten stehen im Elsass, warum bloß sind sie noch nicht in Berlin? Das würde so vielen Menschen das Leben retten. Auch Moltke.« Sie sah sich um. »Wo ist überhaupt Leo?«

Karin verschluckte sich an einem Schluck Wasser und hustete. Als sie damit fertig war, sagte sie: »Soweit ich weiß, ist er oben und unterrichtet Maria.«

Ruth sah sie stirnrunzelnd an. Dann zuckte sie die Schultern. »Na gut. Dann lass uns gehen, Karin. Wir müssen rechtzeitig zu Hause sein, Gräfin Moltke kommt heute zu Besuch.« Obwohl die Gräfin ihr versichert hatte, dass die Nazis sehr wenig Interesse an ihrer Person zeigten, wollte sie doch sicher sein, dass vor dem Besuch die Verdunkelungen dicht waren und dass im Wohnzimmer leise Musik lief.

Gräfin Moltke rief um halb elf an und kündigte sich für elf an. Leo ging hinunter zur Haustür, um ihr persönlich zu öffnen, außerdem musste sie so nicht klingeln, was man vielleicht in einer der Nachbarwohnungen hätte hören können. Dann brachte er sie nach oben in Ruths Wohnung.

»Ich bin Freya«, sagte sie höflich, reichte Ruth die Hand und trat mit einem anmutigen Schritt in die Wohnung. Dann griff sie in ihre große Tasche und zog einen Sack getrocknete Erbsen heraus. »Poelchau sagte, auch Sie könnten etwas davon brauchen.«

Ruth bedankte sich erfreut und bat Freya Moltke ins Wohnzimmer, dann brachte Karin Kräutertee für alle. Freya hatte große dunkle Augen und ein offenes Gesicht. Sie wirkte zugänglich und normal, gar nicht wie eine Gräfin, gar nicht so, als hätte sie Vorbehalte dagegen, in einer kleinen Zweieinhalbzimmerwohnung in Berlin zu Gast zu sein.

»Ich danke Ihnen für alles, was Sie schon für meinen Mann getan haben«, sagte sie.

Ruth spürte, wie ihr die Röte in die Wangen schoss. »Es war viel zu wenig. Wir haben noch nichts erreicht.«

Freya lächelte leicht. »Es ist ja auch keine ganz einfache Situation. Lassen Sie uns lieber jetzt überlegen, was wir noch unternehmen könnten. Wir haben nicht mehr viel Zeit, schon in den ersten Januartagen soll die Verhandlung stattfinden.«

Ruth überlegte laut. »Bisher haben wir keinen Kontakt zu Freisler bekommen. Peters kennt ihn natürlich von früher. Aber ...«

»Aber Peters hat sich schon für andere eingesetzt, und möglicherweise schadet er meinem Mann mit einer Unterredung mehr, als er ihm nützt. Wir sollten erst jede andere Möglichkeit ausgeschöpft haben, bevor wir ihn bitten.«

Sie berieten lange, bis nach zwei Uhr morgens. Ruth blieb mit einem Gefühl der Hoffnungslosigkeit zurück. Sie würden nicht aufgeben, das war klar, aber die Chancen standen schlecht.

## · 61. Kapitel ·
### 31. Dezember 1944

Eigentlich hatte Karin keine Lust auf eine Silvesterparty. Aber sie hatte auch keine Lust, mit Ruth, Leo, Walter und Maria im Hünensteig zu feiern.

Sie saß bei ihrer ehemaligen Schulfreundin Lore Oppenheimer im Wohnzimmer am Olivaer Platz, ein Glas Tee mit Schuss in der Hand, und haderte mit dem Abend. Um sie herum feierten ihre ehemaligen Klassenkameraden, lachten und unterhielten sich. Nur Karin konnte sich nicht dazu aufraffen, zu lachen. Warum sollte man das neue Jahr überhaupt feiern? Die letzten Jahre waren nicht sehr hoffnungsfroh gewesen. Es war erst gegen zehn Uhr abends, und sie überlegte schon, ob sie nicht einfach wieder nach Hause gehen und sich mit einem Buch in ihr Zimmer zurückziehen sollte. Alles war besser als dieses belanglose Geplauder.

In diesem Moment kam ein neuer Gast ins Zimmer. Ein großer blonder Junge, der grinste und laut sang: »O Himmel, strahlender Azur, enormer Wind, die Segel bläh!«

Karin starrte ihn an, und einige lachten, bevor sie sich wieder ihren Gesprächen zuwandten. Brecht, die Seeräuberballade. Das musste man sich erst einmal trauen. Ja, das war eine politische Positionierung. Und hatte er da nicht einen Brecht-Band unterm Arm klemmen? Wenn er es darauf angelegt hatte, Karins Aufmerksamkeit zu erlangen, dann hatte er es geschafft. Sie stand auf, griff nach einem zweiten Glas und ging auf ihn zu.

»Ich bin Karin.«

Der Junge musterte sie überrascht, dann kehrte sofort das Strahlen auf sein Gesicht zurück. »Und ich bin Fred, Fred Denger. Freut mich, dich kennenzulernen.« Er machte eine kleine Verbeugung.

»Darf ich mal sehen?«, fragte Karin und deutete auf das Buch.

»Klar«, antwortete Fred und reichte es ihr.

Es war tatsächlich ein Brecht. Gar nicht einfach, in diesen Zeiten an solche Literatur zu kommen. Brecht war verboten, ausgewandert schon 1935, als ihm die Staatsbürgerschaft aberkannt worden war. Karin hatte in Mühsams Bibliothek einmal etwas von ihm entdeckt und gelesen. Ach, Mühsam. Wie mochte es ihm gehen? Lebte er überhaupt noch? »Wo hast du den denn her?«, fragte sie, um sich abzulenken und weil es sie wirklich interessierte.

»Ach«, sagte Fred und winkte ganz lässig ab. »Ich arbeite in einem Buchladen, da hat man gewisse Möglichkeiten.« Er lächelte wieder, und Karin fand sein Lächeln wunderbar. Aber sie gab sich Mühe, unbeeindruckt zu wirken.

Da kam Lore vorbei und spähte missbilligend in Karins Teetasse. »Trinkt aus«, forderte sie.

Karin gehorchte.

Dann schenkte Lore ihr und Fred etwas aus einer neuen Flasche ein. »Stoßen wir auf eine glückliche Zukunft an!«

Ein guter Anlass, dachte Karin und nahm einen Schluck von dem Getränk – der sie sofort husten ließ.

Lore lachte. »Ich weiß, er ist etwas scharf. Mein Onkel brennt

ihn heimlich selbst. Aber ich finde, das passt jetzt, oder nicht?«
Dann ging sie mit ihrer Flasche unter dem Arm weiter.

Karin nickte nur, sie war damit beschäftigt, möglichst nicht
mehr zu husten. Nicht vor Fred!

Der junge Mann betrachtete Karin mit einem Blick, dass ihr
ganz warm wurde.

»Erzähl mir von dir«, sagte sie.

Und von da an redeten sie. Sie hörten nicht mehr damit auf. Als
Karin schließlich ein Gähnen nicht mehr unterdrücken konnte,
schlug Fred vor, sie nach Hause zu bringen.

Also zogen sie sich an und wagten sich hinaus in die eisige
Dunkelheit. Der Wind pfiff beißend durch die Straßen, aber so
eng umschlungen, wie sie sich vorwärtskämpften, merkte Karin
das kaum. Sie fühlte sich so warm und gut wie vielleicht noch nie
zuvor in ihrem Leben. Und als sie an einer Straßenecke stehen
blieben und verstummten und beim Blick in Freds Augen die Zeit
stehen blieb, war es der Himmel, ihn zu küssen.

Sie brauchten fast zwei Stunden, um zum Hünensteig zu laufen, und als sie endlich am Haus angekommen waren, war es
doch zu schnell gegangen. Karin wollte sich einfach nicht trennen.

»Wir sehen uns bald wieder, das verspreche ich, kleine Karin.
Aber wenn du jetzt nicht reingehst, wirst du erfrieren, und mein
Herz wäre für immer gebrochen, nun da es dich endlich gefunden
hat.«

Nach einem letzten langen Kuss sperrte Karin die Haustür auf
und huschte hinauf in die Wohnung. Durch einen Spalt in der
Verdunkelung eines Fensters im Treppenhaus schaute sie hinaus
und sah, wie Fred zurück zur Straße ging. Er zog ein Bein ein biss-

chen nach, aber das verlieh ihm nur noch mehr die Anmutung des Piraten. Ihr Freibeuter!

Am nächsten Nachmittag klingelte es, und Fred stand vor der Tür. In einer Hand eine Flasche Wein, in der anderen eine kleine Rolle Papier. Karin zog sich an, und sie kletterten über die Friedhofsmauer und setzten sich drinnen auf eine Bank. Fred öffnete die Flasche, und während dicke Schneeflocken vom Himmel fielen, trug Fred einige Gedichte vor, die er noch in der vergangenen Nacht für Karin geschrieben hatte.

Als sie nach zwei wundervollen Stunden wieder nach Hause kam, war ihre Mutter schon von der Arbeit zurück. Sie stutzte, als sie Karins rote Wangen und ihren Blick bemerkte.

»Na, mein Schatz, was ist denn mit dir passiert? Du siehst ja so glücklich aus.«

Karin presste einen Moment lang die Lippen zusammen, dann stahl sich ein strahlendes Lächeln auf ihr Gesicht. Sie fiel Ruth um den Hals und flüsterte: »Stell dir vor, ich glaub, ich hab mich verliebt.«

## · 62. Kapitel ·

### 4. Januar 1945

Als diese letzte Tür vor ihrer Nase zugeschlagen wurde, fühlte sich Ruth nur noch müde. Ihre Füße schmerzten, weil sie den ganzen Tag durch die Stadt gelaufen war, auf der Suche nach einem Dr. Lenz. Peters war eingefallen, dass er einmal der Assistent von Freisler gewesen war, dabei aber kein Nazi. Es hatte so geklungen, als wäre das genau der richtige Mann, um mit Freisler zu sprechen. Um ein gutes Wort für Moltke einzulegen. Nur leider schien er wie vom Erdboden verschluckt zu sein. Und gerade hatte sie auch den Grund dafür erfahren. Er sei »für unbestimmte Zeit verreist«, hatte seine Schwester gesagt, bevor sie Ruth brüsk abgewiesen hatte. Also verhaftet.

Niedergeschlagen machte sich Ruth auf den Weg nach Hause. In der U-Bahn hatte sie Zeit, über den Silvesterabend nachzudenken. Maria, das Damchen, war da gewesen und Walter auch. Maria gehörte zum Freundeskreis, keine Frage. Aber zu glauben, dass sie sich mit Karin oder Ursel zusammentun würde, war ein Fehler gewesen. Ruth hatte sehr wohl bemerkt, dass Maria sich Hals über Kopf in Leo verliebt hatte. Dass er allerdings darauf eingehen könnte, hätte sie nicht gedacht. Das Damchen war hübsch und nicht dumm, aber doch keine Gefährtin für einen Mann wie Leo! Oder war es gerade ihr manchmal etwas affektiertes Gehabe, ihre feine Art, die Leo anzog? Ruth seufzte. Schon im Laufe des

Abends, noch vor Neujahr, hatten sich Leo und Maria nach oben in seine Wohnung verabschiedet. Und ja, es hatte sie gestört, sie war traurig gewesen. Zum Glück war Walter geblieben, um sie zu trösten. Walter, der im Gegensatz zu Leo so charmant, zugänglich und unbekümmert wirkte – selbst in diesen Zeiten. Er war schlau und schnell und dachte im Gegensatz zu Leo nicht besonders lang über die Gefahren nach, denen sie gegenüberstanden. So wie sie selbst auch. Man tat eben, was zu tun war, ohne lange zu überlegen.

Bei ihrer Haltestelle verließ sie die U-Bahn, sie hatte noch einen längeren Fußweg vor sich. Und sie hatte wahrlich andere Probleme als Leos zweiten Frühling oder Walters Avancen. Sie mussten Moltke retten, irgendwie. Sie konnten doch nicht alle guten Männer, die später nach den Nazis eine Regierung bilden konnten, sterben lassen.

Als sie mit vom Schnee feuchten Schuhen und kaltem Gesicht endlich zu Hause anlangte, war außer Karin, ihrem Freund Fred und Walter auch Ursel da. Sie brauchte dringend Trost, denn sie hatte ihre Stelle als Tippmädchen verloren.

Mit einem tapferen Lächeln sagte sie: »Nun muss ich Straßen fegen. Wenigstens eine Arbeit, bei der einem warm wird.«

»Hast du denn noch vernünftige Handschuhe, Mädchen?«, fragte Ruth. Sie überlegte, was sich in ihrem Kleiderschrank befand. Es war nicht mehr viel darin, aber vielleicht konnte sie noch auf den dicken Schal verzichten …

Ursel winkte ab. »Bitte bemühen Sie sich nicht, Ruth. Ich komm schon zurecht. Wichtiger ist mir, dass wir hier als Freunde zusammenarbeiten. Und«, sie hob das Kinn, »ich habe auch noch eine gute Nachricht: Die Mischehenaktion ist vorläufig zurückgestellt, sagt mein Gestapo-Mann.«

Ruth seufzte erleichtert. »Das sind wirklich gute Nachrichten. Aber können wir dir nicht helfen, eine andere Arbeit zu finden? Straßenfegen, das geht doch nicht an. Du kannst doch viel mehr. Was meint Poelchau denn dazu?«

Ursel winkte ab. »Er kann auch nichts tun. Die Verordnung gilt im ganzen Reich. Und es ist wahrlich nicht das Schlimmste, Straßen zu fegen. Nicht zu sich selbst zu stehen, das ist schlimm.«

»Aber wenn du eine Pause brauchst, ein Attest für zwischendurch, Ferien, dann sag Bescheid, ja?« Ruth strich ihr über den Arm. Walter nickte.

Ursel grinste sie beide an. »Ferien sind immer gut. Aber ich kann wohl nicht gleich damit anfangen.«


Nachdem Ursel gegangen war, Karin und Fred in ihr Zimmer verschwunden waren und Walter es sich auf dem Sofa bequem gemacht hatte, legte sich Ruth für drei Stunden ins Bett. Trotz ihrer immerwährenden Unruhe – hoffentlich wurde eine Kontrolle früh genug angekündigt, hoffentlich kam Walter dann schnell genug weg, hoffentlich suchte niemand nach Fred, dessen lahmes Bein ja in Vergessenheit geraten konnte, wenn man hinter Kanonenfutter her war –, ja, trotz all der Gedanken, die Ruth nicht wegschieben konnte, schlief sie ein.

Gegen zwei Uhr wachte sie auf, weckte Walter, und dann saßen sie zusammen vor dem Telefon und berichteten Peters von Ruths heutiger vergeblicher Mission.

»Peters, Sie müssen selbst mit Freisler sprechen. Wir haben alles versucht, ich weiß nicht mehr, wen wir noch um Hilfe bitten können.« Ruth, die gemerkt hatte, wie verzweifelt sie klang, spürte, wie Walter ihre Hand nahm und drückte.

»Ich verstehe. Ich tu, was ich kann. Das Problem ist, dass eine Dienstreisesperre ausgesprochen wurde. Ich kann Hamburg nicht verlassen.«

Ruth sank das Herz. »Oh, o nein ...« Ihre Stimme versagte.

»Wie gesagt, ich werde alles versuchen, was möglich ist. Aber ich weiß nicht, ob ich vor dem Achten kommen kann.«

## · 63. Kapitel ·

### 6. Januar 1945

Samstag. Und immer noch keine Neuigkeiten. Nur Freya von Moltke, die in der Nacht zu ihnen kam.

Ruth empfand das Beisammensitzen mit ihr im Wohnzimmer wie das mit den Freunden. Nur Leo und Walter waren dabei und Karin natürlich. Sie tranken Tee und rauchten.

Dann klingelte das Telefon. Leo nahm ab. Er drehte sich um und hielt Ruth den Hörer hin. »Peters.«

Ruth sprang auf und nahm den Hörer. »Hallo?«

»Ich komme am Achten, vorher schaffe ich es nicht.«

»Dem Himmel sei Dank.«

Peters legte auf, und Ruth verkündete die gute Nachricht.

»Aber am Achten geht doch schon die Verhandlung los«, sagte Walter.

»Nein«, sagte Freya, »die wurde um einen Tag verschoben. Freisler ist da noch nicht aus dem Winterurlaub zurück.«

Hoffnung keimte in Ruth auf. »Vielleicht schaffen wir es dann ja doch noch rechtzeitig?« Sie merkte, wie neuer Tatendrang in ihr zu brodeln begann.

Freya von Moltke neigte den Kopf. »Wir werden nehmen müssen, was kommt. Morgen werde ich Pfarrer Poelchau besuchen. Wissen Sie, meine Liebe, wir müssen den Funken über die Zeit tragen. Wenn man das tut, bekommt alles einen Sinn. Das Leben und auch das Sterben. Ich habe viel darüber nachgedacht, und ich weiß, dass Helmuth das ebenso empfindet.«

Am Dienstag gingen Ruth und Karin in die Frühmesse, obwohl sie keine gläubige Christinnen waren, und baten den Pfarrer um ein Gebet für fünfzehn Seelen. Vierzehn Mitangeklagte und Moltke. Der Pfarrer schien zu verstehen, ohne dass sie eine Erklärung abgeben mussten.

Um acht Uhr begann die Verhandlung, aber sie bekamen keinen Platz im Gerichtssaal. Vielleicht war das auch besser so, Ruth hatte in den letzten Wochen sehr viele Leute aufgescheucht und sich vermutlich verdächtig gemacht. Also fuhren sie zurück in den Hünensteig; es blieb ihnen nichts anderes übrig, als zu warten.

Als sie endlich wieder in ihrer Wohnung waren, riss Karin Ruth in eine heftige Umarmung. Ruth war im ersten Moment überrascht, drückte ihre Tochter aber fest an sich. Dabei merkte sie, dass Karin am ganzen Leib zitterte.

»Was ist denn los, Liebes?« Sie schob Karin ein wenig von sich, um sie anzusehen.

Karin suchte ein Taschentuch in ihrer Rocktasche. Dann putzte sie sich die Nase. »Ich ... ach, ich hatte einfach gerade so Angst um dich. Um uns. Bisher war es für mich ja immer einfach. Freunden hilft man, die lässt man nicht im Stich. Das hast du mir beigebracht. Du hast auch Konrad schon ausgeschimpft, weil er so unvorsichtig war und einfach durch die Stadt gelaufen ist, wo ihn Leute sehen konnten, die ihn schon einmal verhaftet haben. Bloß jetzt machst du seit Tagen das Gleiche! Du rennst herum und fragst und bringst dich womöglich in Gefahr, weil die Leute sich wundern, warum du Kontakt zu Freisler willst oder im Gericht auftauchst. Konrad ist unser Freund, aber diesen Herrn von Moltke habe ich noch nie getroffen. Ich weiß gar nichts über ihn. Warum tust du das für ihn?« Erneut rannen Tränen über ihr Gesicht. »Ich will nicht, dass du verhaftet wirst, Mama!«

Ruth zog es das Herz zusammen. Sie nahm Karin wieder in den Arm und streichelte ihr den Rücken. »Meine arme Kleine. Wein nicht mehr. Ich verspreche dir, dass ich, so gut es geht, auf mich aufpassen werde.« Sie küsste Karin auf die Stirn. Dann sagte sie leise: »Weißt du, Liebes, es ist die eine Sache, unseren Freunden zu helfen. Das ist sehr wichtig, weil sie ohne unsere Unterstützung vielleicht sterben würden. Aber irgendwann wird die Zeit der Nazis ablaufen. Wenn wir Glück haben, bald. Und dann brauchen wir gute Männer, die eine Regierung bilden können. Menschen, die unser Land im Frieden führen können. Ich bin der festen Überzeugung, es lohnt sich, um jeden dieser Männer zu kämpfen.« Sie spürte, wie Karin langsam an ihrer Schulter nickte.

»Aber, Mama, versprich mir trotzdem, dass du auf dich achtgibst. Für mich bist du wichtiger als jeder dieser guten Männer.« Karin flüsterte nur, aber jedes ihrer Worte stach Ruth ins Herz.

Mittags stand ein reichlich derangierter Peters vor der Tür. Er war ganz außer Atem.

»Kommen Sie rein! Was ist passiert?« Ruth musterte ihn besorgt und beeilte sich, ihn in die Wohnung zu ziehen.

Peters ließ sich in einen Sessel fallen. »Ich konnte rein gar nichts ausrichten. Freisler hat sich verleugnen lassen, Arbeit vorgeschützt. Ich bin ... einfach nicht zu ihm durchgedrungen.« Er seufzte verzweifelt und stützte den Kopf in die Hände. Ruth setzte eilig einen Kessel Wasser für einen beruhigenden Kamillentee auf, doch nicht einmal der konnte heute helfen. Danach fuhr Peters zurück nach Hamburg, um das Risiko für sich möglichst zu verringern.

Am Nachmittag dann rief Freya von Moltke an. »Es sieht nicht gut aus. Er ist wieder in Tegel, Poelchau schaut nach ihm. Freisler war wohl heute nicht gut gelaunt. Andererseits wurden heute nur die Mitangeklagten aufgerufen. Ich nehme an, morgen ist es so weit. Könnten Sie versuchen, dabei zu sein?« Ihre Stimme zitterte, und vor Ruths innerem Auge tauchte die stolze, würdevolle Frau auf, die jetzt mehr denn je um das Leben ihres Mannes und des Vaters ihrer beiden Kinder bangte. Sie zögerte einen kleinen Moment, als sie an ihre eigenes Leben dachte, das doch auch nicht fortgeworfen werden wollte, und an das Versprechen, das sie Karin gegeben hatte. Dann versprach sie, es zu versuchen.

Nach einer schlaflosen Nacht machte sich Ruth auf den Weg nach Schöneberg zum Gericht und bemühte sich darum, eingelassen zu werden. Doch obwohl sie ihren Presseausweis vorzeigte und dazu eine spontan erfundene Geschichte von der Pressestelle der Reichsregierung auftischte, wurde ihr der Einlass verweigert.

»Geheime Reichssache. Hier sind nur fünfzehn bis zwanzig Parteigenossen zugelassen. Darf ich Sie übrigens fragen, warum Sie so dringend dabei sein wollen?« Der Wachmann musterte sie stirnrunzelnd, aber bevor er womöglich noch seinen Kollegen herbeirief, sagte Ruth leichthin: »Ach, nicht so wichtig.« Und sie verschwand mit rasendem Herzen, so schnell sie konnte. Mutig war sie vielleicht, aber nicht lebensmüde.

Am Abend dieses Tages kam Freya wieder zu ihnen, diesmal mit einem Brief, den Poelchau ihr von Moltke gebracht hatte. Darin auf acht Seiten der Verlauf der Verhandlung mit allen Informationen, was gesagt worden war und was nicht.

Freya nahm den Brief, den sie Ruth hatte lesen lassen, wieder an sich. »Helmuth hat Poelchau gebeten, den anderen acht Angeklagten diese Information zu übergeben. So können alle vor Freisler das Gleiche sagen, was vielleicht dem ein oder anderen das Leben rettet. Würden Sie mir dabei helfen?«

Ruth fühlte große Erleichterung – endlich konnte sie etwas tun – und war sofort Feuer und Flamme. »Natürlich. Warten Sie, ich bitte auch Karin dazu.«

Sie sprach kurz mit Karin. »Damit können wir helfen, ohne uns zu sehr in Gefahr zu bringen. Machst du mit?«

Karin nickte und lächelte. Dann rannte sie nach oben in Leos Wohnung und borgte sich seine Schreibmaschine aus. Schnaufend kam sie mit dem schweren Gerät zurück.

Anschließend setzte sie sich neben Ruth, die ihre eigene Maschine aufgestellt hatte. Ruth spannte dünnes Luftpostpapier, von dem sie noch einige Bögen gefunden hatte, in beide Geräte ein. Freya zog sich einen Stuhl heran und diktierte. Ruth konzentrierte sich darauf, keine Fehler zu machen und das Papier so eng wie möglich zu beschreiben, damit Poelchau es besser verbergen konnte. Trotzdem ließen die Worte, mit Freyas ruhiger Stimme vorgetragen, den Tag im Gerichtssaal nur allzu deutlich vor ihr aufleben. Sie meinte fast, Freislers bellende Stimme zu hören und Moltke in seiner ruhigen Art dasitzen zu sehen. Immer wieder flog ihr Gänsehaut über die Arme.

Jede schrieb den Brief viermal, so dass sich Freya mit acht

gefalteten Briefbögen gegen acht Uhr wieder auf den Weg machen konnte.

Jetzt konnten sie nur noch hoffen, dass wenigstens dieser Plan aufging.

## · 64. Kapitel ·

10. Januar 1945

Es war neblig und feucht und kalt, aber Ruth fiel nicht mehr ein, als zu beten, auch wenn sie aus der Übung war. Zusammen mit Karin ging sie auch an diesem Morgen in die Kirche. Drinnen war es dunkel, bis auf ein einsames ewiges Licht auf dem Altar. Die Worte, die der Pfarrer sprach, vermischten sich mit dem Weihrauch und den Tränen, die Ruth in die Augen stiegen. Immer wieder holte sie in der letzten Zeit dieses Gefühl der Hoffnungslosigkeit ein. Sie tat, was getan werden musste, sie kämpfte und erreichte doch insgesamt so wenig. Und die, die mehr taten, waren in Lebensgefahr. Gut, das war sie auch. Aber ihr eigenes Leben war nichts, worüber sie nachdachte.

Als sie aus der Kirche traten, war sie nicht zuversichtlicher gestimmt als zuvor. Aber vielleicht hatten die Gebete der anderen ja geholfen.

Am späten Nachmittag klingelte das Telefon, und Freya gab in knappen Worten das Ergebnis der Verhandlung durch. Drei Todesurteile: gegen Moltke, Delp und Sperr. Drei hohe Zuchthausstrafen. Weitere Fälle wurden als nicht zugehörig eingestuft. Schließlich atmete sie geräuschvoll ein. »Ich werde an Himmler schreiben. Wir müssen jetzt alles tun, um das Gnadengesuch durchzubringen.«

»Das werden wir.« Ruth hörte, dass ihre Stimme brüchig klang, und sie hasste es. Wenn Freya in dieser Situation so viel Würde ausstrahlen konnte, warum fiel es *ihr* dann so schwer, wenigstens die Tränen im Zaum zu halten?

Beim Abendessen, das sie nun öfter mit Maria zusammen einnahmen, stocherte die junge Frau nur in ihrem Essen herum; dabei waren die Portionen sowieso nicht gerade reichlich bemessen. Plötzlich ließ sie die Gabel fallen. »Entschuldigt mich bitte.« Sie rannte aus der Küche.

Leo folgte ihr ins Bad, und nach ein paar Minuten gingen beide nach oben.

Ruth sah Karin erstaunt an. »Was ist denn los?«

Karin verzog den Mund. »Na ja, also ... ich habe gehört, dass einem sehr schlecht sein kann, wenn man schwanger ist.« Karins Wangen röteten sich.

»Du denkst ... oh.« Ruth kam sich mit einem Mal sehr begriffsstutzig vor. Sie spießte ein Kartoffelstück auf, steckte es in den Mund und kaute langsam. Es würde nicht einfach werden, auch noch ein Baby mit durchzufüttern. Aber sie würden auch das irgendwie schaffen. »Weißt du, wer der Vater ist?«

»Mama!« Karin hörte sich nun fast empört an. »Mir ist schon klar, dass du es nicht wahrhaben willst. Aber wer sollte es denn sein außer Leo?«

Nun ließ auch Ruth die Gabel sinken. In ihren Ohren rauschte das Blut. Natürlich. Sie hatte es die ganze Zeit gesehen, aber Augen und Ohren davor verschlossen, weil sie es nicht wahrhaben wollte. Leo war doch ihr Fels, der Anker, dessen bloße Existenz ihr alles andere ermöglichte. Dass man nach so langer Zeit zusammen nicht mehr ganz monogam leben mochte, besonders unter allgegenwärtiger Lebensgefahr, das hatte sie verstanden. Aber ein *Kind* – das war doch etwas anderes. Ein Kind bedeutete, dass …

Das Telefon klingelte. Karin sprang auf, doch Ruth kam ihr zuvor. »Hallo?«

Es war Ursel. »SOS für Schokoladenkeks«, sagte sie. »Schnellstens allen Bescheid sagen.« Damit legte sie auf, und Ruth blieb einen Moment fassungslos stehen, den Hörer noch in der Hand. Heute sollte also auch noch die Mischehenaktion der Gestapo losgehen?

Sie ließ sich zurück auf ihren Stuhl fallen und erklärte Karin, was los war.

Karin legte ihr eine Hand auf den Arm. »Mama? Bitte versprich mir, dass du hierbleibst und die Stellung hältst, wenigstens heute Abend. Ich telefoniere und geh dann los.«

Ruth nickte nur. Auf dem Tisch standen nun vier Teller, auf denen das Abendessen nicht aufgegessen worden war. Denn auch sie selbst brachte jetzt beim besten Willen nicht einen Bissen mehr hinunter.

Als die Wohnungstür hinter Karin ins Schloss gefallen war, stemmte Ruth sich mühsam hoch. Sie starrte auf den Esstisch, der ihr plötzlich wie ein Sinnbild dessen erschien, was sie alles verloren hatte. Dennoch – wie immer musste sie zusehen, wie sie aus den übrigen Stücken noch etwas machen konnte. Essen durfte nicht verschwendet werden, und ja, auch das Leben würde irgendwie weitergehen.

Sie hatte sich selten so müde und allein gefühlt.

Es klingelte schon wieder. Ausnahmsweise war es nicht das Telefon, sondern die Türglocke. Hatte Karin etwas vergessen? Sie öffnete, und gleich darauf stand ihr ein gehetzt dreinblickender

Walter gegenüber. Er drängte in die Wohnung und schloss die Tür, dann nahm er sie in die Arme und drückte sie.

Schon nach wenigen Sekunden befreite sich Ruth und schob ihn ein Stück von sich. »Was ist denn passiert?«

»Ich bin verpfiffen worden. Ein Kollege. Er konnte den Mund nicht halten und hat der Gestapo gesteckt, dass hier ein Binnenschiffer als Arzt arbeitet. Er weiß nicht, wo ich wohne, aber ich kann trotzdem nicht zurück in die Wohnung, fürchte ich.«

»O Gott. Natürlich bleibst du heute hier.«

Irgendwie war sie froh, dass Walter nun bei ihr war. Nachdem sie ihm die restlichen Kartoffeln in etwas Fett angebraten hatte, machte er schon wieder ein fröhliches Gesicht. Er war einfach immer optimistisch. Und sorgte mit seiner ausgeglichenen Art dafür, dass auch sie die Hoffnung nicht aufgab.

## · 65. Kapitel ·

15. Januar 1945

Seit vier Tagen fragte sie nun nach einem Kontakt zu Himmler und erntete regelmäßig misstrauische Blicke und Kopfschütteln. Aber Ruth ließ sich nicht entmutigen. Es *musste* einen Weg geben. Die Blicke der Leute ignorierte sie.

Im Verlag war unterdessen die neue Ausgabe vorzubereiten. Als John Jahr in ihr Büro trat, konnte sie nicht anders. »Kennen Sie zufällig Himmler? Wissen Sie einen Weg zum Reichsführer SS?«

Jahr schaute sie mit gerunzelter Stirn an, als wollte er ihre Gedanken lesen. »Ich ... kenne jemanden, der ihn kennt, ja«, sagte er zögernd.

Ihr Puls ging schneller. »Wirklich? Können Sie einen Kontakt herstellen?«

»Worum geht es denn?«, wollte Jahr wissen.

Ruth erklärte ihm die Lage. Sie hatte gewusst, dass es John Jahrs große Stärke war, Kontakte zu knüpfen. Er kannte Gott und die Welt.

Er nickte nachdenklich. »Es ist kein ganz direkter Draht zu Himmler, aber ich kenne seinen Adjutanten. Und manchmal ist es sogar besser, den Kammerdiener der Bonzen zu kennen, als den Bonzen persönlich. Kammerdiener wissen immer, wie ihre Herren gerade gelaunt sind.«

»Und Sie wollen mir wirklich helfen?«

Jahr lächelte. »Warum bin ich denn in die Partei eingetreten, wenn ich dann diese Kontakte nie ausnutze? Geben Sie mir den Brief. Solange ich genügend Cognac für sie habe, kann ich diese Leute immer bezirzen.«

Ruth brachte ihm den Brief und konnte sogar noch eine Flasche Cognac auftreiben. Dann hieß es wieder warten. Und die ersten Nachrichten waren nicht gut. Der Kammerdiener hatte sich an Silvester den Fuß verletzt und lag nun mit einer eiternden Wunde im Bett.

Wenigstens brachte Ursel in der Zwischenzeit eine gute Nachricht. Die Mischehenaktion der Gestapo war im letzten Moment abgeblasen worden. Man munkelte, auf Druck der Alliierten. In Berlin trafen jeden Tag mehr Flüchtlinge aus Schlesien ein, und noch mehr Frauen und Kinder sollten zu Fuß auf dem Weg sein. Im Verlag hieß es, dass die Lebensmitteltransporte nach Berlin eingestellt worden waren.

Als Ruth am Abend des 25. Januar aus dem Büro nach Hause kam, saß Leo in der Küche. Seitdem sie von Marias Schwangerschaft erfahren hatte, hatte sie nicht viel mit ihm gesprochen. Sie war verletzt und enttäuscht, obwohl er ihr nie irgendwelche Versprechen gemacht hatte. Sie hätte ja nichts dagegen gehabt, die Beziehung zu öffnen, wenn sie nur nach wie vor die wichtigsten Menschen füreinander gewesen wären. Aber er hatte sie nicht einmal gefragt, und das schmerzte.

»Hallo, Ruth.« Leo lächelte sie an. »Hast du was von Moltke gehört?«

Ruth nahm sich ein Glas Wasser und setzte sich zu ihm. »Nein, nichts Neues. Wir dürfen nicht aufhören zu beten.«

»Na ja, solange es nicht passiert ist, ist es nicht zu spät, denke ich, oder?« Einen Moment lang war es still. »Ruth, ich muss dir etwas sagen. Maria und ich, wir … wir haben letzte Woche geheiratet. Sie erwartet ein Kind, ich habe sie zu meiner Mutter aufs Land gebracht.«

»Oh, dann … dann gratuliere ich dir und euch natürlich. Das sind wohl gute Nachrichten.« Sie hielt den Blick mit aller Kraft starr auf das Wasserglas in ihrer Hand gerichtet. Es verschwamm vor ihren Augen.

»Es tut mir leid, Ruth. Ich liebe Maria, und ich möchte mir mit ihr ein neues Leben aufbauen, wenn alles vorbei ist. Du bist der beste Mensch, den es gibt. Du bist das Herz und die Seele dieses Freundeskreises, du brauchst mich nicht. Du brauchst uns alle und keinen. Gleichzeitig bist du der beste Freund, den ich je hatte. Ich wünsche mir wirklich, dass wir befreundet bleiben.« Leo sah sie hilflos an.

Ruth holte tief Luft und blies sie wieder aus, doch der Schmerz, der wie ein kantiger Brocken in ihrem Hals saß, wurde nicht weniger. Ihre Beziehung war in den letzten vier Jahren genauso zerbombt worden wie so viele Häuser. Aber sie hatte gehofft, sie wieder aufbauen zu können. Sie hatte sich doch so bei Leo zu Hause gefühlt. Das war nun vorbei.

Sie schluckte noch einmal hart. »Natürlich sind wir Freunde. Was sonst?« Sie ignorierte das Stechen in ihrem Herzen.

Ein Geräusch ließ sie aufblicken. Karin und Fred kamen lachend und wie ein Frühlingssturm in die Wohnung gewirbelt. Ein seltsamer Kontrast dazu, wie Ruth sich fühlte.

»Hallo, Mama!«, rief Karin und spähte in die Küche. Als sie Leo entdeckte, erstarrte sie. »Was machst *du* denn hier? Der Volkssturm war hier und hat nach dir gefragt, Leo!«

Leo sprang auf – und setzte sich langsam wieder hin. »Danke für die Warnung. Dann muss ich sofort einen Arzt meines Vertrauens aufsuchen. Und im Zweifel untertauchen.« Er sah Ruth an. »Falls ich nicht in der Lage sein sollte, Maria zu kontaktieren, würdest du ihr dann bitte schreiben?«

Ruth schaute ihm in die Augen. Sie sah den aufrechten, etwas steifen Mann, der immer auf die Etikette achtete und dem auf der anderen Seite wenig wichtiger war, als für seine Freunde da zu sein. Er hatte ihre Hilfe genauso verdient wie jeder andere. Sie nickte.

»Danke«, sagte Leo nur und verschwand dann aus der Wohnung.

Karin trat auf Ruth zu, Fred blieb im Türrahmen stehen. »Ist alles in Ordnung, Mama?«

Ruth nickte müde. »Danke, Liebes. Mach dir keine Gedanken um mich.«

Das Telefon klingelte. Ruth wischte sich die Traurigkeit aus dem Gesicht, stand auf und nahm den Hörer ab. Es war John Jahr. Sie winkte Karin heran, damit sie zuhören konnte.

Ihr oberster Chef klang aufgeräumt. »Ich habe gute Nachrichten, Ruth. Heute Nachmittag konnte ich endlich unseren Freund zu Kaffee und Cognac einladen, und er freut sich, das Geschenk weiterzugeben.«

Was? Ruth hätte schreien mögen. Endlich! Ein Hoffnungsschimmer! Sie bedankte sich tausendmal bei John Jahr und legte auf. Anschließend erlaubten sie sich, zehn Minuten lang zu hoffen, dass es für einen aufrechten Menschen vielleicht noch nicht zu spät war in Deutschland.

Nachdem sich Fred und Karin in deren Zimmer verzogen hatten, nahm Ruth den Telefonhörer ein weiteres Mal ab. Poelchau musste informiert werden, vielleicht konnte er sogar Moltke selbst Mut machen, endlich ging es weiter.

Nachdem es dreimal geklingelt hatte, hatte sie Poelchau am Apparat.

»Doktor Poelchau, wir haben es geschafft! Freya von Moltkes Brief wird morgen bei Himmler sein. Und dann ...«

Poelchaus Stimme zitterte, als er sie unterbrach: »Es ist zu spät, Ruth. Ich danke Ihnen für alles, was Sie getan haben, und besonders dafür, dass Sie die Hoffnung nicht aufgegeben haben. Unser Freund wurde heute Mittag nach Plötzensee abgeholt. Ich konnte noch am Vormittag mit ihm sprechen, da wusste er von nichts. Gegen Mittag habe ich nur gesehen, wie er abgeholt wurde, er und etliche andere. Justizminister Thierack ist wohl gestern aus dem Urlaub gekommen und hat den Auftrag gegeben, alle unerledigten Angelegenheiten zu regeln. Es tut mir leid.«

Ruth fühlte sich, als hätte jemand sie ins Gesicht geschlagen. »Was? O mein Gott. Das darf doch nicht wahr sein!« Sie tastete nach einem Stuhl.

»Ich musste schon von so vielen Menschen Abschied nehmen und sie auf ihrem letzten Weg begleiten. Heute habe ich einen engen Freund verloren.« Ruth konnte hören, dass Poelchau Tränen in den Augen hatte. Tränen, die er morgen früh nicht mehr weinen durfte, wenn er sich und seine Schützlinge nicht gefährden wollte.

Ruths Hand um den Hörer krampfte sich schmerzhaft zusammen, auch ihr liefen Tränen über die Wangen. Einen Moment lang schwiegen beide.

Schließlich räusperte sie sich. »Ich bin mir sicher, dass unser Freund sehr glücklich darüber war, dass er Sie in den letzten Monaten bei sich hatte. Ich danke Ihnen dafür, was Sie alles getan haben und dass Sie immer für mich und alle anderen da sind.« Ruth hätte gerade sehr gern jemanden in den Arm genommen, egal wen.

»Wir dürfen nicht aufhören, Ruth. Es gibt noch viel zu tun. Vergessen Sie das nicht. Ja, wir haben es nicht geschafft, unseren Freund zu retten. Aber wir haben die Chance, anderen zu helfen. Wir dürfen nicht aufgeben.«

Ruth nickte, auch wenn er das nicht sehen konnte. »Sie haben recht. Wir sprechen bald wieder miteinander. Grüße an Ihre Frau.«

»Geben Sie auf sich acht, Ruth.«

Sie legte auf.

Es war, als hätte sie ein Autobus überfahren. Sie musste kurz und bitter lachen, als ihr einfiel, dass es seit zwei Wochen keine Busse mehr gab. Selbst die Busse waren zum Kriegsdienst eingezogen worden. Ruth legte sich aufs Sofa und starrte an die Decke. Die Hoffnungslosigkeit lag schwer auf ihrer Brust und schien sie noch tiefer in die Liege zu drücken. Wie viel Enttäuschung konnte ein einzelner Mensch ertragen?

## · 66. Kapitel ·

### 3. Februar 1945

Während ein angeblich schwer nierenkranker Leo mit mehreren Attesten zu Hause in seinem Bett lag, jederzeit bereit, dem Volkssturm ein ganz besonderes Theaterstück vorzuführen, und das Damchen zu Leos Mutter gefahren war, um dort in Sicherheit das hoffentlich baldige Ende des Kriegs abzuwarten, hatte Ruth einen Ausflug in die Innenstadt unternommen, um sich einen Überblick zu verschaffen, wie es in der Schloßstraße und im restlichen Steglitz aussah. Denn nicht einmal die Propaganda konnte noch davon ablenken, dass die Russen nicht mehr weit vor Berlin standen und die Franzosen hoffentlich bald in Potsdam einmarschierten. Wenn sie sich nur etwas mehr beeilt hätten, das ging Ruth immer wieder durch den Kopf, würden so viele Menschen noch leben.

Noch bevor Ruth wieder ganz am Hünensteig angekommen war, ging der Voralarm los. Es waren nur noch ein paar Straßenecken, also fing sie an zu rennen; sie wollte es bis nach Hause in den Keller schaffen und nicht irgendwo mit Fremden ausharren müssen.

Es gelang ihr gerade noch rechtzeitig, und ein Stein fiel ihr vom Herzen, als sie Karin und Leo im Keller vorfand. Dann, noch bevor sie auch nur Hallo sagen konnte, ging es los. Staub und Krach und Pfeifen und Krachen und Phosphor und Schreien und Husten. Alles wie immer und doch mehr als sonst. Erst nach rund vier

Stunden hörte es endlich auf, und kurz darauf war die Sirene zu hören. Entwarnung.

Ruth trottete mit den anderen nach oben; das Gas funktionierte natürlich nicht, aber der Volksempfänger berichtete über die schwere Bombardierung von ganz Berlin. Karin saß in der Küche, Leo verschwand nach oben, und Ruth konnte einfach nicht untätig herumsitzen und nichts tun. Sie beschloss, nachzuschauen, wie es im Verlag aussah. Vielleicht hatte sie ja gar keinen Arbeitsplatz mehr, zu dem sie am Montag zurückkehren konnte.

»Sei mir nicht böse, ich muss raus«, sagte sie zu Karin.

»Natürlich, Mama. Ich bin auch unruhig. Ich versuche zu telefonieren. Nach Zehlendorf und vielleicht auch Fred?«

Ruth lächelte und nickte. In Zehlendorf lebte Ursel, aber auch Otto, Karins Vater. Natürlich sollte Karin nachsehen, ob es ihm und den Mädchen gut ging. Und dass Karin wissen wollte, wie es ihrem Freund ging, war nur natürlich.

Dann lief sie los, obwohl es in Strömen regnete. Die Stadt lag in Trümmern. Der Regen wusch zwar den Staub aus der Luft, aber dafür bildete das Gemisch auf der Straße einen zähen Brei, in dem sie sich vorankämpfen musste wie in Tiefschnee.

Als sie nach fast zwei Stunden endlich den Kanal erreichte, stand immerhin das Verlagsgebäude noch. Sie ging darauf zu, zwei Passanten überholten sie.

»Schöneberg ist schwer getroffen. Hast du gesehen, wie das Volksgericht brennt? Ob sie das wohl retten? Dabei brauchen wir doch viel mehr Wohnhäuser.«

»Freisler soll drunter liegen, hab ich gehört.« Die beiden gingen weiter Richtung Innenstadt, Ruth blieb einen Moment stehen, um zu Atem zu kommen. Freisler tot? Das tat ihr nicht leid, im Ge-

genteil. Es war vier Wochen zu spät, viel zu spät für so viele Un-
schuldige. Andererseits vermutlich auch Wochen zu früh, um sich
für alles, was er getan hatte, verantworten zu müssen. Sie merkte,
dass ihr die Vorstellung, wie er selbst als Angeklagter vor diesem
Gericht stand, gutgetan hätte. Aber auch dazu war es zu spät.

Sie betrat das Haus. Es stand zwar noch, aber es regnete durch
die zerstörten Fenster herein, und Teile der Mauer lagen im Treppenhaus. Sie stieg vorsichtig hinauf in den ersten Stock und fand
in ihrem Büro Hans Huffzky mit einem Hammer in der Hand.

»Was machst du denn hier?«

»Und du?«, fragte sie zurück.

Hans grinste. »Vermutlich das Gleiche wie du. Ich wollte sehen, was noch übrig ist von unserem Lieblingsverlag. Außerdem
haben wir mit der Morgenpost Nachrichten bekommen.«

Ruth betrachtete ihn zweifelnd. »Sicher keine guten, oder?«

Hans schüttelte den Kopf. »Nein. Am 15. März haben wir die
Arbeit endgültig einzustellen. Die Männer müssen zum Volks-
sturm, die Frauen zum Zwangseinsatz, Rüstungsfabrik oder
Wehrmachtshilfe.«

»Das sind ja kaum sechs Wochen. Wie sollen wir denn da noch
eine Ausgabe zusammenstellen?«

Hans schnaubte. »Du weißt genau, dass wir seit Wochen keine
Ausgabe mehr drucken konnten. Wir haben so getan, als ob, wir
haben geplant, was wir tun könnten, wenn alles vorbei ist. Trotzdem, aufgeben werden wir nicht.« Er schwang den Hammer, um
anzudeuten, wie er jetzt gleich dafür sorgen würde, dass es nicht
mehr hereinregnen konnte.

»Nein, wir geben nicht auf. Aber sei mir nicht böse, ich helfe
erst ab Montag mit. Jetzt muss ich nach Schöneberg.«

»Was willst du denn da? Das soll ein einziger Schutthaufen sein.«

»Ich muss nach einem Freund schauen«, sagte Ruth, drehte sich um und ging wieder hinaus in den Regen. Bis zum Bayrischen Platz brauchte sie nicht länger als eine halbe Stunde. Vor dem zerstörten U-Bahnhof standen eine Menge Menschen, vor allem Frauen und Kinder, und warteten darauf, dass ihre Angehörigen ausgegraben wurden. Tot, die meisten. Eine umgekehrte Beerdigung. Hoffentlich lag Walter nicht dabei.

Sie eilte weiter zu seiner Wohnung – und wie durch ein Wunder war das Haus intakt. Sie klingelte und rief, doch er war nicht zu Hause. Nach der kurzen Erleichterung nahm ihre Unruhe nun wieder zu. Trotzdem musste sie irgendwann aufgeben und nach Hause gehen.

Dort funktionierte weder Gas noch Licht noch Telefon. Ruth zog sich um und umarmte Karin, die sie besorgt musterte und ganz unglücklich war, weil sie niemanden erreicht hatte.

»Geht's dir gut, Mama? Ich kann nicht glauben, wie oft ich das in letzter Zeit frage. Früher war das deine Frage.«

Ruth protestierte. »Das ist immer noch meine Frage. Du bist mein Kind, das wird sich nie ändern, hörst du?«

Um sich aufzuwärmen, tranken sie gemeinsam eine Tasse Malzkaffee, doch Ruth fand keine Ruhe.

Sie machte sich auf den Weg zum nächsten roten Fernsprechhäuschen. Eine lange Schlange stand davor, und es regnete immer noch. Doch Ruth war fest entschlossen zu telefonieren. Sie musste wissen, was mit Walter war.

Als sie endlich den Hörer abnehmen konnte, hatte sich auch hinter ihr eine Schlange gebildet. Es läutete lange, doch als Walter sich meldete, merkte sie, wie sich ein gewaltiger Druck von ihrer Brust löste.

»Walter? Bist du's wirklich? Wo warst du denn?«

»Oh, ich war im Luftschutzkeller, und ich hoffe, da warst du auch. Allerdings lagen bei uns am Ende drei Stockwerke Trümmer obendrauf, und obwohl die Männer und Frauen sich wirklich sehr viel Mühe gegeben haben, haben sie doch bis vor ungefähr einer Stunde gebraucht, um uns wieder an die Luft zu holen.«

»Ich bin so froh, dass du lebst!«

Walter lachte. »Ja, ich lebe. Und ich ziehe es vor, dass das so bleibt.«

Jemand klopfte Ruth ungeduldig auf die Schulter.

»Ich muss Schluss machen. Sehen wir uns morgen?«

»Natürlich, schöne Ruth. Bis morgen!«

## · 67. Kapitel ·

3. Februar 1945

Der Luftangriff hatte zwar das Haus stehen lassen, war aber grässlich gewesen. Man gewöhnte sich einfach nie daran. Noch grässlicher fand Karin, dass sie in Freds Buchhandlung niemanden erreichen konnte. Fred schlief seit dem letzten Angriff im Hinterzimmer der Buchhandlung, das hieß, wenn es die Buchhandlung traf, war er arbeits- und obdachlos. Aber tausendmal schlimmer war die Vorstellung, dass er irgendwo unter Trümmern liegen mochte.

Sie versuchte es noch zweimal mit dem Telefon, dann gab sie auf und beschloss, nach Schöneberg zu laufen. Sie war so unruhig, dass sie die Anspannung wie ein leises Beben überall im Körper spüren konnte. Fred durfte einfach nichts passiert sein. Sie hastete los, kletterte über Trümmer, vorbei an brennenden Häusern, durch beißenden Rauch. Aus den Trümmern wurden Leichen geborgen, wie übergroße Puppen mit steifen Gliedern. Wenn nur aus Fred nicht so eine Puppe wurde. Ein lebloses Etwas, das sie nie wieder küssen durfte, mit dem sie nie wieder lachen konnte.

Karin rannte immer weiter, in grauen Staub getauchte Menschen kamen ihr entgegen. »Nicht weiter! Hier ist nur Tod und Verwüstung«, schrie eine Frau sie an.

Karin schluckte die Tränen hinunter, die ihr in den Augen brannten. Und dann sah sie die Buchhandlung. Sie stand noch.

Was für ein Glück. Doch wo war Fred? Sie hetzte weiter, trat ins Geschäft – und da stand er. Lebendig und munter. Inmitten umgestürzter Regale und zersplitterter Fensterscheiben.

»Du lebst!« Halb jubelte, halb schluchzte sie und fiel ihm um den Hals.

Fred lachte und küsste sie. »Natürlich leb ich. Hast du gedacht, ich lass dich so einfach allein?« Er wirbelte sie herum, dass der Staub in der Buchhandlung aufstob.

Karin war so erleichtert, dass sie ihn gar nicht mehr loslassen wollte. Dann lösten sie sich aber doch voneinander, und er führte sie in sein Hinterzimmer, wo das schmale Kanapee stand, auf dem er schlief. Er wühlte in einer Ecke und zog eine Flasche Wein hinter ein paar Kisten hervor.

»Setz dich, Herzallerliebste. Es ist mir eine Freude, mit dir aufs Leben anzustoßen.«

Karin lachte, am liebsten hätte sie ihn sofort wieder geküsst.

»Blödem Volke unverständlich, treiben wir des Lebens Spiel«, zitierte Fred, während er die Flasche öffnete.

»Morgenstern!«, erkannte Karin.

»Oh, du hast auch den schon in deiner Bibliothek?«

Karin schüttelte den Kopf. »Ein Freund von mir hatte einige Werke von Morgenstern. Deshalb erinnere ich mich daran. Ich war damals noch ein Kind.« Der Gedanke an Doktor Mühsam stach unvermittelt und tief in ihr Herz.

Fred schien ihren Stimmungsumschwung sofort zu bemerken. Er drückte ihr ein Wasserglas mit Wein in die Hand. »Möchtest du mir davon erzählen?«

Und Karin erzählte. Wie im Fieber sprach sie von Mühsam und von all den Büchern und von ihrem Traum, Schauspielerin zu werden. Und Fred sagte, dass er auch Schauspieler werden wollte oder Bühnenautor. Oder vielleicht auch beides. Sie hatten darüber schon geredet, doch im Zauber der Nacht war es, als versprächen sie sich eine Zukunft, in der ihre Träume auch tatsächlich wahr werden konnten. Und dann, als sie verstummten, küssten sie sich, und Karin spürte dabei eine Sehnsucht in sich, die sie noch nie empfunden hatte. In ihrem Pulli wurde ihr zu warm, sie wollte Freds Haut spüren und dann noch mehr, denn dieses Gefühl löste so eine unglaubliche Glückseligkeit aus. Fred streichelte ihr über Haar, über den Rücken und ihren Po, er küsste sie überall, und sie küsste ihn zurück. Und dann liebten sie sich.

Danach lagen sie lange eng umschlungen unter Freds Zudecke in der kalten Buchhandlung. Als es dämmerte, zog sich Fred die Hosen an, walzte mit der leeren Weinflasche eine Handvoll Bohnen und goss Kaffee auf. Karin fand das wunderbar. Fred gehörte zu den Menschen, die Dinge »organisieren« konnten. Und diese kleinen großen Freuden machten diese Stunden umso unvergesslicher.

Als Karin gehen wollte, hielt er sie auf und zog einen dünnen Band aus einem Regal. »Hier, nimm das mit. Ein kleines Andenken an unseren heutigen Tag.«

Es waren die »Galgenlieder« von Morgenstern, die Karin an die Brust presste und auf dem Heimweg fest in der Hand hielt.

Am nächsten Abend wurde erst einmal gefeiert. Dass Walter noch lebte, dass alle noch lebten, dass Ursel wieder mal vorbeigekommen war, dass Walter dem Arzt, der Leos Zustand beurteilt hatte, wirklich hatte vorgaukeln können, dass Leo unter einer schweren Nierenerkrankung litt. Statt eingezogen oder in ein überfülltes Krankenhaus eingewiesen zu werden, hatte Leo den Auftrag erhalten, sich in einem Sanatorium zu erholen. Arbeiten könne er in diesem Zustand auf keinen Fall. Und bis er einen Platz bekam, konnte er in Steglitz bleiben. Fred hatte eine weitere Flasche Rotwein aufgetrieben – er war, was das betraf, wirklich ein Wunder –, und so konnten sie tatsächlich auf dieses ganze Glück anstoßen.

Nicht einmal Hitlers Stimme, die aus dem Volksempfänger bellte und versicherte, dass Berlin mit Krallen und Zähnen verteidigt werden würde, konnte die gute Stimmung trüben.

Ursel erzählte von ihrem Alltag als Besenmädchen. »Es ist lang, zehn Stunden am Tag, manchmal elf. Und nicht immer einfach, weil die Besen doch schwer sind und im Lauf des Tages immer schwerer werden. Ach, vermutlich ist man das einfach nicht gewohnt, vielleicht wird es besser mit der Zeit.«

Karin hatte fast ein schlechtes Gewissen. Sie war zwar auch den lieben langen Tag beschäftigt und schleppte manchmal Dinge hin und her, aber das war doch ein gewaltiger Luxus im Vergleich zu den Besenmädchen.

»Ich habe«, fuhr Ursel fort, »aber noch eine Neuigkeit, ich wollte nämlich erzählen, dass ich eine Einquartierung habe. Eva, ein Mischling wie ich. Sie sollte nach Theresienstadt, weil sie jüdischen Glaubens ist. Da habe ich sie aufgenommen, als U-Boot. Ihr versteht.«

Karin nickte. Sogenannte U-Boote waren genau das: Menschen, denen es gelang, im Naziregime unterzutauchen. »Bringst du sie beim nächsten Mal mit?«

Ursel nickte erfreut. »Gern.«

Am nächsten Tag, als das Telefon wieder funktionierte, erhielt Ruth einen Anruf vom Sohn einer Schulfreundin. Er war für einen kurzen Heimaturlaub aus Pommern gekommen und hatte feststellen müssen, dass sein Vater inhaftiert worden war – offenbar unschuldig. Also machte sich Karin mit einem Lebensmittelpaket auf den Weg zum Gefängnis in der Lehrter Straße.

Mittlerweile war sie nicht mehr nervös auf ihren Botengängen. Sie hatte gelernt, dass ihre blonden Haare und die blauen Augen sie vor den meisten Fragen bewahrten. Niemand traute einem dermaßen arisch wirkenden Mädchen auch nur den geringsten Gesetzesverstoß zu. Ihr Aussehen war ihre Maske, ihre Tarnung. Früher hatte sie ihre Mutter um die dunklen Haare und die ausdrucksstarken dunklen Augen beneidet. Nun hatte sie gelernt, aus ihrem Aussehen Profit zu schlagen.

Auf ihrer Route nach Mitte musste sie zweimal Deckung suchen, weil die Sirenen heulten. Jeden Tag ging das jetzt so. Manchmal glaubte sie, sich gar nicht mehr an andere Tage erinnern zu können. Zwanzig Jahre alt war sie nun, und über ein Drittel ihres Lebens dauerte dieser Krieg schon an. Sie erinnerte sich kaum an die Zeit, bevor die Nazis an die Macht gekommen waren, wusste nicht mehr, wie das Leben damals gewesen war. Aber sie hatte eine recht genaue Vorstellung davon, wie es sein sollte, wenn diese Zeit überstanden war. Und zwar aus Büchern und Gesprächen.

Vor dem Schalter, wo man Dinge für die Inhaftierten abgeben konnte, reihte sich eine Schlange, wie üblich. Ohne Schlange gab es nichts mehr in Berlin. Ob das in anderen Städten auch so war?

Eine Frau vor ihr gab für einen Grafen Redwitz Suppe und eine Tüte Brot ab.

Als Karin an der Reihe war, sagte sie: »Für Herrn Doktor Gennert.« Und auch sie reichte ein Töpfchen mit Suppe, dazu eine Tüte Zwieback und eine warme Decke über die Theke.

Hoffentlich kam das alles bei diesem Doktor Gennert an.

## · 68. Kapitel ·

18. März 1945

Luftangriffe gab es jetzt mehrmals täglich. Vor ein paar Tagen schon hatte Walter Ruth gefragt, ob er bei ihnen bleiben könne. Das konnte er. In den Schöneberger Luftschutzkellern war es für ihn zu gefährlich geworden. Ruth fand es beruhigend, dass er jetzt fast immer in der Nähe war. Sie fühlte sich wohl damit. Und genauer wollte sie nicht darüber nachdenken.

Sie selbst und Hans Huffzky waren die letzten beiden Angestellten der ehemaligen Redaktion von *Kamerad Frau*. John Jahr hatte ihr noch ein paar Wochen »für die Abwicklung der Geschäfte« verschafft, so dass Ruth sich keine Sorgen darum machen musste, zur Zwangsarbeit eingezogen zu werden. Immerhin das.

Es war Sonntagabend, und sie hatten schon mehrere Stunden im Keller verbringen müssen. Nach jeder Entwarnung rannte Ruth hinauf in die Wohnung und versuchte, schnell etwas zu kochen, bevor vielleicht das Gas wieder abgestellt wurde. Meist hatte sie etwa zehn Minuten. Also wurden die Kartoffeln in Stücke geschnitten, ohne sie zu schälen, die Rüben einfach dazugeworfen, auf den restlichen Flammen kochte Wasser für Tee, und in einer Bratpfanne simmerte für jeden ein Spiegelei. So war es nun, sie kochte, wenn Gas da war, nicht wenn sie Hunger hatte. Sie stand noch am Herd, als es heftig an die Wohnungstür klopfte.

Sie wischte sich die Hände an einem Geschirrtuch ab, und als sie an die Tür trat, sah sie, wie Walter gerade in Karins Zimmer verschwand. Wer wusste schon, wer da so dringend Einlass verlangte?

Ruth öffnete die Tür, erst nur einen Spalt und bereit, den Besucher mit deutlichen Worten abzuwimmeln. Aber da stand nur Ursel mit einem dicken Paket unter dem Arm.

»Ursel! Komm rein, schnell.« Ruth sprach extra laut, so dass Karin, Fred und Walter sie hören konnten. Und tatsächlich ging, noch während sie Ursel an den Küchentisch bugsierte, die Tür von Karins Zimmer wieder auf.

Ursel schlug die Zeitungslagen ihres Pakets auseinander: Es waren drei Rüben, ein Kohlkopf und fünf dicke Kohlrabiknollen. Genug für eine halbe Kompanie.

»Mädel, wo hast du das denn her?« Ruth konnte ihre Überraschung nicht verbergen. Jetzt im Frühling war es nicht mehr leicht, an zusätzliche Nahrung zu kommen, die meisten Kleingärtner hatten ihre Vorräte aufgebraucht.

Ursel lachte. »Da staunen Sie, was? Ich hab aber sogar noch was Besseres. Hier.« Damit zog sie einige Marken aus der Rocktasche und klatschte sie auf den Küchentisch wie Skatkarten. Brotmarken für acht Kilo Brot!

»Unglaublich!«, rief Karin. »Wo hast du die denn aufgetrieben?«

»Nicht schimpfen ... Ich habe sie stibitzt aus dem Kästchen in der Bäckerei. Es ging viel leichter, als ich dachte. Es war niemand im Geschäft. Kein Mensch. Ich habe ein paarmal gerufen. Niemand kam. Und da fiel mein Blick ganz zufällig auf das Kästchen. Der Deckel war halb offen. Überlegen konnte ich nicht, ich hab einfach schnell hineingegriffen. Und nun haben wir hier den ganzen Reichtum. Die Bäckersfrau wird es schon nicht den Kopf kosten. Also, vier Kilo für Walter und vier Kilo für Lichtwitz.«

Alle waren erleichtert, besonders Walter. Eine ganze Monatszuteilung für ihn! Kurz schoss Ruth durch den Kopf, dass es geklaut war. Aber eigentlich war es doch mehr eine Heldentat als irgendwas anderes.

»Und das ist alles Überschuss, Eva hat ihre eigenen Marken.« Ursel entfaltete ein Blatt Papier. *Helga Seidler, Flüchtling aus Guben, gemeldet bei Frau Gerichter, Bleibtreustraße 46* stand da.

»Diese Helga gibt es natürlich nicht. Ich habe mich unter falschem Namen als Flüchtling angemeldet und von der Kartenstelle einen ganzen Monatssatz Karten bekommen! Ging ganz leicht. Könnte man hundertmal wiederholen!«

Ruth ließ sich auf einen Stuhl fallen. Was für eine geniale Idee! Man konnte sich als Flüchtling melden oder als ausgebombt.

»Das mach ich auch«, sagte sie sofort. »Kannst du mir im nächsten Monat eine Anmeldung verschaffen? Polizei und Kartenstelle übernehme ich. Dann haben wir auf jeden Fall zwei komplette Karten.«

»Klar, ich ruf an, wenn ich so weit bin!«

»Du bist echt eine Wucht«, sagte Fred und erntete einen kurzen prüfenden Blick von Karin, bevor sie ihm zustimmte.


Beim Essen berieten sie über das weitere Vorgehen in den nächsten Wochen.

Walter wollte Atteste und Rezepte verteilen und die Krankenbehandlungen der Untergetauchten übernehmen. Ursel, so verfügte er, war für die Lebensmittelbeschaffung zuständig und außerdem für den Kontakt zu dem Gestapomann. »Fred organisiert, was schwierig zu organisieren ist. Lichtwitz kann drucken, wenn wir Ausweise brauchen. Eva und Karin können Botengänge übernehmen, Brandt gibt Rechtsauskünfte, Peters hält uns auf dem Laufenden, wie es mit dem Krieg steht. Und Poelchau ist weiterhin die Stellenvermittlung für U-Boote!«

Ruth runzelte die Stirn. »Und was für einen Posten hast du dir für mich ausgedacht?«

»Du bist und bleibst Hansdampf in allen Gassen! Herz und Seele unseres Unternehmens.« Er lachte, in bester Stimmung.

»Ich werde also überall einspringen, wo man mich braucht, gut.« Hoffentlich wurde dieser Hansdampf nicht erwischt.

Der Plan und ihre Hilfe wurden dringend benötigt. Es gab immer mehr Untergetauchte, immer mehr Deserteure. Ursels Kontakt hatte sie rechtzeitig vor einer Aktion warnen können, so dass es ihnen immerhin gelang, fünfzehn arme Teufel zu retten. Zwei Stunden bevor es losging, waren alle verständigt und in sicheren Verstecken untergebracht.

»Ich muss gehen«, sagte Ursel schließlich. »Unser Untermieter hat Gäste, deswegen sitzt die arme Eva in der Besenkammer fest. Wenn ich nicht bald nach Hause komme, verhungert sie mir noch.«

Dagegen war nichts zu sagen, vor allem, weil der Weg über die Schuttberge lange genug dauern würde. Ruth brachte Ursel zur Tür und drückte sie kurz. »Pass auf dich auf.«

## · 69. Kapitel ·

### 22. März 1945

Als morgens früh das Telefon klingelte, war Ruth noch gar nicht richtig wach. In der Nacht hatte es wieder Alarm gegeben, vier Stunden hatten sie im Keller ausgeharrt, doch diesmal hatte es ein anderes Viertel getroffen.

»Hallo?«

»Hallo? Sind Sie die Freundin von Ursel Reuber?« Eine stockende Mädchenstimme, aber keine, die Ruth kannte.

»Ja, die bin ich. Was gibt's?«

»Ursel ... also, Ursel«, sie brach ab.

»Was ist denn los? Können Sie lauter sprechen?«

Ein Schluchzer drang aus dem Hörer. »Das Haus hat einen Volltreffer abgekriegt. Ich glaube, sie liegt unter den Trümmern.«

Vor Schreck ließ Ruth fast den Hörer fallen. »O mein Gott. Ich komme sofort! Wir kommen alle.«

Sie trommelte Karin und Walter aus den Betten, und zusammen radelten sie, so schnell es bei all der Zerstörung eben ging, nach Zehlendorf. Ausgraben helfen, dabei zählte jede Minute. Während der Fahrt rasten auch Ruths Gedanken. Vielleicht hatte Ursel Glück gehabt und war nicht zu Hause gewesen. Aber da war natürlich auch noch Eva. Als sie ankamen, stand Polizei vor dem Haus.

»Warte besser ein wenig entfernt«, sagte Ruth zu Walter.

»Nicht dass die noch auf falsche Ideen kommen.« Bei all dem Unglück wollte sie nichts weniger, als dass er sich in Gefahr begab.

Er nickte.

Das Haus war nur noch ein Berg aus Trümmern, Balken, Fensterrahmen, Geröll. Acht Soldaten trugen den Schutt schweigend Stück für Stück ab.

Ruth wandte sich bang an den nächsten Polizisten. »Liegen da noch Menschen drunter?«

Er zuckte die Schultern. »Zwei Fräuleins sollen drin gewesen sein, aber gemeldet ist nur eine. Wir kommen aber nicht ran. Seit vier Uhr graben wir, es rutscht immer wieder was nach.«

Ruth fröstelte. »Könnten die beiden noch am Leben sein?«

Wieder zuckte er die Schultern. »Nicht sehr wahrscheinlich. Wir haben es mit Klopfzeichen versucht, aber keine Antwort. Der Volltreffer muss direkt den Luftschutzkeller erwischt haben.«

»Können wir nicht beim Graben helfen? Wir sind Freunde von Ursel Reuber.«

Der Mann schüttelte energisch den Kopf. »Für Zivilisten streng verboten, so was muss gelernt sein. Geben Sie mir Ihre Nummer, ich rufe Sie an.«

Eine Weile standen sie noch da und schauten mit Tränen in den Augen zu, bis ein kleiner Trupp junge Frauen herankam, jede mit einem Ungetüm von einem Reisigbesen. Ursels Kolleginnen vom Straßenkehrkommando Zehlendorf. Sechs junge Halbjüdinnen, die nach ihrem anstrengenden Arbeitstag graben helfen wollten.

»Wir dürfen nicht helfen«, erklärte Ruth unglücklich. »Ihr könnt nur hingehen und zusehen und um sie weinen, wie wir es tun.«

Auf dem Weg nach Hause waren sie still, bis Walter plötzlich sagte: »Wir müssen Poelchau informieren. Wegen der Beerdigung. Das hätte sie sich bestimmt gewünscht.«

Es dauerte zwei Tage, bis zwei Körper geborgen wurden. Die Beerdigung war für den 28. angesetzt. Sie hatten allen Bescheid gegeben, und alle hatten zugesagt zu kommen, nur die Untergetauchten mussten natürlich fernbleiben. Also auch Walter.

Bei strahlend schönem Wetter unter einem stahlblauen Himmel machten sich Ruth und Karin auf den Weg zum Friedhof in der Onkel-Tom-Straße.

Vor dem Altar standen zwei billige Särge, Ruth wusste, dass sie nur geliehen waren. Särge waren so knapp geworden, dass nur noch hohe Parteibonzen in einem begraben werden durften. Dafür waren sie über und über mit Blumen und kleinen Kränzen bedeckt. Die Trauerfeier war für höchstens fünfzehn Minuten angesetzt, denn danach wartete schon die nächste Trauergemeinde. Poelchau sprach. »Ihr, die ihr erst auf halbem Weg wart. Ihr, die ihr gerungen habt und ein schweres Schicksal tragen musstet ...«

Es waren mindestens fünfzig Trauergäste da, auch Ursel Reubers am Boden zerstörter Vater und Eva Gerichters verzweifelte Mutter, die nicht einmal zugeben durfte, die Mutter ihrer Tochter zu sein, um nicht als Unterstützerin einer Halbjüdin angeklagt zu werden. Als Poelchau mit der Trauerrede fertig war, sangen sie Ursels Lied: *Kein Hälmlein wächst auf Erden*.

Dann wurden sie auch schon weitergetrieben, eine Schaufel Erde fiel auf den Sarg, es hieß Abschied nehmen von Ursel und Eva, und sie mussten weichen.

Poelchau nahm Ruth beiseite, die sich ein Taschentuch an die Nase drückte. »Kommen Sie, wir gehen.«

Sie holten die Räder und gingen durch das Friedhofstor. Nach einem kurzen Blick zu Ruth winkte Karin kurz und fuhr los. Ruth würde sie schon einholen.

»Schieben wir noch ein bisschen«, sagte Poelchau. »Ich muss noch zur Gräfin Schönburg und Brotmarken erbetteln. Gestern Nacht sind zwei neue Untergetauchte zu mir gekommen, ein junges Geschwisterpaar, getürmt aus dem jüdischen Abhollager. Sie haben sich an einer Wäscheleine aus dem zweiten Stock abgeseilt, während eines Bombenangriffs, unglaublich. Sie können sich nicht vorstellen, wie sehr man sich mit einer Wäscheleine die Hände aufschneidet.«

Oh, zwei neue Schützlinge. Ruth fasste sich wieder, sie wurde gebraucht. »Können Sie die beiden überhaupt noch aufnehmen? Wie schaffen Sie das?«

»Es muss gehen, und es wird gehen.« Poelchau lächelte. »Das Mädchen bringe ich unter, das ist kein Problem. Aber der Junge ... Der wurde schon mal erwischt und auf der Oranienburger Straße fast tot geschlagen. Und jetzt kommt ja noch der Volkssturm dazu. Man kann gar nicht so schnell fälschen, wie man neue Dokumente vorzeigen muss.«

»Machen Sie sich darum mal keine Sorgen. Dokumente wird Lichtwitz drucken. Wenn nur die Gräfin die Verpflegung übernehmen kann.«

Einen Moment schauten sie beide in den blauen Himmel.

»Es muss gehen.«

## · 70. Kapitel ·

### 23. März 1945

Als es am Tag nach Ursels und Evas Beerdigung an der Tür klingelte, standen da, als Karin öffnete, zwei sehr junge Menschen. Ungefähr in ihrem Alter, und das sah man selten in Berlin. Das mussten die Geschwister Neumann sein, von denen Ruth berichtet hatte.

»Kommt rein«, forderte Karin sie auf, und die beiden huschten an ihr vorbei ins Wohnzimmer.

Sie überlegte, ob sie vielleicht versuchen sollte, Tee zu kochen. Aber wer wusste schon, ob sie gerade Gas hatten.

»Ich bin Rita, und das ist mein Bruder Ralph«, sagte das Mädchen. »Der Pfarrer hat gesagt, wir sollen uns hier melden.« Sie sah Karin zweifelnd an.

In diesem Augenblick kamen Ruth und Walter ins Zimmer. Sie stellten sich vor, und Ruth sagte: »Zeigt doch mal eure Hände her, Poelchau hat gesagt ...« Sie verstummte, denn die beiden streckten ihre Handflächen aus, auf denen sich Blut und Eiter mischten.

Walter trat sofort in Aktion. »Karin, koch Wasser ab. Wenn es kein Gas gibt, dann eben auf dem Spirituskocher. Ich brauche saubere Handtücher. Und meine Tasche. Ruth, würdest du?« Man hörte die Sorge in seiner Stimme.

Karin ging in die Küche, um das Geforderte zu erledigen, und setzte auch gleich noch Wasser für Tee auf. Sie legte ihre eigene Portion Zwieback auf einen Teller und bot ihn den Geschwistern an.

Als die beiden ärztlich versorgt waren und ihren Tee schlürften, wurde Kriegsrat gehalten. Walter, Fred, Ruth und Karin saßen bei den beiden auf dem Sofa und überlegten.

Rita hatte von Poelchau falsche Papiere bekommen. Für Ralph war es aber ein Problem, denn er brauchte nicht nur einen Ausweis, er musste auch von der Wehrpflicht und vom Volkssturm befreit werden.

Ruth fasste die Lage zusammen. »Leo ist ja bis auf Weiteres in diesem Sanatorium, ihr werdet also oben in seiner Wohnung schlafen. Wir müssen nur gut vorbereitet sein, falls euch jemand sehen sollte. Und wir brauchen mehr Marken.«

Walter versprach, sich um einen Pass zu kümmern, und Fred war sich sicher, den mit einem Foto von Ralph fachgerecht ändern zu können.

»Bloß wie kommen wir an mehr Marken?«, fragte Karin. »Ursel kann uns ja nun nicht mehr helfen.«

Walter schlug sich mit der flachen Hand aufs Knie. »Dann müssen wir eben einbrechen.«

Ruth riss die Augen auf. »Was? Bist du wahnsinnig?«

»Ist das nicht zu gefährlich?« Karin runzelte die Stirn.

»Es ist eine gute Möglichkeit, ich bin dabei«, sagte Fred ungerührt. »Wir müssen sowieso was tun, ich habe gehört, dass man ab übernächster Woche keine abgetrennten Karten mehr eintauschen darf.«

»Ich will auch mitmachen«, meldete sich Ralph, aber alle – besonders Walter – schüttelten den Kopf. »Wenn deine Hände verheilt sind, kannst du gern bei jeder Schandtat dabei sein, Junge. Aber erst wirst du gesund.«

Und damit war das Thema abgeschlossen.

Zwei Tage später brachen Walter und Fred tatsächlich in der Kartenstelle ein. Doch leider fiel ihre Ausbeute anders aus als erhofft.

Zu Hause bei Ruth warf Walter mit finsterer Miene einen Stapel Karten auf den Tisch. Karin griff nach einigen und betrachtete sie. Es waren Fliegerabreisebescheinigungen für Ausgebombte.

Walter ließ sich auf den Stuhl fallen. »Tut mir leid, was Besseres gab es da nicht.«

»Das macht nichts«, sagte Ruth. »Wir folgen der Ursel-Methode.«

## · 71. Kapitel ·

### 27. März 1945

Ruth klammerte sich schweißgebadet an ein dünnes Seil, über ihr nur grauer Himmel, unter ihr der Abgrund. Neben ihr baumelte Walter. Er hielt sich nur mit einer Hand fest, mit der anderen winkte er ihr fröhlich zu. »Lass los, lass dich ruhig fallen! Unten ist es auch ganz schön.« Und damit rauschte er ab in die Tiefe. Kaum war er weg, kam hinter ihm Karin zum Vorschein, die ebenfalls nur an einem dünnen Seil hing. Ihr Fingerknöchel traten weiß hervor, und Ruth meinte, ein dünnes Rinnsal Blut aus ihren geballten Fäusten treten zu sehen. Dann wieder Walters Stimme, diesmal wie aus weiter Ferne: »Lass los!«

Ruth wachte keuchend auf. Es war stockdunkel, neben sich hörte sie Walters leicht brummende, aber gleichmäßige Atemzüge. Was für ein beängstigender Traum.

Am Abend hatten sie lange im Wohnzimmer gesessen, um aus den Karten Ab- und Anmeldeformulare zu machen, Fred hatte dabei die Feinarbeit übernommen, den Stempel für ein halbes Dutzend Papiere hatte er aus einer Kartoffel mehr schlecht als recht geschnitzt. Sie selbst war mit Walter auf Erkundungstour gegangen, um die Adressen ausgebombter Häuser zu notieren.

Damit konnte man losgehen, einen neuen Pass beantragen, und dann ganze Markenhefte bekommen.

Als die Ausweise auf dem Tisch lagen, hatten sie überlegt, wer es wagen sollte, damit im Polizeirevier aufzutauchen. Die Papiere waren nicht besonders gut geworden, aber wenn viel los war, schauten die Schalterbeamten vielleicht nicht so genau hin.

»Ist doch klar, ich natürlich«, hatte Karin gesagt und die anderen hatten nach kurzem Überlegen genickt.

Nur Ruth hatte protestiert. »Lasst mich das machen.« Aber abgesehen davon, dass sie älter war und um Karin fürchtete, hatte sie keine guten Argumente.

»Nein, Mama. Du weißt genau, dass ich mit meinen blonden Haaren und den blauen Augen viel unverdächtiger bin als du. Mir würde niemand einen Betrug zutrauen.« Sie klimperte mit den Wimpern. »Außerdem bin ich Schauspielerin.«

Und damit war Ruth überstimmt.

## · 72. Kapitel ·

### 4. April 1945

Als Karin in Potsdam vor dem Polizeirevier stand, klopfte ihr das Herz bis zum Hals. Sie hatte gehofft, dass sie ruhiger sein würde. Ruth stand weiter hinten an der nächsten Straßenecke und plauderte unauffällig mit Fred. Walter hielt zu Hause die Stellung und bewachte das Telefon. Sie atmete tief durch, dann ging sie hinein.

»Heil Hitler!« Sie setzte ein gewinnendes Lächeln auf und versuchte, gleichzeitig so einfältig wie möglich zu wirken.

Als sie dem Beamten ihre Karten hinstreckte, stempelte er sie ab, ohne genau hinzusehen. Sie dankte mit einem weiteren Lächeln, verabschiedete sich mit Hitlergruß und war wieder auf der Straße.

Ihr Herz hämmerte, aber der erste Teil war geschafft. Nun waren sechs Fliegergeschädigte in Potsdam gemeldet. Sie schaute kurz zu Ruth und Fred, die immer noch an der Ecke standen. Aber sie wollte sich jetzt nicht ablenken lassen, sondern lieber in der Rolle bleiben.

Also gleich in die Kartenstelle. Hier konnte es noch einmal brenzlig werden. Karin ging über die Straße und erreichte die Kartenstelle. Sie stellte sich ans Ende der Warteschlange und rezitierte innerlich einen Monolog der Luise aus Kabale und Liebe, während sie wartete. Am Schalter saß eine Frau. Karin lächelte ihr gewinnendstes Lächeln, und tatsächlich händigte ihr die Schalterbeamtin ohne weitere Fragen sechs Monatssätze Karten aus. Karin bedankte sich und zwang sich, nicht laut loszujubeln.

Jetzt aber ab mit Miezen. Sie machte sich auf den Weg zum Bahnhof, Fred und Ruth folgten ihr, und dann im Waggon saßen sie endlich zusammen und umarmten sich. Für die Geschwister Neumann war erst einmal gesorgt. Aber das war nur der Anfang.


Am nächsten Tag schon kam Fred von einem Morgenausflug zurück und berichtete, dass sogenannte Werwölfe, also einzelne Kämpfer und kleine Gruppen unterwegs waren, die Berlin bis auf den letzten Tropfen Blut verteidigen sollten.

Als Karin den Volksempfänger anschaltete, bekam sie die Bestätigung von Goebbels persönlich. »Der Werwolf hält sich nicht an die Beschränkungen, die dem innerhalb unserer regulären Streitkräfte Kämpfenden auferlegt sind. Für die Bewegung sind jeder Bolschewist, jeder Brite und jeder Amerikaner auf deutschem Boden Freiwild. Wo immer wir eine Gelegenheit haben, ihr Leben auszulöschen, werden wir das mit Vergnügen und ohne Rücksicht auf unser eigenes Leben tun. Hass ist unser Gebet und Rache unser Feldgeschrei. Der Werwolf hält selbst Gericht und entscheidet über Leben und Tod.«

Karin drehte ab. Auf diese fürchterliche Hetze hin brauchte sie einen Kaffee. Den Gasherd bemühte sie vergeblich, wieder einmal war das Gas abgestellt. Sie wollte nicht darüber nachdenken, ob das der Vorbote eines neuen Luftangriffs war, sie wollte ihren Kaffee. Sie sah nach dem Spirituskocher und stellte fest, dass auch der Spiritus langsam zur Neige ging. Also beschloss sie, auf dem Balkon eine kleine Feuerstelle zu errichten und mit ein bisschen Reisig, das sie auf dem Friedhof gesammelt hatte, ein Feuer für den

Kaffee zu entzünden. Abgesehen vom Qualm, der etwas unangenehm war, klappte das in der Tat sehr gut. Als Ruth mit schreckgeweiteten Augen die Zimmertür aufriss, hielt Karin ihr eine duftende Tasse Malzkaffee entgegen.

Am Abend berichtete Walter, dass ab Montag die Verkehrsmittel stillgelegt werden würden, nur Berufstätige aus kriegswichtigen Betrieben mit Ausweis durften dann noch die S- und U-Bahnen benutzen.

»Das geht doch nicht«, widersprach Karin aufgebracht. »Wie sollen wir denn unsere Untergetauchten versorgen, wenn wir uns nicht in der Stadt bewegen können? Zu Poelchau brauche ich zu Fuß ja einen halben Tag.«

Sie bemerkte, wie Walter Fred einen Blick zuwarf.

Fred rieb sich die Nase. »Na ja, wir dachten, dass wir auch die Verkehrsausweise fälschen könnten.«

Walter musste Ruths zweifelnden Blick gesehen haben, denn er ergänzte: »Mit Unterstützung von Ludwig Lichtwitz natürlich. Ich habe ihn heute Nachmittag schon gefragt. Er würde es machen, wir müssen ihm nur besorgen, was er braucht.«

Karin tauschte Marken für drei Liter Milch bei einem SS-Mann gegen eine echte Vorlage ein und brachte sie schnurstracks zu Ludwig. Je länger der Krieg dauerte und je schlechter die Versorgung war, desto bestechlicher wurden die SS-Männer. Es sprach sich schnell herum, wer gegen eine Aufmerksamkeit zu einer Gefälligkeit bereit war und bei wem man nach wie vor Gefahr lief, mit der gleichen Bitte schnurstracks im Gefängnis zu landen.

Mit dem passenden Papier, das Walter besorgte – ohne dass er sagen wollte, woher er es hatte –, und einigen anderen geheimnisvollen Dingen, die Ludwig dringend benötigte, war alles bereit.

Und so kam es, dass hundert Verkehrskarten gedruckt wurden und sowohl Untergetauchte als auch Helfer weiter mit der Bahn fahren konnten. Einer wirklich genauen Überprüfung hätten sie wohl nicht standgehalten, aber dass Berlin ein einziger Trümmerhaufen war, spielte ihnen wie das Durcheinander auf den Straßen buchstäblich in die Karten.

## · 73. Kapitel ·
### 15. April 1945

An diesem Sonntag stand zwischen zwei Luftangriffen plötzlich Leo vor der Tür im Hünensteig.

Walter, der hinter Ruth herangekommen war, reagierte zuerst. »Mensch, alter Freund, was machst du denn hier? Bist du überraschend gesundet?«

Ruth lächelte und bat Leo herein.

Er folgte ihr in die Küche, in der leider der Gasherd immer noch nicht ging. Aber es gab genügend Platz zum Sitzen.

Leo ließ sich auf einem Stuhl nieder und schüttelte den Kopf. »Ich habe es nicht mehr ausgehalten. Es kann ja nicht mehr lange dauern, sie werden mich schon nicht schnappen.«

»Das einzige Problem könnte der Luftschutzwart werden«, warnte Walter.

Ruth winkte ab. »Stimmt, das weißt du ja noch gar nicht. Der ist uns verlustig gegangen. Mit der ganzen Familie nach Westen geflohen, es ist ihm wohl zu gefährlich geworden bei uns. Sichere Auskunft von Frau Held, meiner bestens informierten Nachbarin.« Trotzdem war sie beunruhigt. Ein weiterer Untergetauchter in der Wohnung. Hoffentlich ging das gut.

Leo rieb sich übers Kinn. »Vielleicht sollten wir dann alles Wichtige in den Keller bringen und uns darauf einrichten, mehr dort unten zu wohnen als hier oben. Das könnte sicherer sein.«

Diesen Vorschlag fand Ruth vernünftig. Die beiden Männer machten sich daran, einige Möbel in den Keller zu bringen. Ihre Tagebücher verbarg sie ganz weit hinten unter mehreren alten Säcken. Karin wollte eine ziemlich große Auswahl ihrer liebsten Bücher im Keller.

Irgendwann ging den Männern die Kraft aus, und Ruth stützte die Hände in den schmerzenden Rücken. »Na gut, wir machen Pause.«

Sie stiegen aus dem Keller, und während Leo und Karin nach oben gingen, nahm Walter im Erdgeschoss ihre Hand. »Lass uns ein bisschen rausgehen.«

Sie liefen Richtung Kanal, und mit jedem Schritt begegneten sie weniger Menschen. Hier am Wasser war es still, und man konnte sehen, dass der Frühling gekommen war – trotz allem. Unter ein paar hohen Kiefern, eingerahmt von einer fröhlich gelb blühenden Forsythie, stand eine Bank.

»Komm, wir setzen uns ein wenig hin«, sagte Walter.

Schweigend schauten sie ein paar Minuten lang in den blauen Himmel. Ruth war so den Anblick von Zerstörung gewöhnt, dass sie die zart sprießenden hellgrünen Blätter um sie herum ungewöhnlich stark berührten. Was für ein wundervoller Frühling. Fast wären ihr Tränen in die Augen gestiegen.

»Du.« Walter stieß sie leicht in die Seite. »Schau mal dort drüben. Da haben sie ein Geschütz aufgefahren, direkt neben der großen Kiefer.« Er zeigte nach links.

Tatsächlich. Ein feldgraues Kanonenrohr, Erdlöcher, Kisten und Munition. Nicht fünf Minuten lang konnte man den Frühling genießen, ohne dass der Krieg einem dazwischenfunkte. Der Krieg ließ einen nicht los, niemanden von ihnen.

Sie seufzte. »Meinst du, dass wir davonkommen?«

Walter zuckte die Schultern. »Ich weiß es nicht. Es sind schon bessere Menschen als wir draufgegangen. Ist eben Glückssache. Am besten, man bleibt da ganz pragmatisch.«

»Und wenn wir es überstehen, ich meine: Hitler, die Bomben und den Häuserkampf?«

»Dann wird man Berlin besetzen. Auch da brauchen wir Glück.«

»Glück?«

»Keiner weiß doch, was passiert. Vielleicht erreichen uns die Russen von Küstrin her. Oder die Engländer von Magdeburg aus.«

»Und wenn alle auf einmal kommen?«

»Das wäre vielleicht am besten, weil es eine Art Wettkampf beim Wiederaufbau auslösen könnte. Man muss es eben abwarten und braucht, wie gesagt, Glück.«

Glück. Sie hatte bisher eine ganze Menge davon gehabt, wenn man bedachte, dass sie noch lebte und auch nicht erwischt worden war. Auf der anderen Seite, wenn sie ihr Leben der letzten Jahre Revue passieren ließ, dann hätte sie nicht behauptet, sehr glücklich gewesen zu sein.

»Ich glaube nicht, dass wir einen Anlass haben, die Flinte ins Korn zu werfen.« In Walters Augen blitzte es. »Im Gegenteil, wir haben unser Glück schon zu lange nicht mehr auf die Probe gestellt, findest du nicht?«

Ruth sah Walter misstrauisch an. »Was meinst du?«

»Lass uns heute Abend ein paar Leute zusammentrommeln, dann verstehst du, was ich meine.« Er stand auf, zog sie hoch und in seine Arme. Und dann küsste er sie. »Komm, meine Schöne!«

Abends trafen sie in der Uhlandstraße zusammen. Leo war auch dabei. Sie teilten sich auf, Leo ging voraus, die Lage sondieren, dann folgte Walter, und der winkte schließlich Ruth. Leo führte sie hinunter in den Luftschutzkeller, wo schon drei Männer warteten. Ruth kannte keinen von ihnen. Ihr Herz schlug hart gegen ihren Brustkorb.

»Ich bin Gregor«, sagte der eine. »Das sind Berthold und Reinhard. Zigarette?« Er ließ ein Etui herumgehen, und tatsächlich fühlte Ruth sich nach ein paar Zügen entspannter.

»Es geht darum, Nein zu sagen zu Hitlers Politik. Öffentlich. Wir planen eine Aktion über ganz Berlin hinweg. Sie steigt Mittwochnacht. Auf allen Mauern soll ein Nein den Nazis entgegenrufen. In Kreide, Farbe, Kohle oder Tünche. Überall soll Nein stehen. Jede Gruppe übernimmt einen Stadtbezirk.«

»Und wir sollen uns um Steglitz kümmern?«, fragte Leo.

»Schöneberg, Friedenau und Wilmersdorf sind auch noch unbesetzt. Konzentrieren Sie sich auf die Hauptstraßen, der Mond geht spät auf in dieser Nacht.«

»Mama, ich verstehe nicht, was das bringen soll. Wände beschmieren ... Ist das nicht gefährlich? Und wem hilft das?« Karin, die sonst nie irgendwelche Bedenken äußerte, manchmal sogar für Ruths Geschmack zu wenig Furcht zu verspüren schien, war ausgerechnet mit der Nein-Aktion nicht einverstanden.

Und Ruth konnte das nachvollziehen. Es war etwas anderes, wenn man jemandem *half*; sogar das Fälschen der Karten war ja für die gute Sache gewesen. Das hier hingegen war etwas ganz anderes. Aber Ruth hatte zugesagt, weil Leo und Walter mit solchem Feuereifer dabei waren. Sie hatten alle alarmiert, die sie überzeugen konnten. Und gleich sollte das Ding steigen. »Ich denke, es geht mehr darum, Haltung zu zeigen. Einfach zu zeigen, dass wir nicht einverstanden sind. Dass wir nicht alle Nazis sind. Es ist ein politisches Zeichen.«

Karin sah sie einen Moment lang an und schien zu überlegen. »Ich finde das nach wie vor nicht besonders sinnvoll, aber Fred und ich machen natürlich mit, wir lassen euch nicht allein. Nur ... vielleicht sprechen wir morgen noch mal darüber.«

Ruth nahm sie rasch in den Arm und drückte sie fest an sich. »Pass auf dich auf, meine Kleine. Ich hab doch nur dich.«

Ruth war mit Walter unterwegs, sie hatten die Albrechtstraße übernommen. Es war schon nach drei Uhr morgens, und es war stockdunkel. Doch nach kurzer Zeit hatten sich ihre Augen an die Dunkelheit gewöhnt, und die weißen Wände blendeten sie geradezu. Sorgfältig malte Ruth die Buchstaben auf. *Nein.* Ein paar Meter weiter, das wusste sie, tat Walter das Gleiche. Und zur nächsten Mauer. *Nein, nein, nein.* Überall auf ihrem Weg.

Dann Geräusche. Die Nachtpatrouille?

Walter drängte Ruth in einen Hauseingang und stellte sich vor sie. Er neigte seinen Kopf zu ihrem. »Ganz still«, wisperte er.

Die Schritte kamen näher und entfernten sich wieder, ohne zu verharren. Als sie verklungen waren, küsste Walter sie. Lang und weich, ein Kuss, der dafür sorgte, dass Ruth warm und kalt zugleich wurde.

Dann löste er sich von ihr.

Ohne ein Wort darüber zu verlieren, arbeiteten sie weiter.

Schließlich blieb Walter vor einem Plakat stehen. Die Juden

sind unser Unglück, stand darauf. »Da haben wir ja den perfekten Ort gefunden.« Quer über das Plakat zog sich das Nein.

Danach gingen sie in einem Bogen wieder zurück zur Bergstraße. Nun schlurften ihnen schon die ersten Frühaufsteher entgegen, Dienstverpflichtete, die zu ihren Zwangsarbeitstellen gingen. Was für ein Glück, dass sie sich bisher davor hatten drücken können.

»Langsam wird mir kalt«, brummte Walter. »Wenn man eine Tasse Tee kriegen könnte ...«

»Kriegst du«, sagte Ruth. Und da die Berliner Gaswerke vor sechs Uhr morgens anscheinend großzügig waren, konnte sie das Wasser sogar am Gasherd erhitzen.

Eine Stunde später war klar, dass unglaublicherweise alle heil davongekommen waren, niemand war erwischt worden.

# · 74. Kapitel ·

### 21. April 1945

Sie hatten die Nacht im Keller verbracht, und das war einfach nicht mit dem Bett in ihrem Schlafzimmer zu vergleichen. Ruth hatte früher immer gefunden, dass es etwas klein war und für zwei Personen recht eng. Aber auch wenn Walter neben ihr schlief – und ja, er schlief nur da, sonst nichts –, war es nun das Herrlichste überhaupt, tagsüber ein paar Stunden dort richtig zu schlafen.

Als sie heute aus dem Keller kamen, stellte Ruth fest, dass *alles* abgestellt war: Wasser, Strom und Gas. Nichts ging. Auch das Telefon war tot.

Also kein Kaffee und kein Tee. Andererseits, dachte Ruth, ein gutes Zeichen. Das Ende musste nahe sein.

Fred, Walter und Leo gingen los, jeder zwei Eimer in der Hand, um Wasser zu holen. Damit füllten sie die Badewanne. Es war erst einmal genug, um davon zu trinken und sich zu waschen, dennoch war es nicht viel.

Danach machten Ruth und Karin sich auf in Richtung Schloßstraße, um die restlichen vorhandenen Marken in Lebensmittel umzutauschen. Es gab noch ein bisschen ranzige Butter, Linsen und Brot. Ruth fand es trotzdem schön und beruhigend, mit Karin unterwegs zu sein – als könnte sie ihre Tochter so beschützen, falls etwas geschah. Jede Sekunde mit ihr war einfach kostbar. Sie hakte sich bei ihr unter, und sie beschlossen, den Weg zurück über das Rathaus zu nehmen.

»Erzähl mir von Fred. Was magst du an ihm besonders?«

Auf Karins Gesicht erschien ein Lächeln, das Ruth nur zu deutlich zeigte, wie verliebt ihre Tochter war.

Dann erstarrte Karin mit einem Mal, und ein Ausdruck des Grauens erschien auf ihrem Gesicht. Ruth folgte ihrem Blick. Direkt am Steglitzer Rathaus hing, aufgeknüpft an einer Laterne, ein Soldat. Das Gesicht fahlblau, die Hände auf dem Rücken gefesselt. Vor seiner Brust war ein Schild befestigt: *Ich war zu feige, Frauen und Kinder zu verteidigen, darum hänge ich hier.*

Einen Augenblick standen sie stumm vor Entsetzen da. Dann liefen sie, ohne ein Wort darüber zu verlieren, schnellen Schritts nach Hause. Die Männer mussten sofort in den Keller. Sie mussten sich verstecken.

Die nächsten Tage waren ein einziges Auf und Ab. Sie saßen viel im Keller, Karin, Fred, Walter und sie, dazu die übrig gebliebenen Nachbarn. Manchmal hatten sie Strom, meistens jedoch nicht. Manchmal funktionierte das Radio, meistens nicht. Hin und wieder ging das Telefon. Dann versuchten sie, die Freunde in anderen Stadtteilen zu erreichen. Schon erobert? Nein? Wir auch nicht.

Abwechselnd hielten sie Wache im Treppenhaus, und zwar im zweiten Stock, bei dem Fenster, das zum Friedhof hinausblickte.

Eines Nachmittags, als Ruth dort stand, nach draußen starrte und hoffte, dass es nicht mehr allzu lange dauerte, öffnete sich die Wohnungstür ihrer Nachbarin Frau Held. Ein Mann trat heraus, den Ruth noch nie gesehen hatte.

»Bernhard Pampuch«, stellte er sich vor.

»Ruth Andreas-Friedrich«, erwiderte Ruth perplex.

Hinter Pampuch kam Frau Held auf den Flur. »Oh, entschuldigen Sie, Frau Friedrich. Es tut mir leid, aber Bernhard wollte einfach nicht länger in seinem Versteck bleiben. Es ist doch wohl jetzt nicht mehr so gefährlich?«

Ruth blinzelte einen Moment und versuchte zu begreifen. Ihre immer liebe und unauffällige Nachbarin hatte einen *Illegalen* versteckt? Als sie daran dachte, wie sehr sie in den letzten Jahren davor Angst gehabt hatte, dass eine Nachbarin wie Frau Held Verdacht schöpfen und sie verraten könnte, hätte sie angesichts dieser Absurdität fast laut gelacht. Vielleicht hatte Frau Held ja ganz ähnliche Gedanken gehabt?

Ruth erklärte den beiden ihr System beim Wachehalten, zeigte ihnen die weißen Laken, die sie aus dem Fenster hängen wollten, wenn es so weit war, und beide boten an mitzumachen.

Und weiter ging es hin und her. Jetzt kommen die Russen. Nein, es ist die SS. Maschinengewehrsalven. Dann wieder das Krachen der Stalinorgeln.

Werwölfe oder Russen? Man konnte es nicht erkennen an den Geräuschen. Und würden die Russen sie wirklich einfach nur befreien? Wenn Ruth darüber nachdachte, was Soldaten mit den *befreiten* Frauen oft taten, wurde ihr angst und bange um Karin.

## 75. Kapitel

27. April 1945

Im Kellerversteck war es dunkel und die Luft abgestanden. Sie lebten jetzt komplett dort, auch Walter und Fred. Und auch Frau Held und Bernd Pampuch nahmen ihre Plätze mittlerweile ganz offen hier unten ein. Es war richtig voll. Karin war froh, dass sie dran war mit Wachehalten, so konnte sie für eine Weile dem dunklen Loch entfliehen. Sie stieg die Treppen in den zweiten Stock hoch.

Karin fieberte der Befreiung entgegen, auch wenn eine Unruhe blieb. Wer wusste schon, wie es weitergehen würde? Waren die Russen nette Leute, so wie Leo? Bestimmt nicht alle. Heute war es viel stiller als in den letzten Tagen, in denen man immer wieder Schüsse gehört hatte oder Granaten eingeschlagen waren, sogar gleich gegenüber auf dem Friedhof. Vom Fenster aus konnte sie einen Toten am Friedhofseingang liegen sehen, der scheinbar in den Himmel starrte. Sie schaute hinunter auf die Straße, die wie leer gefegt war. Brandgeruch, beißend, aber längst nicht mehr ungewohnt.

Dann plötzlich ein ganz neues Geräusch, das Karin zuerst nicht zuordnen konnte. Ein schepperndes Rasseln. Sie beugte sich vor und starrte angestrengt auf die Straße, wo er nun auftauchte: der erste russische Panzer. Von der Bismarckstraße aus rollte er mit erhobenem Geschütz genau auf sie zu.

Einen Moment lang war Karin wie erstarrt. Dann hängte sie mit fliegenden Fingern das weiße Laken aus dem Fenster und schrie: »Sie sind da!« Im nächsten Augenblick rannte sie in den Keller hinunter. »Sie sind da!«

Es dauerte noch eine Weile, bis die Kellertür mit Schwung aufgestoßen wurde. Ein bärtiger Offizier erschien im Rahmen, eine Maschinenpistole im Anschlag. Leo stand auf und hob die Hände, alle anderen taten es ihm nach.

»Drusja, Freunde«, sagte er. »Wir haben auf euch gewartet.«

Dann redete er beschwörend auf Russisch auf den Mann ein, Karin verstand kein Wort. Nur Drusja, das hatte Leo ihnen beigebracht.

Schließlich senkte der Russe die Waffe und lachte.

Karin atmete erleichtert auf.

Sie durften den Keller nicht verlassen, aber es kamen mehr Männer, mehr russische Soldaten, und sie brachten am Abend sogar etwas zu essen in den Keller, als sie sich mit Leo unterhielten. Sie hätten Karin Angst gemacht, wenn nicht Leo da gewesen wäre, um sie zu beschützen. Es schien tatsächlich vorbei zu sein. Karin schlief, in Freds Arm, so tief wie selten in den letzten Monaten.

Bis die Schüsse sie aus dem Schlaf rissen.

»Werwölfe!«, rief Ruth. Sie war bleich und zitterte. Walter neben ihr sah besorgt aus.

Es knallte und donnerte, direkt vor dem Haus wurde gekämpft. Es dauerte Stunden, in denen sich Karin in Freds Arme schmiegte. Ruth, Walter und Leo stand die Anspannung ins Gesicht geschrieben. Frau Held und Bernd Pampuch saßen kreidebleich in ihrer Ecke.

Morgens schwang wieder die Tür auf, und wieder stand ein russischer Offizier da. Doch diesmal wurde Leo abgeführt. Ruth ging mit ihm, sie ließ sich auch von den Soldaten nicht zurückschicken.

Sprachlos starrte Karin ihr nach. Warum tat sie das? War das womöglich das letzte Mal, dass sie Ruth gesehen hatte? Wann hatte sie sie zuletzt umarmt? Wurden die beiden jetzt erschossen?

Karin spürte, wie Fred ihre Hand drückte.

Nach einer Stunde wurde sie erlöst. Ruth und Leo kamen zurück in den Keller.

»Ich habe schon gedacht, unser letztes Stündlein hätte geschlagen«, sagte Ruth.

»Wir auch!« Karin fiel ihr um den Hals.

Leo rieb sich über das Gesicht. »Sie haben uns auf den Friedhof gebracht, da standen gleich drei Offiziere, die mich ausgefragt haben. Am Schluss wollten sie wissen, ob ich den russischen Sender höre und ob ich die Hymne vorsingen kann.« Sein Lächeln war schief, die Angst saß ihm noch deutlich im Nacken. »Es gibt seit kurzer Zeit eine neue. Aber ich konnte sie singen.«

## · 76. Kapitel ·

### 26. Mai 1945

Als Leo am 12. Mai, nur drei Tage nach Kriegsende, verkündet hatte, dass er bald sein erstes Konzert geben werde, hatte Ruth geglaubt, er mache Witze. Wo sollten sich denn unter den Trümmern Musiker verstecken? Oder Instrumente?

Das Haus reparieren, die Sachen wieder nach oben schaffen – es hatte viel zu tun gegeben. Aber nun, auch das sagte Leo ja damit, waren sie nicht mehr Helfer und Boten und Wiederaufbauer, sondern wieder Dirigent und Arzt und Schauspielerin und Redakteurin und Buchhändler. Und Arbeitslose. Deswegen schwärmten sie aus, um sich nützlich zu machen. Ein erster Ausflug führte Walter in sein altes Krankenhaus und Ruth in den Verlag. Da sie den gleichen Weg hatten und damit Ruth nicht allein auf den Straßen war, gingen sie zusammen. Und kamen abends mit der Möglichkeit, eine Jugendzeitschrift zu machen, und neuen ärztlichen Aufgaben zurück.

Am 24. Mai hatte Leo beim Frühstück verkündet, dass er abends die erste Probe habe. Zwölf Tage lang war er kreuz und quer durch Berlin geradelt, hatte Genehmigungen eingeholt, Instrumente organisiert und Musiker aufgestöbert – und nun war es so weit. Unglaublich, aber wahr.

Um sechs Uhr abends begann das Konzert im Titania-Palast an der Schloßstraße. Walter, der just gestern zum Amtsarzt ernannt worden war, und Karin und Fred begleiteten Ruth.

Vor dem Portal stand eine Menschenmenge. Sie alle wollten dieses erste Konzert in Berlin nach dem Krieg hören.

Die vier suchten sich einen Platz, und schon kurz darauf wurde es dunkel im Saal. Ruth suchte nach Walters Hand, der sie nahm und leicht drückte.

»Die Berliner sind gar nicht so schlimm«, flüsterte sie.

Dann tauchte Leo auf der Bühne auf und schwang den Taktstock. Die Geigen begannen zu singen.

Und sie sangen kraftvoll. Sie sangen den Sommernachtstraum von Mendelssohn. Sie sangen Mozart und Tschaikowsky. Sie sangen, was jahrelang verboten gewesen war. Ruth ließ den Blick über die vollen Reihen schweifen, über die Menschen, die übrig geblieben waren. Da fielen ihr die ein, die nicht übrig geblieben waren. Die Freunde, die sie nicht hatten retten können. Ursel Reuber. Die tapfere kleine Ursel, was wäre wohl aus ihr geworden? Dr. Jakob und seine Familie. Marion Rosenthal. Ohne dass sie es verhindern konnte, stiegen Ruth die Tränen in die Augen. Und der liebe Heinrich Mühsam. Ob er wohl wusste, da, wo er jetzt war, dass Karin nicht nur für sich selbst Theater spielte, sondern auch für ihn? Ohne Mühsam, seine Bücher und die Kinonachmittage mit ihm hätte sie nie das Verlangen verspürt, selbst zu spielen, das ahnte Ruth. Karin. Ruth sah sie von der Seite an und spürte eine überwältigende Welle der Liebe und Dankbarkeit in sich aufsteigen.

Später in dieser Nacht stand Ruth mit Walter rauchend auf dem Balkon. Sie hatten über das Konzert gesprochen, über Berlin und auch über die Zukunft.

Eine Zukunft, die endlich wieder möglich schien. Ruth wollte daran glauben.

## · Nachwort ·

Ruth Andreas-Friedrich hat gezeigt und aufgeschrieben, dass Widerstand in der Nazizeit möglich war. Es war nicht ungefährlich, aber sie und andere Menschen in Berlin und ganz Deutschland, Juden und Jüdinnen, Kommunisten, Arbeiter und Intellektuelle haben verfolgten Menschen, Jüdinnen und Juden, Deserteuren und politisch Verfolgten geholfen. Ungefähr 1500 Jüdinnen und Juden konnten so in Berlin Deportation und Tod entgehen.

Für Ruth war am Anfang einfach nur klar, dass sie ihren Freunden helfen würde. Erst mit der Zeit und obwohl sie schon ganz am Anfang des Aufstiegs von Adolf Hitler schlimmste Befürchtungen hatte, wurde ihr bewusst, dass diese Hilfe auch Widerstand war. Ruth und ihre Freunde leisteten wie viele andere unbewaffneten Widerstand im Geheimen. An einem Punkt fragt sich Ruth in ihrem Tagebuch, ob es nicht notwendig wäre, *bewaffneten* Widerstand zu leisten – auch den hat es ja gegeben. Doch sie kommt zu dem Schluss, dass sie und ihre Freunde niemanden töten wollen, aus der tiefen Überzeugung heraus, dass das falsch ist. Ihrer Meinung nach hätten sie sich dann mit den nationalsozialistischen Mördern auf eine Stufe gestellt. Es ist ein Dilemma, das Ruth zu der Frage führt, an welchem Punkt man die noch junge Demokratie der Weimarer Republik mit friedlichen Mitteln hätte verteidigen können.

Das ist eine Frage, die ich mir auch stelle. Ich denke, die Antwort ist: *jetzt*. An jedem einzelnen Tag ist es unsere Aufgabe, unsere Demokratie und das friedliche Miteinander zu verteidigen.

Ruth verstand sich und ihre Freunde weder als Helden oder Einzelkämpfer noch als Teil einer Organisation. Vielmehr sah sie sich als Teil einer Gemeinschaft von Hitlergegnern, die stillen Widerstand leisteten. Davon gab es einige. Viele davon ließen sich die Hilfe, die sie leisteten, allerdings bezahlen, durch Arbeit der Versteckten, Geld, Schmuck oder sexuelle Gefälligkeiten. Jüdinnen und Juden waren abhängig von der Gunst ihrer Unterstützer. Und da gibt es wirklich einen großen Unterschied zu *Onkel Emil*. In dieser Gruppe existierten keine Hierarchien zwischen Helfern und Hilfeempfängern. Man begegnete sich auf Augenhöhe. Auch, aber nicht nur, weil im Lauf der Zeit auch Mitglieder der Gruppe selbst – zum Beispiel als Wehrdienstverweigerer – in den Untergrund gehen mussten und die tatkräftige Unterstützung der Gruppe benötigten.

Es liegt mir am Herzen, zu betonen, dass Widerstand, wie Ruth und ihre Gruppe ihn leisteten, wunderbar und wichtig war. Und ist. Wir können sie uns zum Vorbild nehmen, gerade weil es ihnen zunächst einfach darum ging, ihren Freunden zu helfen. Aber, wie Ralph Neumann in seinen Erinnerungen über die Gruppe *Onkel Emil* schreibt: alles Akademiker. Es gab noch viele, viele andere Menschen im Widerstand, die weniger privilegiert waren als Ruth. Arbeiter:innen, die im kommunistischen Widerstand waren, und zahlreiche andere.

Als ein Beispiel von vielen sei Hildegard Jadamowicz genannt. Sie wuchs zusammen mit ihrer älteren Schwester Beatrice bei ihrer jüdischen Großmutter in Neukölln auf, weil ihre Mutter gestorben war. Sie war sehr klug, übersprang drei Klassen, war aber nach ihrem Abschluss lange arbeitslos. Mit 15 trat sie 1931 in den Kommunistischen Jugendverband ein. Ab 1933 – ihre Großmutter war gestorben – arbeitete sie in einer Fabrik und besuchte Abendkurse, um Sprechstundenhelferin zu werden. Ab 1935 war sie Mitglied der illegalen »Internationalen Arbeiterhilfe«. Dort lernte sie ihren späteren Verlobten Werner Steinbrink kennen. Mit ihrer Schwester beteiligte sie sich an Flugblattaktionen, wurde verhaftet, aber wieder freigelassen. Danach arbeitete sie als Arzthelferin und bekam über Werner Kontakt zu weiteren Widerstandsgruppen, unter anderem zur Herbert-Baum-Gruppe. Sie beteiligte sich an dem Brandanschlag auf die antisowjetische Propagandaausstellung »Das Sowjetparadies« und wurde am 22. Mai 1942 verhaftet. Zusammen mit anderen Mitgliedern der Baum-Gruppe wurde sie am 16. Juli zum Tod verurteilt und am 18. August 1942 enthauptet.

Ich schreibe das auf, weil es wichtig ist, festzuhalten, dass es in allen Bevölkerungsgruppen Menschen gibt, die sich um andere kümmern, die Widerstand leisten und die Hoffnung nicht aufgeben, dass es eine Welt geben muss, in der wir alle gleich sein dürfen.

# · Personenverzeichnis ·

## (alphabetisch)

*Ruth Andreas-Friedrich. 23. Januar 1901 bis 17. September 1977.*

Ruth war als Kind der Sohn, den ihr Vater dann erst nach ihrer Geburt bekommen sollte. Sie war waghalsiger, toller, besser als ihr Bruder Wolfgang. Ihre Kindheitsheldin war die unkonventionelle Großmutter Helene. Ruth verbrachte eine wilde Jugend, heiratete in Berlin Otto Friedrich, ließ sich von ihm scheiden und war ab 1931 mit Leo Borchard liiert. In beiden Beziehungen war sie nicht monogam, was vermutlich bei beiden zum Bruch führte. Nach dem Krieg arbeitete sie zuerst als Verlegerin in Berlin und engagierte sich in der SPD.

Ruths Tagebuch, in dem sie immer versucht hat klarzustellen, dass nicht alle Deutschen mitgemacht haben, wurde zuerst in den USA veröffentlicht. 1948 ging sie nach München und heiratete Walter Seitz. 1977 verübte sie Suizid. 2002 wurde sie als *Gerechte unter den Völkern* geehrt. Zitat aus einem 1965 verfassten Brief der jüdischen Journalistin Hanna Angel, der noch 1941 die Flucht in die USA gelang: »Wie viele ihrer vielen Freunde ihr ihr Leben verdanken, wie viele die Bewahrung persönlich wertvollen Besitzes, kann ich nicht schätzen. Sie brauchte nur zu erscheinen, und alles hatte sich geändert, die Hungernden hatten zu essen, die Obdachlosen ein Bett, die Hoffnungslosen wieder Hoffnung. Sie gab von ihrem Eigenen, sie rettete von anderen, was zu retten war. Ihre

Furchtlosigkeit war einzigartig.« (https://www.berliner-zeitung.de/mensch-metropole/berlin-nationalsozialismus-steglitz-widerstandsgruppe-onkel-emil-unter-lebensgefahr-andere-retten-li.86364)

*Leo Borchard. 21. März 1899 bis 23. August 1945.*

In Moskau geboren als Sohn deutscher Eltern. 1918 nach Berlin emigriert. Nachdem er in Deutschland nicht mehr als Dirigent arbeiten durfte, weil er angeblich naserümpfend die Nationalhymne spielen ließ, gab er Unterricht, übersetzte zwei Bücher und schrieb ein Libretto. Außerdem dirigierte er im Ausland. Schon am 26. Mai 1945 spielten die Berliner Philharmoniker unter seiner Leitung ihr erstes Konzert im Steglitzer Titania Palast. Borchard gehörte der Spruchkammer zur Entnazifizierung der Berliner Kulturschaffenden an und wurde zum Leiter der Berliner Philharmoniker. 1943 widmete Gottfried von Einem ihm eine Komposition. Im August 1945 wurde er von einem amerikanischen Posten erschossen – ein tragischer Unfall. Sein Grab befindet sich auf dem Bergfriedhof in Berlin-Steglitz, fast in Sichtweite der Wohnung am Hünensteig.

*Günter Brandt. 11. Oktober 1894 bis 26. Juni 1968.*

Brandt studierte in Berlin und Marburg Rechtswissenschaften und wurde im Ersten Weltkrieg nicht eingezogen. Ab 1925 war er Landgerichtsrat am Landgericht Berlin. 1933 wurde er als Jude – bzw. Mischling ersten Grades – entlassen, blieb aber von der Deportation ausgeschlossen. Ab 1942 versteckte er als Mitglied der

Gruppe *Onkel Emil* Menschen, die vor der Deportation flohen. Nach dem Krieg wurde er zunächst Chefredakteur der Zeitschrift Sonntag und schrieb für die Weltbühne. 1949 ging er als Honorarprofessor an die Freie Universität Berlin.

*Fred Denger. 12. Juni 1920 bis 30. Oktober 1983.*

Fred war Schriftsteller und Drehbuchautor und schrieb neben Theaterstücken und Romanen auch Drehbücher für Kinofilme, unter anderem zu Karl-May- und Edgar-Wallace-Filmen. Sein größter Erfolg war »Der große Boss«, eine freie Bearbeitung des Alten Testaments. Fred Denger war zwölfmal verheiratet. Er starb bei einem Unfall und erlebte den Erfolg von »Der große Boss« nicht mehr.

*Gottfried von Einem. 24. Januar 1918 bis 12. Juli 1996.*

Komponist. Er kam aus einer konservativ-monarchistischen Familie und hatte schon als kleiner Junge den Wunsch, Komponist zu werden. Seine Mutter war einerseits seit ihrer Kindheit mit Olga und Paula Göring, den Schwestern von Hermann Göring, gut befreundet, andererseits half sie deutschen und österreichischen Juden bei der Auswanderung in die Schweiz. Zwischen 1937 und 1945 war von Einem in Berlin; als kriegsuntauglich eingestuft, arbeitete er an der Oper erst als Korrepetitor, dann als Repetitor. Ab 1945 kehrte er nach Österreich zurück und hatte 1947 den Durchbruch als Komponist. 2002 wurde er posthum als *Gerechter unter den Völkern* ausgezeichnet.

*Karin Friedrich. 18. Februar 1925 bis 27. November 2015.*

Karin war nach dem Krieg fünf Jahre Schauspielerin am Berliner Hebbeltheater. 1950 ging sie nach München und wurde Journalistin. Von 1953 bis 1992 war sie Reporterin und Redakteurin bei der Süddeutschen Zeitung. 2004 wurde sie als *Gerechte unter den Völkern* geehrt.

*Hans Huffzky. 3. April 1913 bis 5. Dezember 1978.*

Deutscher Journalist und Herausgeber. Geboren als Johannes Oswald, legte er sich schon als Sechzehnjähriger das Pseudonym Hans Huffzky zu. Nach dem Abitur folgte ein Volontariat in Frankfurt, danach wurde er bei der Frankfurter Zeitung angestellt. 1933 bis 1937 wechselte er in die Berliner Redaktion der Frankfurter Zeitung. Ab 1937 war er als freier Journalist für Zeitungen tätig, die nicht den nationalsozialistischen Blättern angehörten. 1938 wurde er mit 25 Hauptschriftleiter (heute: Chefredakteur) bei der *Jungen Dame*. Ab 1947 arbeitete er als Redakteur der *Constanze* und konzipierte später auch die *Petra* und die *Brigitte*.

*John Jahr. 29. April 1900 bis 08. November 1991.*

Nach einer kaufmännischen Lehre und einem Volontariat arbeitete Jahr in Hamburg als Redakteur. Nachdem die Nazis ihn gezwungen hatten, die Geschäftsführung des Verlags Dr. von Armin niederzulegen, ging er nach Berlin und kaufte die eher unpolitische Zeitschrift *Die junge Dame*. 1945 kehrte er nach Hamburg zurück, erhielt zusammen mit Axel Springer die Lizenz für die *Con-*

*stanze*; *Brigitte* und *Schöner Wohnen* folgten. 1965 gründete er mit Gerd Bucerius und Richard Gruner die Gruner + Jahr GmbH.


*Erich Kordt. 10. Dezember 1903 bis 11. November 1969.*

Deutscher Gesandter im Auswärtigen Dienst. Promotion zum Dr. jur. Ab 1937 in der NSDAP und der SS, ab Februar 1938 Büroleiter bei Reichsaußenminister Ribbentrop. 1938 und 1939 Pläne zum Sturz Hitlers, auch mittels eines Anschlags. Ab April 1941 Gesandter erster Klasse unter Botschafter Eugen Ott in Tokio. 1948 Habilitation und ab 1951 Privatdozent an der Uni Köln.


*Konrad Latte. 5. Mai 1922 bis 21. Mai 2005.*

Konrad wuchs in Breslau auf und überlebte den Krieg in Berlin. Auf einer Konzertreise lernte er Ellen kennen, die er noch 1945 heiratet. 1949 arbeitete er als Korrepetitor in Dresden und als musikalischer Oberleiter in Bautzen. 1953 gründete er in Berlin das Berliner Barock-Orchester, das er bis 1997 leitete.


*Ludwig Lichtwitz. 11. September 1903 bis 7. Januar 1961.*

Ludwig war mit der nicht-jüdischen Wally Link verheiratet und dadurch wohl am Anfang vor Verfolgung geschützt. 1942 tauchte er unter. Er war mit dem talentierten Fälscher Cioma Schönhaus befreundet, und zusammen erstellten sie gefälschte Ausweise und Papiere für Juden und Widerständler. Im Sommer 1943 flog die Gruppe auf, und Cioma Schönhaus floh in die Schweiz. Lichtwitz wurde im September 1943 verhaftet, konnte aber zusammen mit Konrad Latte fliehen. Er lebte bis zum Ende des Kriegs im Untergrund, baute dann das Haus mit der Druckerei in der Kantstraße 30 in Berlin wieder auf und arbeitete wieder als Drucker.


*Helmuth James Graf von Moltke. 11. März 1907 bis 23. Januar 1945.*

Jurist, Widerstandskämpfer und Begründer des Kreisauer Kreises. Verzichtete auf die Ernennung zum Richter, weil er dafür Mitglied der NSDAP hätte werden müssen, und arbeitete stattdessen als Rechtsanwalt. Als Anwalt für Völkerrecht und internationales Privatrecht konnte er zur Auswanderung gezwungenen Juden und anderen Opfern des NS-Regimes helfen. 1938 absolvierte er in England die Ausbildung zum Rechtsanwalt, um selbst auswandern zu können. Moltke war als gläubiger Christ gegen ein Attentat. Im Kreisauer Kreis (benannt nach dem Familiengut Kreisau in Schlesien) wurden für die Zeit nach dem Zusammenbruch des »Dritten Reichs« Pläne gemacht. Am 19. Januar 1944 wird Moltke verhaftet und am 23. Januar 1945 hingerichtet.


*Freya Gräfin von Moltke. 29. März 1911 bis 01. Januar 2010.*

Deutsche Widerstandskämpferin, Juristin und Schriftstellerin. Gründete 1940 mit ihrem Mann Helmuth Graf von Moltke sowie Peter und Marion Yorck von Wartenburg eine Widerstandsgruppe, aus der der Kreisauer Kreis hervorging. Gegen Ende des Krieges flüchtete sie mit ihren Söhnen aus Kreisau. Ab 1947 lebte sie in Südafrika. Mit ihrer Unterstützung wurde das Gut Kreisau 1990 in eine Begegnungsstätte für die deutsch-polnische Verständigung umgewandelt.

*Heinrich Mühsam. 12. Juli 1900 bis 1944.*

Heinrich verlor am 1. April 1934 als Jude seine Stellung als Redakteur beim Ullstein Verlag. Am 30. Juni 1942 wurde er nach Theresienstadt abtransportiert und nach einer Krankheit 1944 nach Auschwitz gebracht, wo er ermordet wurde, was Ruth und Karin erst nach dem Krieg herausfanden.

*Hans Peters. 5. September 1896 bis 15. Januar 1966.*

Dr. jur. Offizier im Luftwaffenstab, Staatsrechtler, Politiker (CDU). War Mitglied im Kreisauer Kreis und im Umfeld von Onkel Emil. Wurde 1945 Mitbegründer der CDU in Hamburg. Ab 1946 Professor an der Berliner Universität, 1949 Wechsel an die Universität zu Köln.

*Harald Poelchau. 5. Oktober 1903 bis 29. April 1972.*

Poelchau trat 1933 seine erste Stelle als Gefängnisgeistlicher an. Er arbeitete in Tegel und Plötzensee und begleitete bis 1945 etwa tausend Häftlinge zu ihrer Hinrichtung. Er wird als sehr gütig beschrieben und half vielen Menschen während ihrer Haft, egal, ob sie mit ihm befreundet waren oder nicht. 1945 baute er mit Eugen Gerstenmaier das Hilfswerk der Evangelischen Kirchen auf. Ab 1946 war er wieder in Berlin, unter anderem mit einem Lehrauftrag für Kriminologie und Gefängniskunde an der Humboldt-Universität. 1949 ging er in den Westen und war zunächst wieder Gefängispfarrer in Tegel. Ab 1951 war er der erste Sozial- und Industriepfarrer in Berlin-Brandenburg.

*Walter Seitz. 24. Juli 1905 bis 10. Februar 1997.*

In Bayern geboren, lebte Seitz während des Kriegs in Berlin. 1944 wurde er zum Dienst in ein schlesisches Ausweichhospital eingezogen. Er schrieb Zwangsarbeiter wissentlich krank und wird dafür denunziert. Daraufhin kehrte er zurück nach Berlin und versteckte sich. 1947 wurde er Klinikdirektor in München. Ruth zog zu ihm und sie heirateten.


*Susanne Simonis. 29. Januar 1905 bis 1977.*

Arbeitete bis 1941 als Journalistin. Ab 1941 führte sie den Haushalt ihres Cousins Erich Kordt in Japan und China. 1945 bis 1947 war sie in Stuttgart im »Büro für Friedensfragen«, ab 1948 in Bonn als Bearbeiterin der Bewerbungen von Frauen für den diplomatischen Dienst. Ab 1950 Leiterin des Frauenreferats des Organisationsbüros für konsularisch-wirtschaftliche Vertretungen der Bundesrepublik (Titel: Gesandtschaftsrat). Ab Juli 1952 Konsulin bei der Vertretung der Bundesrepublik in London.

# · Literatur ·

*Zitate*

Seite 164: Will Graf, Sophie Scholl, Hans Scholl, Alexander Schmorell, Christoph Probst, Kurt Huber. Flugblatt der Weißen Rose: https://www.weisse-rose-stiftung.de/widerstandsgruppe-weisse-rose/flugblaetter/vi-fl ugblatt-der-weissen-rose/
Seite 192: Friedrich Schiller: Kabale und Liebe. Reclam, Ditzingen 1989 (Seite 14)
Seite 320: Joseph Goebbels. Rundfunkansprache Ende März 1945 https://www.dhm.de/lemo/kapitel/der-zweite-weltkrieg/kriegsverlauf/der-werwolf (abgerufen 27.11.2024)

*Quellen*

Zeittafel Zweiter Weltkrieg Sächsische Landeszentrale Politische Bildung
    https://www.slpb.de/themen/geschichte/1933-bis-1945/zeittafel-1933-1945

Ruth Andreas-Friedrich: Der Schattenmann Tagebuchaufzeichnungen
    1938–1948, Suhrkamp, Berlin 2020

Jan-Pieter Barbian: Die Vollendete Ohnmacht? Schriftsteller, Verleger und
    Buchhändler im NS-Staat. Ausgewählte Aufsätze, klartext Verlag, Essen, 2008

Wolfgang Benz: Protest und Menschlichkeit: Die Widerstandsgruppe
    »Onkel Emil« im Nationalsozialismus, Reclam, Dietzingen, 2020

Wolfgang Benz: Der Deutsche Widerstand gegen Hitler, Verlag C.H. Beck,
    München 2014

Wolfgang Benz, Walter H. Pehle: Lexikon des deutschen Widerstands, Fischer, Frankfurt am Main 2001

Norbert Frei / Johannes Schmitz: Journalismus im Dritten Reich, C.H. Beck, München 2014

Saul Friedländer: Das Dritte Reich und die Juden, C.H. Beck, München 2007

Marilyn Friedman: Freundschaft und moralisches Wachstum; Kap. 7 aus: What are Friends For? Essays on Feminism, Personal Relationships and Moral Theory, Ithaca, N.Y., Cornell University Press, 1994, 187–206, übersetzt von Thomas Schramme, Dtsch. Z. Philos., Berlin 45 (1997) 2, 235–248

Karin Friedrich: Zeitfunken. Biografie einer Familie, C.H. Beck, München 2000

Ernst Fraenkel: Der Doppelstaat, Europäische Verlagsanstalt, Hamburg 2019

Ulrich Herbert: Wer waren die Nationalsozialisten, C.H. Beck, München 2021

Sylvia Lott: Die Frauenzeitschriften von Hans Huffzky und John Jahr, Volker Spiess, Berlin, 1985

Franz Neumann: Behemoth, Struktur und Praxis des Nationalsozialismus, Europäische Verlagsanstalt, Hamburg 2018

Ralph Neumann: Erinnerungen an meine Jugendjahre in Deutschland. 1926–1946, https://www.gedenkstaette-stille-helden.de/gsh_content/gedenkstaette/Publikationen/pdf/2005_Neumann.pdf

Hans-Rainer Sandvoß: Widerstand in Steglitz und Zehlendorf. Gedenkstätte Deutscher Widerstand, 1985

Hermann Ullstein: Das Haus Ullstein, Ullstein, Berlin 2013

Laura Wehr: »Die junge Dame« – eine nationalsozialistische Frauenzeit-schrift aus dem Bestand des Oberpfälzer Volkskundemuseums Burg-lengenfeld, Jahresband zur Kultur und Geschichte im Landkreis Schwandorf, 11. Band, 2000, Seite 128–145

Anna Schiff: »Verliebt, verlobt«. Mädchenspezifische Diskurse um vor-eheliche Liebesbeziehungen im Nationalsozialismus am Beispiel der Zeitschrift Die junge Dame, Body Politics 9 (2021), Heft 13, S. 49–72

https://www.sueddeutsche.de/muenchen/dachau/onkel-emil-widerstand-11599900

Konrad oder die Liebe zur Musik. Wie ein jüdischer Musiker die Nazi-jahre in Berlin überlebte. Von Peter Schneider. https://www.spiegel.de/politik/konrad-oder-die-liebe-zur-musik-a-a5cba1b3-0002-0001-0000-000017596401?context=issue (abgerufen am 11.11.24)

Echoes & Reflections, Teaching the holocaust inspiring in the classroom, Seminar: Rescue and Rescuers during the Holocaust